# O APRENDIZ

*O aprendiz*



1ª edição: Abril 2023



**Autor:**
Rodolpho Ramos

**Copidesque:**
Vitor Donofrio (Paladra Editorial)

**Revisão:**
Daniela Georgeto
Lays Sabonaro

**Projeto gráfico e diagramação:**
Vitor Donofrio (Paladra Editorial)

**Capa:**
Dimitry Uziel

**DADOS INTERNACIONAIS DE CATALOGAÇÃO NA PUBLICAÇÃO (CIP)**

Ramos, Rodolpho
O aprendiz / Rodolpho Ramos. — Porto Alegre : Citadel, 2023.
304 p.

ISBN 978-65-5047-226-9

1. Literatura brasileira I. Título

23-1549 CDD B869

Angélica Ilacqua - Bibliotecária - CRB-8/7057

**Produção editorial e distribuição:**

CITADEL Grupo Editorial
contato@citadel.com.br
www.citadel.com.br

RODOLPHO RAMOS

# O APRENDIZ

UMA HISTÓRIA BASEADA EM FATOS REAIS

CITADEL
Grupo Editorial
2023

# AGRADECIMENTOS

Por que o Homem aceita os mais complexos desafios da vida? Ora, a resposta é simples, para provar a si mesmo que conseguiu. Pelo simples fato do desafio, que sem convite algum se coloca aos olhos do desafiante. Desafiar-se a si mesmo é uma das maiores virtudes que o ser humano possui; dela provém todos os avanços e descobertas no limiar do tempo. Foi assim quando fui desafiado a escrever meu primeiro livro. Meu mentor, o ilustríssimo autor *best-seller* Tiago Brunet, a quem serei eternamente grato, de maneira despretensiosa abriu em minha mente a porta para essa possibilidade, algo que eu jamais teria sequer cogitado. Mas com um entusiasmo juvenil eu encarei a missão de realizar esta obra, com todas as dúvidas, medos e anseios de um bom iniciante. Sendo assim, eu apenas comecei e deixei para aprender tudo que precisava aprender sobre como ser um escritor, dos bons se possível, no caminho, pois a vida me ensinou que esperar o momento certo para fazer algo é o mesmo que não fazê-lo na grande maioria das vezes. Com o entusiasmo de criar algo totalmente novo, encarei essa jornada, com o doce sabor de aventura e de fascinação, diante das diversas viagens no tempo que minha mente incansavelmente fez, resgatando memórias, fatos e causos, os quais eu utilizei como base para contar essa tão fascinante história.

Agradeço a Deus por tornar possível esse desafio, que depois se tornou um sonho.

Dedico este livro aos meus pais, Gonçalo (*in memoriam*) e Maria do Rosário, que da melhor forma possível iluminaram o caminho da minha vida.

A minha esposa Lorenna, pelo companheirismo, amor e dedicação ao meu sonho. Me apoiando nas madrugadas de trabalho, revisando a evolução da minha escrita, sempre ao meu lado, sempre sonhando junto comigo.

Aos meus filhos Maria Eduarda, Heitor Gustavo, Maria Luiza e Maria Helena, minha fonte eterna de inspiração, força de vontade e amor.

As minhas tias Maria, Imaculada e Rita. Todas foram um pouco também minhas mães.

Ao meu tio Ferreira (*in memoriam*), sem palavras para agradecê-lo.

Aos meus leitores beta: Renata Mello (Citadel), tia Dau, Viviania, Ana, vocês foram fundamentais para a evolução da obra.

(PARTE I)

# A CRIAÇÃO

( 1 )

# A ORIGEM DO SEU INFERNO

**Fininho – O gente boa**

Davi encontrava-se ali, com um porrete na mão em frente à porta do bar do sr. Joel. Não tinha escolha, estava decidido, levaria seu pai para casa, enquanto sua mãe, a fim de evitar o vexame, esperava-o ansiosa na esquina. Alguns colegas bêbados do Fininho, que até conheciam o menino, sempre no bar acompanhando o pai, mostravam-se perplexos com aquela atitude violenta, afinal, ele não tinha mais do que treze anos de idade.

– Você vem comigo! – disse Davi, com os olhos cheios d'água e uma sensação de medo, vergonha, humilhação e raiva, sinais de seu "monstro interior", como ele viria designar tal sensação mais tarde.

O sr. Joel era o mais confiante da "resistência", pois, para ele, o que estava em jogo era o salário guardado no bolso do pai do Davi, conhecido por Fininho, um cara carismático, gente boa demais, amado por todos do boteco, querido nas rodas de bebedeira. Homem de sorriso fácil, espirituoso, contador de anedotas. Quem não o amaria?

Em casa, no entanto, Fininho era só o Zacarias, um pé de cana amargurado e frustrado no casamento com Dona Marta, mãe do Davi, da Iara e do Tadeu, estes que eram, respectivamente, doze e treze anos mais velhos que o caçula.

Fininho permanecia no mínimo três expedientes no bar do sr. Joel todos os dias. Fora esse ofício principal, ele era motorista de uma repartição pública. Em certo ponto da vida, sua noção de mundo foi destruída pelo vício em álcool. Já não fazia planos, não sonhava mais, perdera o brilho em seu olhar. Demonstrava pequenos sinais de esperança nos breves momentos de lucidez, mas era vencido pelo insistente saudosismo, como se a sua vida já tivesse acabado e nada de bom pudesse acontecer dali em diante. Estava certo nesse ponto.

Davi adorava os raros momentos em que o pai lhe contava histórias da juventude. Via as cenas em sua mente como se estivesse em frente a uma TV. Essas doses minguadas de amor paterno que recebia na infância eram para ele momentos perfeitos.

* * *

Certo dia, dona Marta recebeu uma ligação. Do outro lado da linha, a voz de uma colega de trabalho de Fininho informava que ele havia recebido um precatório, uma quantia considerável, suficiente para dar uma boa entrada em um apartamento de classe média.

Dona Marta ia toda semana ao departamento onde Fininho trabalhava, e lá chorava suas lamúrias, contando a vida para qualquer um que lhe desse ouvidos. Essa colega do Fininho costumava avisá-la quando havia algum pagamento ou adiantamento feito e, dessa vez, foi algo de valor expressivo.

Mas não teve jeito, Fininho havia sumido. Procuraram por ele dia e noite, e não houve sinal dele no boteco do Joel. Alguns especularam que poderia ter sido roubado e morto. Contudo, uma semana depois, a irmã de Fininho ligou para dona Marta, avisando que ele havia aparecido por lá "em um táxi, com certa quantia de dinheiro espalhada pelo banco do carro, ainda de ressaca e pedindo para não ir pra casa, pois seria roubado".

Após esse episódio, a esposa adotou uma medida drástica para evitar que Fininho gastasse todo o soldo com bebidas, e passou a tomar o dinheiro dele o mais rápido possível para pagar as contas e garantir comida na mesa o mês inteiro. Fininho, no entanto, interpretava isso como um roubo.

Todo mês a mesma cena se repetia: Fininho, bêbado, gritava aos quatro ventos que estava sendo roubado. Dona Marta gritava de volta. Agressões verbais em alto e bom som, um verdadeiro show de horrores para o deleite dos vizinhos, que não perdiam um só capítulo daquela novela da vida real.

A questão é que Fininho continuava a aprontar. Certa vez, após sair do trabalho e sacar o salário, saltou do carro logo no primeiro engarrafamento, enquanto dona Marta dirigia. Nesse dia, Davi, que estava no banco de trás, negou-se a ir atrás dele. Fininho viria a aparecer três dias depois, portando apenas dez por cento do valor que recebera.

Dona Marta resolveu mudar de estratégia. Abordaria o fujão em frente à porta do banco, fazendo uma cena se fosse necessário. Para isso, contaria com a ajuda de Davi. Assim que Fininho pisasse fora da agência, seria surpreendido pelo filho, que reivindicaria o dinheiro e correria o mais rápido possível para o carro de sua mãe, que estaria à sua espera no estacionamento da agência.

Nesse dia, contudo, o esperto Fininho deu um jeito de sacar o salário fora do horário de funcionamento do banco, passando a perna na esposa e no filho, correndo para o bar em seguida.

* * *

Davi, já impaciente, esbravejou que bateria em quem se aproximasse para apartar sua briga com o pai. Eram cerca de quatro da tarde, e quanto mais gente saía à rua para ver, mais ele se enfurecia, gritando que só queria levar o pai para casa.

Movido por um ímpeto que até então desconhecia, o jovem Davi entrou no boteco, atingiu o sr. Joel com uma paulada no braço e agrediu Fininho, lançando-o ao chão. Desferiu mais algumas pancadas e, ao avistar o bolso desprotegido do pai, pegou o dinheiro e saiu. O menino ainda caminhava quando um dos frequentadores do bar, que era policial, o ameaçou mostrando uma arma, dizendo que, se ele aparecesse ali novamente, seria preso ou morto.

Davi seguiu ao encontro da mãe, mas não trazia dentro de si nenhum sentimento de dever cumprido. A todo momento lhe vinha à mente a imagem do pai no chão, indefeso, incapaz, mais criança do que ele próprio.

Sem maturidade e conhecimento de mundo para entender ao certo o que houvera com aquele homem, que deveria ser seu protetor, entrou no carro e entregou o dinheiro à mãe, que ainda ralhou severamente com ele por conta da violência empregada. Davi manteve-se calado. Algo havia mudado em seu interior, algo sombrio estava tomando lugar dentro do seu coração.

O mais assustador, no entanto, não foi a bronca da mãe ou a ameaça do policial. No fundo, Davi gostou do que fez.

## Dona Marta – A bruta

Muito diferente do "gente boa" que era o Fininho, dona Marta era fechada, sempre séria, sempre ocupada. Vivia em uma constante correria, às vezes sem necessidade, graças ao pensamento acelerado. Era servidora pública federal e, em casa, cabeleireira das mais talentosas, atendia a um povo "diferenciado", bem-ajeitado, educado, bonito. Davi gostava de observar os clientes, que chegavam cada um em um carro mais bacana que o outro. Eram pessoas que falavam baixo, que nunca brigavam, que nunca falavam um palavrão que fosse. *Povo estranho*, pensava ele.

Mas o que ele mais estranhava eram a calma e a simpatia com que dona Marta tratava todos os seus clientes. Ah, como ele queria que fosse assim o tempo todo. Eles que não a vissem com raiva, dava medo só de pensar. Dona Marta juntava todos os trocados que podia, sempre com seus planos de trocar de carro, de viajar para a Europa, de ficar viúva. Sim, ficar viúva. Era sempre possível ouvi-la berrando que Fininho devia era morrer logo, já que não prestava para nada mesmo.

"Dinheiro escasso, vamos economizar." Essa era a regra da casa. Dona Marta tinha a síndrome da escassez. Se algo no mercado estivesse em promoção, faria parte do cardápio pelos seis meses seguintes, e ai de quem reclamasse.

Certa vez, Davi tentou fazer batatas fritas, conforme observara na casa de um amigo. Uma das rodelas grudou na frigideira e, ao tentar retirá-la, Davi acabou derramando óleo quente em sua barriga, o que lhe causou, além de dor, uma bolha do tamanho da rodela de batata e outras queimaduras menores, cicatrizes que ele carrega até hoje.

Mas o pior de tudo foi quando dona Marta, ao chegar em casa, ficou sabendo dessa aventura culinária. Pegou um cinto de couro e bateu em Davi. Mas bateu muito mesmo. Ao fazê-lo, repreendia-o também por ter desperdiçado, além das batatas, óleo e gás, que era tudo o que tinham para passar o mês. Dona Marta murmurou durante horas.

Tudo aquilo machucou Davi muito mais no coração do que no corpo. Da próxima vez, ele precisaria ter cuidado para não se queimar e deixar tudo limpo, para que a descontrolada, ao chegar em casa, não percebesse quando ele fizesse algo na cozinha. "Lição aprendida", pensou ele. Agindo assim, tudo ficaria bem.

* * *

Dona Marta, assim como o marido, tinha uma vida evidentemente frustrada. Família muito pobre, tudo sempre muito difícil, e uma frase de efeito para todas as situações. A mais notável era "Primeiro eu, segundo eu e terceiro eu", e Davi logo pegou o espírito, entendendo que ali era cada um por si. Ele era o menor da casa e, portanto, precisava compensar essa desvantagem.

Dona Marta trabalhava muito. Trabalhava dois expedientes na repartição e, no resto do dia, atendia no salão, que ficava em uma parte segmentada da casa. Ela trabalhava inclusive nos finais de semana, indo até o início da madrugada todo santo dia, e ai de quem a tirasse de suas tarefas.

Se tivesse que alterar a rotina por causa do Fininho ou de um filho, o que acontecia quase sempre, dona Marta agia como uma máquina de vomitar palavras torpes e egoístas, que não parava até que a bateria se esgotasse.

Existia uma filosofia de escassez muito forte por trás de tal atitude. A casa crescia e se modernizava de seu quarto para fora. Se comprasse uma TV nova, por exemplo, esta iria para seu quarto, e somente então o item antigo poderia ficar à disposição da família. "Primeiro eu...". Era uma mulher que, apesar de ríspida dentro de casa, era muito respeitada na rua, no trabalho e entre a parentela.

Dona Marta despertava muita dó, e ela sempre gostou desse rótulo de "coitadinha". Entre seus três filhos, os dois mais velhos estavam sempre fora de casa, pois não perdiam uma chance de bater perna. O marido vivia às voltas com a bebida, e o caçula fugia de casa constantemente, aprontando alguma ruindade por aí.

Certo dia, chamaram a dona Marta porque Davi tinha tacado fogo no colchão do vizinho e ainda por cima havia sumido. Ela não sabia se chorava ou se lamentava com os vizinhos sua triste vida e a sina de ter que trabalhar tanto para pôr comida na mesa. A noite caiu, e nada do Davi. Já passava das dez e nenhuma novidade do filho. *Quando aquela praga aparecer, ah, ele vai se arrepender*, pensava furiosa.

– Como é que ele faz uma coisa dessas comigo? Uma mãe como *eu*! – esbravejava ela pelas ruas. O "eu" era seu objeto de preocupação.

E o Davi? Bem, ele estava dormindo debaixo da cama do irmão. Entrou pelo quintal e lá se escondeu até pegar no sono. Foi descoberto por causa do ruído de seu ronco. Quando dona Marta se deu conta do chiado e correu em direção ao som, acordou o artista já com o cinto na mão.

Pouco tempo depois, dona Marta mudou as configurações do lar, que era uma casa de três quartos mais um quartinho de empregada saindo pela cozinha, construído com a intenção de ser um depósito de cacarecos e que logo veio a ser o novo quarto do Fininho. O cômodo não deixou de cumprir seu propósito, afinal.

Dona Marta ocupava o melhor quarto. Mais do que merecido, pensava ela. Os outros dormitórios eram distribuídos entre o filho e filha mais velhos. Davi tinha a opção de escolher qualquer canto da casa para colocar seu colchonete e ficar de boa, desde que longe o suficiente para não incomodar ninguém com seu ronco.

Dona Marta estava agora verbal e fisicamente separada do Fininho, este até já ocupava o quarto de entulhos, que ali continuaram. Ele que achasse um lugar para sua rede. Seguiram nesse relacionamento estranho, dona Marta no quarto e Fininho no quintal de casa, no quartinho das coisas velhas e esquecidas por anos.

Nesse mesmo período, Davi descobria uma grande paixão por videogames, que jogava na casa dos amigos. Aquela caixinha preta mágica tinha o poder de silenciar sua mente, e Davi enxergava nos jogos eletrônicos a perspectiva de ser bom em algo que não fosse machucar alguém ou aprontar por aí. Dona Marta prometera a ele um videogame sob duas condições: melhorar seu comportamento e manter a ótima média escolar – para espanto de todos, Davi só tirava notas acima de nove, mesmo dedicando-se pouco aos estudos.

Visando a recompensa, Davi transformou-se. Cumpriu tudo à risca, excedendo as expectativas. Passou de ano já em novembro, e correu para casa a fim de contar a novidade à mãe, ansioso por uma reação calorosa por parte dela. Ao olhar para o boletim, exibido com orgulho pelo filho, dona Marta apenas disse com desdém:

– Não fez mais que sua obrigação. Não vai ganhar nada, não tenho dinheiro pra jogar fora com besteira.

– Mas a senhora prometeu! – protestou Davi com os olhos vertendo lágrimas.

– "Eu não tenho palavra de rei" – respondeu ela, sacando uma de suas frases de efeito.

Naquele momento, o lado sombrio de Davi aprendeu a mentir, o que futuramente seria sua especialidade. Uma lição que ele jamais esqueceria.

## Davi – O monstro

Quando pequeno, durante a infância em Natal, Davi era diferente dos demais. Mesmo que estivesse rodeado por pessoas, seu olhar era de solidão. Criança muito inteligente, esperta e observadora, fora sempre de poucos amigos. Guardava, entretanto, algumas poucas lembranças da infância além das brigas entre os pais e irmãos.

Não havia paz naquele lar. Não existia amor naquela casa. As palavras eram ditas sempre no intuito de machucar e desestabilizar uns aos outros; palavras duras, sem bondade ou empatia, palavrões dos mais sujos. Cada um conhecia bem a ferida do outro, e estavam prontos para cutucá-la sempre que necessário. O importante era não perder a discussão, provar seu ponto de vista e sair por cima.

Não era muito raro que as discussões evoluíssem para agressões físicas. Certa vez, a família estava reunida, com exceção do valente Tadeu – já casado, mas que ali se exilava quase toda semana por conta de brigas conjugais –, e, por algum motivo bobo, Fininho disparou um palavrão contra dona Marta, que revidou. Começava ali uma verdadeira rinha de cães. Iara também tomou partido na briga, enquanto Davi, calado, apenas sentia a ira acumulando-se dentro de si. Ele só tinha catorze anos à época.

Levantou-se e esperou uma postura de ameaça física por parte do pai contra a mãe. Quando isso finalmente aconteceu, socou o queixo do pai, certeiro e fulminante. Fininho nem viu de onde veio o soco, apenas caiu desacordado. Davi então explodiu em palavrões, como um cachorro latindo em fúria. A mãe e a irmã se assustaram ao perceber a mudança em sua face, cuja expressão manifestava o puro mal.

Davi não agiu daquela maneira para defender a mãe. Tudo fora apenas uma primeira exibição de poder, degustação do que viria pela frente.

* * *

É complexo descrever como Davi enxergava as coisas. Ele fora sempre uma criança muito criativa, sua cabeça era um mundo todo à parte. Ao ler um livro, sentia o cheiro das coisas, sentia-se personagem da história. Tinha uma maneira muito própria de julgar tudo ao seu redor.

No início da infância, Davi até poderia se passar por uma criança feliz. Apesar de tudo, buscava ser, dentro do próprio universo, alguém de bem com a vida. Era uma criança danada, de curiosidade aguçada. Gostava de mexer nas coisas, de montar e desmontar objetos, de entender o porquê de tudo.

A única boa recordação que Davi guardava da mãe era quando assistiam juntos ao *Fantástico* aos domingos. Dona Marta se esticava no sofá, e ele se deitava no colo dela, passando o carrinho por seu corpo como se fosse uma estrada.

Naqueles raríssimos momentos de ternura, Davi sentia-se acolhido, sentia-se amado. Não saberia dizer se havia ali de fato algum chamego, afago, abraço ou beijo partindo da mãe. Era dele, ali no seu mundo paralelo, que emanava o carinho.

Davi também tinha duas boas lembranças do pai, momentos em que Fininho foi seu herói. Certa vez, o pai chegou em casa dirigindo um ônibus escolar vindo sabe Deus de onde. Estava mais ou menos sóbrio. Davi brincava com os amigos na rua, e o pai chamou todo mundo para dar uma volta. Foi um dia foi muito, muito especial, porque Davi não tinha nada, apenas uma família pobre e uma vida muito regrada. Aquele momento foi tudo para ele, que sempre quis ser acolhido, sempre quis chamar atenção, sempre quis que as pessoas o amassem, que gostassem dele.

Fininho sempre foi muito carismático. Todo mundo ria com seus gracejos, todo mundo gostava dele. A criançada se amarrava nas piadas que ele contava. Naquele dia, Davi sentiu-se orgulhoso. *Nossa, esse é meu pai!*

Outro dia guardado com carinho na memória de Davi foi quando Fininho chegou à rua com um caminhão Munck, daqueles com braços hidráulicos que as empresas de energia utilizam na manutenção da rede elétrica. O veículo tinha uma espécie de balde gigante na ponta, no qual cabiam duas pessoas. Fininho perguntou se Davi queria subir no caminhão, e é claro que ele quis. A meninada da rua chegou perto, e foi uma festa, todos subindo e descendo naquele elevador.

Já aos treze anos de idade, Davi apresentava uma habilidade nata para jogos eletrônicos. E esse foi seu primeiro e mais terrível vício. Dentro daquela realidade virtual, ele era realmente feliz, tinha liberdade, poder, dinheiro. Ali ninguém poderia dizer que ele não prestava para nada e, o mais importante, ali ele era amado e admirado. Mal sabia ele que o vício alimentaria a chama do seu inferno pessoal – e do inferno de sua família também.

Aos catorze anos, Davi encontrava-se envolto em diversos problemas de temperamento. Sofria pela necessidade de perseguir algo que nem sabia o que era, uma inquietação que não o deixava em paz.

Era repelido pela família, vizinhos e amigos, um peso onde quer que estivesse. Para a mãe, era o próprio capeta encarnado. Alguns diziam ver o mal em seu olhar. Outros, tinham medo de falar. Na percepção dele, não estavam nem certos nem errados. Nem o próprio Davi sabia o que havia em sua mente.

**Iara – A princesa**

A primogênita da família era gentil, meiga, inteligente e extremamente simpática. Até que um de seus gatilhos fosse disparado. Então atacava ferozmente e logo fugia, pois era avessa a conflitos. Iara era muito amada pelos parentes, bem-acolhida aonde quer que fosse. Ela sempre voltava, sempre cuidava bem do Davi.

Era a única pessoa que Davi amava de modo autêntico, e dela vinha o único afeto que ele recebia quando criança. Sentia-se bem em sua companhia durante os poucos dias que ela passava em casa. No entanto, a paz não durava muito naquele lar, e ali jamais houve um dia completo sem brigas.

Iara nunca bateu ou prejudicou Davi de nenhuma maneira. Ela não o julgava, sempre buscava o diálogo, tentava ensinar a ele o pouco que sabia. Contudo, ela tinha seus próprios fantasmas, e nunca passava mais de um mês em casa. Após completar os dezoito anos de idade, passou a ficar menos ainda.

Iara era muito promissora, mas não conseguia emplacar nada. Carregava enorme frustração por conta da situação financeira ruim, que a impedira de morar em um lugar melhor, de estudar em uma escola de maior prestígio. Guardava rancor da infância que ela e o irmão Tadeu tiveram, ainda mais pobre e violenta que a de Davi.

Antes de o caçula nascer, a família morava em um dos bairros mais perigosos da cidade, época em que quase chegaram a passar fome. Dona Marta ainda não trabalhava na repartição pública e fazia bicos como cabeleireira. A maior parte da renda vinha de Fininho, então já entregue ao álcool.

Iara fazia parte das melhores e mais amorosas lembranças que Davi trazia da infância. A irmã se sentava com ele e cantava canções de Roberto Carlos. Nossa, como ele amava aquilo! Entre as canções, havia uma especial, que o acalmava e o fazia sonhar com uma família perfeita, com bons amigos, com um mundo feliz. Ela se chamava "A guerra dos meninos":

*Hoje eu tive um sonho que foi o mais bonito*
*Que eu sonhei em toda a minha vida*
*Sonhei que todo mundo vivia preocupado*
*Tentando encontrar uma saída*
*Quando em minha porta alguém tocou*
*Sem que ela se abrisse ele entrou*
*E era algo tão divino, luz em forma de menino*
*Que uma canção me ensinou*

Quando Iara ia ao cinema, costumava contar a história do filme para o irmão com todos os detalhes. Com isso, Davi construía a narrativa em sua mente, como se ele estivesse ao lado dos heróis em suas jornadas, travando frenéticas batalhas em busca da paz e sendo celebrado ao cumprir sua missão.

Iara era o porto seguro do irmão mais novo. Ele tinha nela um acalento, um pouco de amor, de carinho. Projetava nela a ausência da mãe, e ao seu lado sentia-se amado. Como Davi amava aqueles momentos!

Contudo, entre idas e vindas cada vez mais frequentes à casa de amigos e parentes, em busca de salvar a própria alma, Iara resolveu ir para bem longe, muito longe. Então as memórias se tornaram apenas lembranças, um saudosismo etéreo, distante, inalcançável.

Iara nunca teve a menor chance naquela família. Ela era uma pessoa boa, frágil, meiga e verdadeira, não poderia ter amadurecido bem depois de passar pelo que passou. Sempre nutrira a esperança de que sua casa fosse um dia um lar. Pobre Iara! Quanto mais envelhecia, mais a sua criança interior se frustrava com a realidade.

Iara se trancou de dentro para fora. Assombrada por medos, angústias e crenças limitantes, acabou perdida dentro da própria mente, de onde jamais sairia. Tornou-se uma eterna vítima, presa dentro de um cativeiro particular.

**Tadeu – O valente**

Pense em um rapaz inteligente, habilidoso, muito carismático, bonito e com talento para as artes. Esse era Tadeu. Contudo, em detrimento de suas virtudes, era mais uma alma desajustada, sem nenhuma inteligência emocional, espiritual ou financeira. Uma pessoa que tinha muito potencial, mas que entregava tão pouco.

Tadeu cresceu naquela casa em tempos ainda mais difíceis que o Davi. Apanhava muito, e os parentes costumavam dizer que sua criação fora baseada em "angu e tabefe".

Um tolo nato, provido de orgulho e soberba sem tamanho, era incapaz de lidar com um "não". Qualquer coisa que contrariasse a sua opinião era refutada, e Tadeu não aceitava que discordassem dele em hipótese alguma.

Valente ou tolo? Difícil dizer. Sempre o enxerguei como a personificação de ambos. Era especialista em duas coisas: namorar e entrar em confusão. Bom na primeira, inigualável na segunda.

Ao atingir a maioridade, Tadeu fez o que qualquer um faria na sua situação: arrumou um jeito de sair do inferno que era a sua casa. Valente decidiu então servir ao exército. Davi, que amava os filmes do Rambo, ficou boquiaberto ao ver o irmão fardado pela primeira vez. Para ele, Tadeu agora seria um herói.

Nessa época, Davi amava o irmão, admirava-o, queria ser igual ao Valente quando adulto. Na verdade, Davi admirava qualquer tipo de autoridade, e esperava ter mais respeito da família e dos amigos, já que agora contava com alguém que poderia defendê-lo. Que orgulho assistir à cerimônia de formatura do seu irmão!

Mas Valente era indomável. Seus traumas, limitações e falta de inteligência emocional não combinavam com uma farda nem com a disciplina e obediência que se esperam de um militar. Expulso do exército, Valente retornou a sua casa sem heroísmo, de volta à rotina de brigas, palavrões e quebra-quebra. De herói, tornou-se desavença de Davi, à época com doze anos de idade.

Davi sempre ouvira falar que Valente e Iara passaram por situações absurdas quando tinham a idade dele. O irmão mais velho também apresentava uma carência paterna, e buscava essa figura em qualquer homem que admirasse. Davi não compreendia bem isso. *Pai pra quê?*, pensava ele. Sentia uma quase pena do irmão.

* * *

O tempo foi passando, e os irmãos cresceram. Sempre que estava em casa, Tadeu arranjava alguma briga com os pais. Nessas ocasiões, quebrava mesa, porta, guarda-roupa, vassouras... Valente tinha dessas coisas, esse descontrole, e descontava tudo nos móveis.

Davi observava tudo aquilo, já antevendo que a qualquer momento aquela ira seria direcionada contra ele. Já tinha, inclusive, elaborado planos para quando isso acontecesse. Certo dia, pegou a bicicleta do irmão, uma Caloi de dez marchas que só os jovens e adultos tinham, e resolveu dar uma volta. Tinha plena noção de que, caso fosse descoberto, aquilo poderia lhe render uma surra, mas apostou em um plano infalível que o irmão não teria como descobrir.

Davi estava deitado no chão, conversando com alguns amigos e, ao encontrá-lo em posse de sua bicicleta, Tadeu passou com o pneu dianteiro de sua Honda por sobre a cabeça do irmão, na altura da testa, desviando o restante do veículo. Os amigos de Davi ficaram muito assustados.

O acidente deixou algumas feridas, mas o garoto só se lembraria da terrível dor dentro da cabeça. Tadeu limitou-se a pegar a bicicleta e vomitar alguns xingamentos, indo embora em seguida.

O ocorrido fez com que Davi desenvolvesse uma raiva sem limites contra o irmão. Chegou a prometer a si mesmo que mataria Valente se ele tentasse algo assim novamente. Assim, Tadeu ensinou ao irmão mais novo uma lição que ele jamais esqueceria. Davi aprendeu o que era ódio, na sua forma mais bruta e caótica. Algo que dali em diante ele poria em prática com maestria.

( 2 )

# CONSOLIDANDO O MAL

"Não é o seu potencial que define a sua história, mas o que você faz com aquilo que você tem!"

## A mentira como melhor amiga

*Ao olhar para o boletim, dona Marta apenas disse com desdém:*

*– Não fez mais que sua obrigação. Não vai ganhar nada, não tenho dinheiro pra jogar fora com besteira.*

*– Mas a senhora prometeu! – protestou Davi com os olhos vertendo lágrimas.*

*– "Eu não tenho palavra de rei" – respondeu ela.*

Para Davi, a mensagem transmitida pela mãe poderia ser traduzida da seguinte maneira: "Eu não preciso cumprir minhas promessas".

Logo, apelar para a mentira seria um artifício válido para conseguir o que quisesse. Talvez uma criança normal não interpretasse as coisas assim, mas Davi não teve uma infância normal, nem pais normais, nem uma vida normal.

É certo que dona Marta não tinha a intenção de dar ao filho um exemplo tão negativo. Mas na vida existem coisas que um "me desculpe" não resolve. Davi perdera o que há de mais importante para um ser humano: sua identidade.

Na cabeça dele, a mentira seria uma boa aliada para conseguir o que desejasse. Para animar, para entristecer, prejudicar quem merece, ajudar quem precisa. Ou seja, de acordo com sua ótica distorcida, era algo necessário. Foi assim que essa crença perigosa e destrutiva se instalou na mente daquela criança já tão confusa. Davi tornou-se um mentiroso compulsivo, e o fazia com uma destreza quase artística.

Crianças geralmente são puras, e é difícil que consigam sustentar uma mentira, pois sua inocência as trai. Qualquer um percebe quando uma criança está mentindo. Mas não o Davi. Muito rapidamente, ele aprendeu a ser bom em ser mau.

Já que está no inferno, seja mau!

Davi sequer podia dormir de tão ansioso que estava por causa do videogame que ganharia. Sonhava dia e noite com seu prêmio, e mal acreditava que em breve seu sonho se tornaria realidade.

Quando jogava, o garoto era admirado pelos colegas. No ambiente virtual, Davi era o mais forte, tinha grana, era habilidoso. Todos queriam fazer dupla com ele. Imagina só quando ele tivesse seu próprio videogame! Todos iriam amá-lo, iriam querer ser amigos dele.

Naquela época, ter um console em casa era para poucos, e apenas dois dos amigos de Davi tinham condições para isso. Os tempos eram difíceis, e a tecnologia, além de cara, demorava a aportar no Brasil.

Os sortudos que tinham um videogame eram reverenciados pelos outros. E, como a concorrência era acirrada, Davi era sempre excluído dos momentos de diversão eletrônica. Ele não sabia explicar por que, mas ser deixado de lado lhe causava até ânsia, uma sensação de peso. Era comum que uma lágrima rolasse por sua face nessas situações, de tão abalado que ficava.

Se algum desavisado fizesse qualquer comentário maldoso durante esses momentos, Davi explodia em raiva. Seus sentimentos eram combustível para um ódio dificilmente identificado em crianças. Sua agressividade assustava até mesmo os adultos, que às vezes precisavam contê-lo durante os momentos de fúria, cada vez mais frequentes. Alguns viam o mal encarnado em seus olhos.

* * *

Por sorte, Davi tinha um outro amigo, o Pedrinho, com quem se dava bem. Os pais dele, entretanto, tinham uma conduta muito equilibrada, e tudo o que faziam era padronizado e organizado.

Pelas regras dos pais, Pedrinho podia jogar videogame apenas duas horas por dia durante a semana – um pouco a mais nos fins de semana –, e somente se terminasse o dever de casa a tempo. Gentil com todos, Pedrinho fazia uma espécie de rodízio entre os amigos, para que pudessem jogar videogame com ele, sem dar preferência a ninguém. Apesar de ficar chateado com isso, Davi gostava muito do amigo, e jamais se irritou com ele.

Acontece que certo dia os pais do Pedrinho viram Davi brigando na rua com um colega, e testemunharam sua outra face, ficando muito assustados com toda aquela agressividade. Na ocasião, Davi machucara muito o Benair, que era forte e corpulento. Pedrinho ficou proibido de brincar com Davi durante anos.

Quando algum pai procurava dona Marta para reclamar da brutalidade do filho, ela aconselhava que mantivesse suas crianças longe de Davi, porque "aquilo não é gente, não, eu aguento porque não tenho escolha".

"Mas tudo isso vai mudar", pensou Davi. Em breve, iria ter seu próprio videogame, e seria amado também pelos amigos. E poderia jogar todos os dias!

É difícil explicar a importância daquilo para o pequeno Davi. A certeza que tinha de que tudo seria diferente ao levar o boletim para que a mãe visse. *Mãe, mãe, vamos comprar o videogame?*

Davi nunca se recuperou dessa decepção. Nos seis anos seguintes, jamais seria aprovado na escola, tornando-se um viciado em jogos de videogame, algo que fugiria do controle. Morre o pequeno Davi, e no lugar dele assume um monstro.

## Briga por território

Não é de hoje que grupos se juntam para estabelecer poder e demarcar seu território. E assim se dava nos arredores daquela que era a primeira e, até então, única loja de videogames das redondezas.

Um senhor de nome Samuel foi o percussor dessa nova onda no bairro, onde montou uma bancada com quatro consoles, dois da Nintendo e dois da Sega.

Ali era território sagrado para Davi, que passava horas de pé assistindo aos colegas com grana jogar, esperando o momento de ajudar alguém em algum obstáculo do jogo. A essa altura, Davi começou a buscar meios de ganhar dinheiro para poder jogar. Calibrava pneus em um posto de gasolina, começou um próspero negócio de conserto de bicicletas e ia na casa de cada amigo se oferecendo para fazer pequenos reparos e gambiarras em busca de alguns trocados para a jogatina.

É óbvio que dona Marta não ficou nada satisfeita ao saber das empreitadas do filho. Afinal, estava criando o Davi para ser doutor, não mecânico. No intuito de dar fim àquela palhaçada, ela passou nos melhores clientes do filho e melou seu negócio, dando fim à única fonte de renda que ele tinha. Diante disso, não restava outra alternativa a Davi senão o furto familiar.

Davi não se importava de roubar da mãe ou do irmão. Afinal, ela havia atrapalhado seus negócios, e ele sequer merecia o que tinha. Roubava deles sem o menor remorso. Quando tinha dinheiro, a loja de videogames era uma festa só. Davi jogava com todos os colegas, e ainda lhes pagava lanches e refrigerantes, até ficar liso novamente, alimentando um terrível ciclo. Quanto mais o vício o prendia, mais violento Davi ficava. Não tolerava a falta de dinheiro, e nutria pela família uma raiva cada vez maior. Algo medonho tomava conta da sua mente.

As brigas nas portas da loja de videogames se tornaram cada vez mais comuns, à medida que uma turma de *bikers* passou a frequentar o local. Maiores, mais velhos e violentos, os jovens tentaram subjugar a turma do Davi, que começou a apanhar deles quase todos os dias. Dois adolescentes, inclusive, acabaram no hospital por espancamento, e um deles ficou em coma por um tempão. Davi acabou se tornando alvo dos marginais.

Durante vários dias, o garoto voltou para casa correndo para não apanhar, mas aquilo foi mexendo com ele. Precisava reagir, e precisava ser algo eficaz, que o livrasse daquela perseguição de uma vez por todas. Então logo elaborou um plano.

Um camarada de Davi tinha uma espingarda de pressão, e sempre o deixava caçar lagartixas com ela. Mas, em vez de chumbinho, Davi utilizava umas setas, de uns dois centímetros cada. O sujeito era bacana, curtia fumar maconha à tarde antes do futebol, e naquele dia ele estava bem animado. Davi pegou a espingarda emprestado e seguiu para a loja.

No estabelecimento, estavam três garotos: Labão, o maior deles, Cururu e Jiboia. De espingarda em punho, Davi foi lá tirar satisfação com eles. Encostou o cano da arma no ouvido do Labão, pronto para disparar, e começou o bate-boca.

– E aí? Ainda vão me bater? – gritava Davi.

Cururu e Jiboia, covardes como sempre, ficaram quietinhos. Mas Labão, com mais de 1,90 m de altura, não se intimidava.

– Você não tem coragem, moleque. Cê vai arregar, e eu vou te meter a maior surra que cê já levou na vida... – desafiou ele.

Labão mal havia terminado a frase quando Davi disparou friamente.

– Então vem.

Labão caiu ao chão, gritando e se contorcendo, o ouvido ensanguentado. Davi preparou novamente a arma e apontou para dentro da loja sem mirar especificamente em ninguém.

– Se alguém me delatar, vai tomar um tiro no meio dos olhos – disse ele aos presentes em tom de ameaça. – Isso vale pra você também, vacilão – disse, por fim, ao Labão, que dessa vez não revidou.

Davi pôs a arma nas costas, sentindo-se um pistoleiro, e caminhou calmamente em direção à saída da loja. Devolveu a espingarda ao amigo, sem mencionar o ocorrido, agradeceu e voltou para casa.

* * *

Na segunda-feira seguinte, Davi procurou pelos outros *bikers* na academia de jiu-jitsu em que treinavam. Estava disposto a deixar claro que não se intimidaria. Encontrou apenas o Jiboia na loja de videogames e o humilhou na frente das outras crianças. Anos mais tarde, descobriu que Jiboia tinha algum grau de deficiência mental e que morava com o irmão mais velho, que não lhe dava atenção, por isso vivia pelas ruas.

Para Davi, no entanto, nada disso importava. Havia passado sua mensagem. Sua fama crescia, seus inimigos também. Seu verdadeiro eu cada vez mais se perdia em meio à sombra que tomava conta daquele menino que outrora apenas sonhava em ser feliz.

(PARTE II)

# VIVENDO

( 3 )

# A VIOLÊNCIA COMO ESCUDO

"O problema da violência não é quando você está se dando bem. Bater qualquer um bate. A situação fica feia quando se perde o medo de apanhar; aí, sim, acabaram-se os limites!"

## Colecionando expulsões

Davi sempre passou dentro da média e sempre esteve entre os melhores da sala até a sétima série, que começou a cursar aos treze anos e na qual estagnou. Sua última e mais duradoura escola era um tradicional colégio católico. Davi participava do coral na missa e jogava no time de handebol, do qual chegara a ser o capitão por algum tempo.

Após o trauma com a promessa frustrada do videogame, Davi largou mão dos estudos. Havia concluído que não valia a pena, já que não ganharia nada com isso.

O garoto se destacava em tudo aquilo que se propunha a fazer, e isso valia também para o caos, o qual agora tinha como amigo. Era como um caminhão desgovernado carregado de combustível.

Naquele ano, enquanto capitão do time, Davi era muito cobrado pelo técnico. Ao errar um lance durante uma partida, o garoto recebeu dele uma enxurrada de gritos e xingamentos que, naquela altura, serviram como gatilhos para sua violência. Sem responder aos insultos, pegou a bola, caminhou lentamente em direção ao técnico e a atirou no rosto dele com toda a força, o que resultou em sua expulsão da equipe.

Após o ocorrido, Davi foi intimado a conversar com Nabal, o diretor da escola, cujos boatos o acusavam de ser um notório assediador. Dizia-se que os alunos que topavam conceder-lhe alguns "favores" não enfrentavam grandes problemas, diferentemente daqueles que batiam de frente com ele, que passavam a sofrer represálias.

O garoto até então não sabia, mas já estava no radar do diretor havia algum tempo. E, naquele momento, Nabal o tinha nas mãos, pois cabia a ele decidir pela expulsão do transgressor.

Davi, no entanto, não admitia ser ameaçado. Caso fosse, fazia questão de pagar pra ver, pela adrenalina do desafio ou mesmo para mostrar que ninguém diria a ele como agir. Ao ser abordado sexualmente pelo diretor, refutou a proposta, chegando a ameaçá-lo fisicamente caso tentasse alguma coisa.

Como resultado, dona Marta não conseguiu renovar a matrícula do filho, mesmo apelando para o diretor emérito do colégio, que tinha muito apreço por Davi.

Obrigado a trocar de escola, o garoto até começou bem no novo colégio, colecionando algumas boas notas no primeiro bimestre. Mas a verdade é que foi um período bastante sombrio para Davi, que sentia um vazio cada vez maior se apoderar de si. Lacônico, não conseguia fazer novas amizades. Preferia sentar-se no fundo da sala, tentando passar despercebido. A essa altura, já estava convencido de que era mau, e manter distância parecia a melhor solução para não ser incomodado. O problema era que alguém sempre cismava com ele, e então tudo se repetia.

* * *

Certo dia, a turma do fundão perdeu a linha e acabou irritando o professor, que era até gente boa, mas que mandou todos para a coordenação. Apesar de não estar no meio da bagunça, o professor insistiu que Davi também saísse da sala, fazendo-o se sentir exposto e envergonhado por conta daquela injustiça.

Davi não queria pagar por algo que não havia feito. No entanto, quanto mais se recusava a sair da sala, mais o professor o expunha, o que alimentava sua raiva. Por fim, o professor abriu a porta e começou a gritar, exigindo que ele saísse da aula.

Com lágrimas de ódio nos olhos, Davi explodiu em raiva e jogou uma cadeira no quadro negro. Em seguida, pegou mais uma e a atirou na direção do professor, que desviou por um triz. No entanto, a cadeira acertou em cheio um dos colegas.

Davi sentiu-se muito mal ao ver aquela criança machucada. Até então jamais se sentira tão triste e angustiado por seus atos de violência. Contudo, para ele, era culpa do professor, ele, sim, deveria ter sido atingido pela cadeira.

Aquela havia sido a segunda expulsão de Davi, que se desenvolvia em tamanho, força, inteligência e agressividade. Sua alma não estava bem, ele se sentia cada vez mais vazio e menos humano, sendo conduzido pela tristeza e pela raiva.

* * *

Davi passou ainda por mais uma escola particular, onde ele não fez qualquer esforço para permanecer. Chegava e ficava zanzando pelo pátio, sem subir para a sala de aula, que, transcorridos dois meses, ele nem sabia onde ficava. Passava os dias metendo-se em brigas com os alunos mais velhos, dentro e fora da escola.

Tornou-se adepto de um novo “esporte”: perseguir e espancar, junto a alunos mais velhos da academia de jiu-jitsu, qualquer pessoa que considerassem “trombadinhas”. Por ser mais novo e de baixa estatura, Davi era usado como isca para atrair o alvo, perpetuando a medonha prática todos os dias. Havia uma euforia nessa prática, mas ela era passageira. Presentes mesmo eram a raiva e o vazio, nada mais.

Um dia, ao sair da escola e se dirigir ao ponto de ônibus, Davi deparou com alguns flanelinhas que haviam sido vítimas de sua gangue. Tinha já uns quinze anos nessa época. Ao ser abordado por um deles, viu-se pela primeira vez rodeado pela morte. Uma adrenalina diferente tomou conta de si, um frio na barriga e uma sensação de que iria morrer ali mesmo. Um dos rapazes então sacou da cintura uma faca de carne e o ameaçou.

Davi parou e encarou seu algoz, que encostara a faca com firmeza em seu peito, mandando que ele o seguisse. Fingindo-se assustado, Davi ofereceu o próprio relógio em troca da vida. Mas, em um momento de distração do agressor, conseguiu afastar de si a faca e aplicou-lhe uma raspagem, fazendo-o cair feito uma jaca mole e correr em desespero em seguida.

Davi só viria a perceber que seu uniforme estava rasgado e sujo de sangue alguns momentos depois. A dor que agora o tomava de assalto revelava que lhe faltava uma tira de couro na altura das costelas. Ao olhar ao redor, percebeu que a cena havia sido testemunhada por vários alunos da escola. Logo, todos ficaram sabendo do ocorrido, inclusive a direção da escola, que convidou Davi a se retirar.

Davi foi considerado demasiadamente agressivo para conviver com os demais estudantes. Na ocasião, o diretor chegou a aconselhar dona Marta a buscar ajuda profissional. Ela, no entanto, tinha suas próprias crenças em relação à saúde dos próprios filhos.

O maior exemplo da "medicina alternativa" que dona Marta aplicava aos filhos era o próprio Davi, que tinha vários dentes tortos, algo quase medonho. Apesar de todos dizerem que ele precisava usar aparelho, dona Marta discordava até mesmo dos odontólogos. Para ela, bastava que Davi massageasse os dentes todos os dias com a língua e tudo estaria resolvido. Davi mal podia fechar a boca direito por causa da má oclusão causada pelos dentes entramelados.

Para dona Marta, tudo se consertava sozinho, dos dentes à cabeça. Logo, em vez de um analista ou psicólogo, bastava uma boa surra com cipó, vassoura ou fio do ferro de passar. E mais uma vez ela pôs sua pedagogia em prática: Davi levou uma surra épica, e realmente percebeu que a dor era uma companheira de quem ele já não tinha mais medo. Posso afirmar que o pequeno *monstro* agora havia aprendido a apanhar.

* * *

Começa um novo ano, e agora Davi está matriculado em uma instituição pública pela primeira vez. Uma escola sem recursos, famosa pela violência de seus estudantes. Um ambiente que não poderia levar Davi a outro resultado: logo no primeiro dia, apesar de não ter nada de novo, nada de marca, ele foi rotulado como *playboy*, sendo escalado para levar um caldo na saída.

Alertado do plano por uma colega, Davi, que nessa época já andava com uma soqueira, pouco se importou com a ameaça. Ao final da aula, dois garotos estavam à sua espera, sentados na calçada de uma casa em frente à escola, perto de uma lanchonete improvisada cujo dono era um senhor aposentado gente boa.

Davi se fez de desentendido e saiu caminhando normalmente. Os dois garotos o abordaram, com a desculpa de lhe mostrar uma revista. Ele então calçou a soqueira na mão direita e, escondendo-a, aproximou-se. Toda a cena foi muito rápida, não durando mais de um minuto. Davi bateu em um dos garotos, enquanto o outro batia nele. Acostumado à dor, não se incomodou em deixar-se machucar, voltando sua atenção a desferir o máximo de golpes que podia no outro.

Davi estava ferido. Seu agressor, ao perceber o que estava acontecendo, correu assustado, deixando o amigo, agora desfigurado, caído ao chão. Um rapaz mais velho, também aluno da escola, afanou a soqueira de Davi, tomando-a para si com a desculpa de que a devolveria mais tarde. No fim da rua, havia um posto de saúde meio depredado – como é até hoje –, para onde levaram o garoto que havia sido "atropelado" pelo *monstro*.

Davi se recompôs e foi para casa cambaleando. Havia levado algumas pisadas nas costelas, e doía ao caminhar. Esse foi o seu primeiro dia de aula, que deu origem a uma fama que se espalhou.

Para fechar o dia, levou uma dura da dona Marta. Sim, apenas uma dura... Àquela altura, dona Marta já não se sentia tão confiante para bater no Davi, mas isso já é uma outra história.

* * *

Davi se enturmou bem na nova escola, e começou a andar com os alunos mais velhos – não por amizade, mas para que os garotos da sua turma tivessem receio de brigar com ele. Na verdade, ele não gostava de ninguém, e só andava com esse pessoal para ter uma desculpa para ficar o máximo que pudesse longe de casa.

Era um bando de vagabundos. Alguns maconheiros, outros tão perdidos quanto Davi, senão piores, com histórias que faziam a casa dele parecer um parque de diversões. "A merda une", pensava ele, então o pequeno grupo seguia fazendo o que bem entendia na escola, e ninguém se metia com eles.

No entanto, começou a se tornar comum que membros do grupo de Davi fossem emboscados por outros alunos enquanto davam bobeira por aí sozinhos. Para dar fim àquela palhaçada, ele bolou um plano de retaliação, oferecendo-se como isca.

Davi era fascinado por artes marciais, e tinha um amigo marceneiro que sempre topava construir para ele alguns protótipos de armas, como aquelas que via nos filmes do Bruce Lee. Munido de um nunchaku,* que levava escondido nas costas, Davi montou guarda próximo a um buraco no muro da escola, que os alunos utilizavam para fugir e matar aula. Como esperado, cinco garotos chegaram, a fim de surpreendê-lo. Davi então bateu com tudo o que podia no líder do grupo, o que assustou boa parte deles, que saiu em disparada.

Quando o primeiro garoto foi ao chão, a confusão se generalizou. Dois dos que ainda estavam ali tentaram escapar pelo buraco, mas Davi os perseguiu, atirando o nunchaku na direção das pernas do que corria mais desajeitadamente. Atingido, o garoto caiu de cara no chão sobre um paralelepípedo, desmaiando em seguida. Seus braços estavam visivelmente fora do lugar.

Davi aproximou-se da vítima machucada, sem ouvir nem perceber mais nada do que acontecia ao seu redor, inclusive a gritaria e as acusações que lhe faziam os que testemunharam a cena. Reconheceu então o rosto ensanguentado de Pedrinho, que fora seu único amigo de verdade, aquele que compartilhava com ele o videogame. Pedrinho estava meio desacordado, havia quebrado alguns dentes e se engasgava com o próprio sangue.

Um filme passou na cabeça de Davi, que se lembrou de todos os momentos de diversão e companheirismo que vivera ao lado do

---

* Arma composta por dois pedaços de madeira ou ferro ligados por uma corrente.

amigo. Começou então a chorar copiosamente, como há muito tempo não fazia. Alguns dos transeuntes tentaram segurá-lo enquanto o socorro e a polícia não chegavam, mas, mesmo tomado de culpa e tristeza, Davi desvencilhou-se e fugiu às pressas, sem destino, sem rumo, sem alma.

Passou o resto do dia vagando pelas ruas onde moravam alguns dos jovens da turma do colégio, receoso em ir para casa. E se todos já soubessem o que ele havia feito?

Angustiado, aceitou um gole de cachaça que lhe ofereceram. Depois aceitou mais um pouco. E mais um pouco. E assim tomou seu primeiro porre, ficando tão ruim de bêbado que não restava outra opção a não ser ir para casa.

Embriagado, Davi teve muita dificuldade de abrir o cadeado do portão. Reuniu as últimas forças que tinha e se aninhou debaixo do tanque de lavar roupa, onde foi descoberto por Fininho, que dormia no quarto dos entulhos em frente à pia.

Foi então acordado por um animal feroz, que gritava com ele com uma voz estridente de mulher:

– O que é que vão pensar de mim? – esbravejava dona Marta, em fúria. – Não foi essa a educação que eu te dei, moleque, não foi essa!

Dona Marta desferia golpes no filho com uns galhinhos que arrancara da roseira que cultivava com zelo em seu jardim.

Voltando a si com o susto, Davi deixou-se castigar, pois entendia que a punição era justa. Dessa vez, dona Marta estava certa. Com o braço cansado, ela parou e se afastou. A boca, entretanto, era implacável, e o assunto ficou em pauta até o dia amanhecer.

Algum tempo depois, Davi ficou sabendo que Pedrinho havia quebrado alguns dentes, o maxilar e o braço esquerdo. Passado esse episódio, Pedrinho mudou-se com a família. E Davi foi expulso de mais uma escola.

"Ele aprendeu a beber, deixou o cabelo crescer", tal como na canção da Legião Urbana. Mas para ele não havia uma Mônica, tampouco um avô para jogar futebol de botão. Havia, sim, uma agressividade sem limites. Ele não era um cara legal como o Eduardo da música. Estava mais para um João de Santo Cristo.

**Assumindo o comando**

– Só mais um pouco, Marcel, já estou terminando – falou Davi com a mão toda suja de graxa. Ele havia desmontado a catraca da bicicleta do Marcel, que estava ansioso demais pela conclusão do serviço. O sr. Caio acompanhava tudo de longe, meio desconfiado.

"Ou espera ou espera. É almofadinha demais pra sujar as mãos", pensou Davi.

Já passava das três, hora de ir para o campinho. Davi olhou para o recipiente em que havia guardado as esferas de aço que ficam dentro da catraca. Ainda faltava colocar umas seis de volta. São elas que fazem o pneu girar suave.

Limpou cada uma delas e posicionou as duas travas e suas molas com cuidado. Se vacilasse aí, a bike poderia não tracionar na hora da pedalada. E o Marcelzinho poderia cair... Davi riu imaginando a cena, mas logo afastou aquela ideia, pois um acidente poderia manchar sua reputação como profissional de manutenção superficial de bicicletas especialista em gambiarras.

Ainda estava colocando o pneu de volta no lugar quando percebeu que o sr. Caio observava o portão da rua. "Deve ser o negão da geleia de coco ou o menino da tapioca", pensou, até ouvir uma voz embargada de choro:

– Eu sou a mãe do Davi.

"Ih, agora deu ruim", pensou ele. Quando o sr. Caio veio chamá-lo, ele já havia terminado de montar a bike do Marcel.

– Sua mãe tá te chamando – disse o sr. Caio desconfiado.

Quando Davi chegou à área da casa, deu com a mãe relatando sua triste história de vida, contando em detalhes como ela sofria para cuidar da casa e da família. Após quase meia hora da ladainha que Davi já conhecia de cor, dona Marta enfim pediu para que não contratasse mais o seu filho.

"Ele tem tudo em casa, não precisa envergonhar a mãe desse jeito", choramingava ela. Constrangido, o sr. Caio pediu desculpas e comprometeu-se a não mais contratar os serviços do garoto.

Davi teve de caminhar junto a dona Marta todo o percurso de volta para casa. Eram cerca de 900 metros que, ao som da ladainha da mãe, pareciam quilômetros. Lamentava-se por ela ter chegado antes de ele receber, pois com a grana poderia jogar videogame por umas três horas.

Quando chegaram em casa, aí sim dona Marta encenou seu espetáculo por completo, uma canção infinita de sofrimento, dor, superação pessoal e decepção com os filhos, principalmente o mais novo, aquela "praga que veio só pra infernizar a vida dela". Davi, por sua vez, lamentava o infortúnio de a mãe não ter nascido muda.

Enquanto dona Marta se preparava para mais uma rodada de lamentações, notou Fininho travando uma verdadeira batalha contra o portão, cambaleando de tão bêbado. Aquele imprestável não conseguia sequer entrar em casa. Aproveitando o momento de distração da mãe, Davi esgueirou-se de mansinho até o banheiro, onde se trancou, mas ainda a tempo de ver o pai dar de cara no chão.

Mesmo sob a água do chuveiro ainda era possível ouvir os insultos que dona Marta proferia ao marido bebum, que a enchia de vergonha. Pôde ouvir também a voz de seu irmão Tadeu, que coincidentemente chegava sempre na hora do jantar. Valente passou pela janela do banheiro carregando Fininho e gritando com ele, enquanto dona Marta se ocupava com a comida, que não deveria ser nada mais elaborado do que um pão com ovo.

* * *

– Já tentou tirar graxa das mãos com sabonete? – reclamou Davi perante o olhar de reprovação do irmão quando ele se sentou à mesa com as unhas ainda sujas.

– O sujo falando do mal lavado! – comentou Fininho grogue, mas sem perder a oportunidade de fazer troça.

A partir daí, teve início a velha troca de xingamentos envolvendo toda a família. Irado, Davi se levantou e empurrou a mesa, atingindo Tadeu, que sacou uma garrafa térmica pela asa e lhe acertou a orelha, fazendo o objeto se espatifar no chão.

Machucado, Davi se dirigiu até a sala e agarrou uma poltrona, batendo no chão com ela até desprender uma das pernas do móvel. Com o pedaço de madeira nas mãos, seguiu na direção do irmão. Tadeu estirou a mão em sua direção, pedindo que ele entregasse a arma, mas Davi ignorou os protestos do irmão e meteu-lhe uma pancada no braço, fazendo-o encolher-se de dor e chorar de fúria. Então bateu uma segunda vez, agora no joelho.

Davi ficou descontrolado. Até aquele dia, jamais havia agredido um de seus familiares. Contorcendo-se em agonia, Valente suplicou à mãe que contivesse aquele *monstro*. Fininho então tentou segurar o Davi por trás, mas este lhe aplicou uma pancada nas costelas com o pé quebrado da poltrona, fazendo-o cair no chão.

Em um lapso, Davi voltou a si. Viu o pai caído, a mãe chorando e o irmão injuriado indo embora. Aos gritos de "marginal!", Davi foi até a calçada de casa e começou a chorar. Pôde notar que todos na rua olhavam para ele de um jeito estranho, com uma mistura de acusação e medo.

"O que aconteceu?", Davi se perguntava. Até que uma sensação estranha invadiu seu coração, e uma voz falou dentro de si: "Agora sou eu que mando!".

## Os maiores inimigos

– Vai, caramba! Por aí não, seu demente! Porra, mano, deixa de ser ruim! – esbravejava Davi na loja de videogames contra um amigo que não sabia jogar direito.

Aquele palerma do Oreia lhe dava nos nervos. Esse era o apelido do Miguel, chamado assim por causa da orelha côncava. Ele se levantou nervoso, a fim de acertar as contas com o monstro, mas, ao fitá-lo, lembrou-se do dia em que o conhecera, há cerca de dois anos.

Djalma, o Corcunda, um colega de rua do Davi, o havia convidado para uma partida de videogame. O menino era grande e desengonçado, meio zambeta. Jogava muito mal, mas tinha um porte físico avantajado. Não foram poucas as vezes que Davi e ele saíram no tapa.

De início, ele vencia esses embates com muita facilidade, mas isso foi mudando com o passar do tempo. Como o amigo Miguel lutava caratê, achou uma boa chamá-lo para dar uma surra no Davi… No entanto, esqueceu-se de avisar o Miguel sobre seu intuito.

Naquela tarde, Davi tinha saído para comprar pão, como fazia sempre. Estava acompanhado de um primo do interior, o Gordin.

Ao chegar de volta à rua, logo percebeu o movimento da meninada. Treinava jiu-jitsu havia quase um ano, e já manjava quando o clima estava tenso. Avistou Djalma, acompanhado por um cara que mais parecia o Topo Gigio. Encarando-o com um olhar faceiro, Corcunda o provocou:

– Ei, *monstro*, o Miguel aqui falou que dá um pau em você! E aí, vai deixar? Mostra pra gente se tu é homem mesmo.

A essa altura, uns oito meninos já se aglomeravam, esperando para ver qual seria a reação de Davi, que chegou esbofeteando o Oreia, enquanto ainda mastigava um pedaço de pão. Gordin ficou só olhando. "Se entrar alguém, daí eu entro!". Dois anos mais velho e mais corpulento que os demais, Gordin despertava certo receio nos meninos.

Depois de socar Oreia diversas vezes, Davi tentou derrubá-lo, mas ele foi mais esperto e aplicou-lhe uma gravata, quase o fazendo apagar. Gordin virou-lhe a mão entre a orelha e o queixo e disse:

– Não vale agarrar, isso é briga de homem!

Após essa patada, o pobre Oreia mal conseguiu ficar de pé. Davi então se desvencilhou, socando-o mais algumas vezes, e saiu andando tranquilamente com o Gordin.

– Já falei que por aí não! Mano, tu é burro demais! – gritava Davi para o Oreia, trazendo-o de volta aos dias atuais.

– Ah, vem fazer melhor então! – retrucou ele.

– Vou mesmo! Jogo melhor que você até com a bunda! – disse Davi, já perdendo a paciência.

Mas ele acabou não indo, pois estava sem dinheiro. A galera em volta não perdoou, e a zoeira foi sem dó. Nesse momento, Davi recordou que dona Marta tinha algumas economias guardadas. Se ele fosse ligeiro, ela nem iria perceber! Correu para casa e afanou a grana da mãe. Julgou que aquilo era um direito seu, afinal, ela não o deixava trabalhar nem dava mesada nem nada. A culpa era toda dela.

Que dia memorável! Davi conseguiu zerar o Sonic pela primeira vez, o que o deixou alegre demais.

* * *

"E não é que a doida nem percebeu!", pensava Davi. Houve briga naquela noite, mas não tinha nada a ver com ele. Então, se ele pegasse mais um pouquinho, era muito provável que ela não notasse...

Davi repetiu seus pequenos furtos por cerca de quinze dias, e sempre deu certo. Até o dia que não deu.

Dona Marta havia vendido uma linha de telefone, o que, naquela época, era algo muito valioso. Com o dinheiro, ela esperava comprar um carro. No entanto, ao conferir suas economias, notou que faltavam ao menos dez por cento da quantia que poupara. Certa de que havia sido roubada pelo filho, pediu a Valente que o buscasse no videogame, pois tinha certeza de que lá estaria o rato que andava devorando seu queijo.

– Hora de ir pra casa, marginalzinho! – chamou Valente ao adentrar a loja, alto o suficiente para que todo mundo ouvisse. – A casa caiu pra você, seu bosta.

Davi gelou, e a adrenalina tomou conta de todo o seu corpo. O que ele mais odiava no mundo era ser exposto na frente de outras pessoas. Isso disparava nele um gatilho perigoso.

Levantou-se e saiu às pressas, já antevendo que o irmão tiraria vantagem da situação. Mal teve tempo de pensar e já tomou uma pisada nas costas. Tadeu, de moto, ia tangendo-o com os pés, dizendo em alto e bom som: "Anda, marginal! Anda, marginal!".

"Está chegando a hora de pôr esse demônio pra correr", pensava Davi. Mal sabia ele que isso aconteceria nas próximas semanas.

Ao chegar em casa, Davi estava chorando. Tivera o orgulho ferido, e em seu coração acelerado repousava um ódio em vias de explodir. Ao ouvir que o filho tinha chegado, dona Marta partiu para cima dele como uma búfala, mais louca do que nunca, com o fio do ferro de passar roupa. Sentia uma mistura de raiva e desespero, e nesse dia Davi apanhou como jamais havia apanhado. Cada assobio do fio no ar lhe custava um pouco de pele.

Enquanto era açoitado, encolhido em um canto da parede, uma voz falava ao seu ouvido: "Está na hora de isso acabar. Eu é que vou mandar nesse lugar!". Declarava em sua mente que a mãe e o irmão eram seus inimigos, e que se vingaria dos dois.

No caminho até o banheiro, Davi deixou um rastro de sangue. Fitou a si mesmo no espelho, contemplando suas feridas, e jurou que nunca mais apanharia de novo. "Nunca mais." E ali permaneceu, afundando-se nas próprias trevas.

Daquele dia em diante, Davi ficou mais pensativo, mais sombrio. A confusão mental que o assolava haveria de colocá-lo muito próximo da beira do abismo.

* * *

Passados vários meses da humilhação da surra, Davi tinha plena convicção de que comandava o pedaço. Passou a roubar dinheiro do Fininho, que mal se dava conta, e não sentia qualquer remorso. "Tem que se ferrar mesmo. Nunca foi um pai, sempre deixou a família na mão", pensava ele, alimentando ressentimento. Abordava o pai com a mesma indiferença com que abordaria qualquer estranho na rua.

Com o passar do tempo, no entanto, mesmo anestesiado pela emoção dos jogos, passou a se lembrar do olhar do pai para ele. Um olhar desesperado, molhado, escuro, cheio de piedade. Não sei se de autopiedade, por ter ele mesmo se deixado entrar naquela situação, ou de piedade pelo Davi, a quem aquele olhar assombrava dia e noite.

Até que o dinheiro acabou, e Davi precisou enfrentar novamente aquela casa, cujo silêncio era, na ocasião, ensurdecedor. Ele se sentia capaz de ouvir o pensamento de cada membro da família, apesar de ninguém dizer uma palavra. Talvez o medo e a decepção já tivessem silenciado todos àquela altura.

Apesar de já ter o comando velado da casa, Davi seguia dormindo no chão da sala, como fizera desde os cinco anos de idade. Sempre tinha pesadelos, e sempre acordava assustado. Sentia-se como se estivesse sendo observado e perseguido o tempo todo.

Davi então sentiu uma forte pancada na cabeça, que lhe causou uma dor aguda que mal lhe permitia abrir os olhos. Ao perceber que seria atingido novamente, conteve o golpe com o braço, tentando entender o que estava acontecendo. Ao levantar-se, sentiu um gosto de sangue na boca, e então percebeu que dona Marta segurava uma barra de ferro e preparava-se para desferir-lhe mais um golpe. Desviou a tempo de se levantar, mas não de evitar uma nova pancada nas costas. Doeu demais, a ponto de quase amortecer a próxima investida na altura do ombro.

– Gastou tudo, gastou tudo! Foi todo o dinheiro da feira do mês, seu maldito! – gritava dona Marta descontroladamente.

Retomando os sentidos, Davi segurou a barra de ferro, pegou a mãe pelo pescoço, encostou-a na parede e pressionou um pouco. Dona Marta tentou reagir, mas ele apertou um pouco mais, aproximando-se do rosto dela. Com os olhos em chama, ameaçou:

– Essa é a última vez que você me bate. Na próxima, vou esquecer quem você é. Eu vou te quebrar toda.

Soltou dona Marta, que correu assustada para o quarto e se trancou. Davi saiu de casa sem camisa, descalço e com um corte próximo ao olho esquerdo, resultado da primeira pancada. Sangrando muito, caminhou até o local onde geralmente curtia com os amigos e por ali ficou durante um bom tempo.

Aquela situação serviu para alimentar o seu ódio. Durante toda a vida, sonhara em como seria ter uma família normal, ser uma pessoa normal. Contudo, sabia que seria impossível. Não tinha mais volta.

* * *

Dona Marta fez questão de bater de porta em porta e avisar os vizinhos de que, se algo acontecesse com ela, certamente era coisa do Davi. Que fizessem o favor de chamar a polícia. O assunto se espalhou como praga pelo bairro, o que fez com que todos os amigos do garoto lhe virassem as costas.

Todos se distanciavam de Davi, cuja presença desmanchava qualquer roda. Restou a ele começar a andar com outros rejeitados, alguns rapazes mais velhos da escola. Eram maconheiros, viciados em jogos de sinuca e baralho. Virava a noite com eles jogando aliado ou buraco no meio da rua. Por vezes, saíam por aí caçando piúba de cigarro para pegar o fumo e fazer um cigarro novo.

Certa vez, Fininho chegou em casa meio bêbado e delatou o filho, dizendo a dona Marta que Davi agora andava com os marginais do bairro.

– Esse moleque é uma vergonha pra nossa família – começara ela com uma voz que dava para ouvir de longe. – Em vez de um homem, pari um vagabundo. Vagabundo e ladrão!

Irritado com o pai, que só fazia piorar a situação, Davi pegou uma peixeira e a atirou na direção do peito dele, errando por pouco. Fininho então correu e se trancou no quartinho, assustado.

Davi guardou a peixeira na cozinha, pegou uns trocados, comprou um litro de conhaque e foi beber por aí. Sentia algo muito parecido com o que havia sentido quando machucara o Pedrinho. Mais uma vez, uma angústia percorria suas entranhas.

## Nada é tão ruim que não possa piorar

Com o passar do tempo, novas lojas de videogames foram abertas no bairro, visando o grande número de crianças e adolescentes que havia por ali. Foi o caso da loja do irmão de um dos parceiros de buraco do Davi, que inclusive o chamou para trabalhar lá.

Davi tinha então quase dezesseis anos, e ficou muito empolgado com o novo emprego. Pouco se importava em receber uma merreca de salário: o importante era que ele sabia tudo sobre os jogos e ainda poderia jogar no tempo livre.

Para ele, a Lito Games era como um paraíso na terra. O local contava com três Mega Drives e também um Super Nintendo, sonho de consumo de qualquer garoto. Meu Deus, havia jogos como *Super Mario World*, *Donkey Kong Jr.*, *Street Fighter II*, *Super Contra 3*, *Super Ghouls and Ghosts*... Não demorou muito para que a Lito bombasse, e mais e mais crianças, adolescentes e jovens adultos começaram a frequentar o estabelecimento.

O público era formado por um pessoal diferente daquele que Davi estava a costumado a ver. O bairro crescia, trazendo novas pessoas e fazendo daquele lugar um *point* do pessoal mais velho, que ficava por ali bebendo e jogando durante as primeiras horas da noite. Por um breve momento, Davi teve um pouco de paz, mas a calmaria não duraria mais de dois meses.

Havia três irmãos que frequentavam a loja e que sempre arrumavam confusão com os outros meninos. Serginho, o mais velho, não devia ter mais do que treze anos. Roni era o do meio, e Filipinho, o mais novo. Viviam por aí praticando pequenos furtos. Eram conhecidos como Metralhas.

Na virada de turno da tarde para a noite o movimento da loja costumava cair, e aquele era um momento de luz na vida do Davi, que podia jogar sem que ninguém o interrompesse. A palavra "calmaria", entretanto, não poderia ser utilizada para descrever os eventos daquela noite.

Logo no fim da tarde os Metralhas chegaram à loja e começaram a infernizar Davi e umas crianças que estavam jogando. Eles queriam jogar de graça, já que havia três consoles desocupados naquele momento. Davi simplesmente os ignorou, voltando sua atenção ao *Super Mario World*.

Os Metralhas, um a um, passaram então a encher Davi de perguntas, revezando-se nos questionamentos. Quando ele percebeu o que estava acontecendo, tentou levantar-se, mas Serginho travou sua cadeira com o pé, fazendo com que Davi caísse para trás e batesse a cabeça no chão. Serginho e Filipe saíram em disparada, mas Roni tropeçou e caiu enquanto tentava fugir.

Davi se recuperou rapidamente e, cego de ódio, atirou uma cadeira no menino, acertando-o nas costas como se ele fosse um pino de boliche. *Strike*!

O metralhinha caiu perto da porta e começou a chorar e a berrar, sem conseguir sair dali por conta da dor. Davi aproximou-se e o encurralou junto à parede. Segurou o garoto pelas costas e pelo cabelo e bateu o rosto dele na parede algumas vezes o mais rápido que pôde.

Chocadas com a cena, algumas pessoas começaram a sair da loja. Davi continuava a atacar o Metralha.

– Escuta aqui, vagabundo, tu num ousa voltar aqui, tá me ouvindo? Nem você nem a porra dos seus irmãos. Senão vou fazer pior, tá ouvindo? Cê tá me ouvindo, porra? – gritava Davi alucinado.

Davi largou o moleque, que chorava baixo, como um filhote de cachorro assustado. Ele foi embora em seguida, mancando. Após se acalmar, Davi se aprumou, arrumou a loja, pegou uma Coca e voltou para o *Mario*.

Perto do fim do expediente, chegou um senhor barbudo, alto e forte, de cara amarrada.

– Gostaria de saber quem aqui é Davi – diz ele.

Davi não respondeu, limitando-se a encará-lo com desdém. Nesse momento, o cara saca um revólver e aponta para a testa do garoto, tomado de surpresa.

– É você, né, filho da puta! Você que machucou o meu filho – disse o homem.

Era Urias, pai dos Metralhas, e queria saber por que Davi havia tratado o filho com tamanha violência.

– Machuquei foi pouco. E se aquele porra voltar aqui, bato de novo. E bato em você também. Por que você não atira? Atira! – provocava Davi, sem medir as palavras.

Urias agarrou o pulso de Davi e bateu no rosto dele com a arma sem muita força, apenas para intimidá-lo. O garoto reagiu proferindo palavrões, ameaças e maldições contra ele e os filhos. Quanto mais gritava, mais o homem apertava seu pulso e mais forte lhe batia com o cano do revólver. A essa altura, já estavam sozinhos na loja.

Num momento de distração de seu agressor, Davi conseguiu alcançar um dos consoles de videogame com a mão que estava livre e o arremessou com força na cabeça de Urias, deixando-o transtornado. O homem então jogou Davi ao chão, pegou uma cadeira e começou a bater em suas costas, pernas e cabeça. Davi tentava se proteger como podia, e conseguiu se arrastar para debaixo de uma das bancadas, onde permaneceu imóvel.

– Agora você vai morrer – declarou Urias, novamente com o revólver em punho. Mas, passados alguns instantes, acalmou-se, ponderou a gravidade da situação e resolveu sair da loja, rápido e sorrateiro.

Davi se levantou e percebeu que já não corria perigo. Porém, estava muito machucado, e a loja estava praticamente destruída. Foi quando ouviu o barulho de uma moto estacionando. Era o Valente, que, àquela altura, já sabia do ocorrido. Havia chegado na companhia de um amigo, um dos caras mais frios que Davi já havia conhecido.

– Nossa, moleque, tu tá só o pó! – disse Tadeu, zombando do irmão.

– Num começa, que eu não respondo por mim – retrucou Davi, sem a mínima paciência para chacota.

– Calma, tô só zoando. A gente tem é que revidar, *monstro*. Talvez eu possa te ajudar... Você sabe onde esse puto mora?

Davi jamais se associaria ao irmão para nenhuma empreitada que fosse, mas sentia que dessa vez não tinha escolha. Abandonou a loja como estava e saiu com o irmão e o amigo rumo à casa dos Metralhas.

Além dos três malandros, moravam na casa Urias, que era ex-policial militar, e a mãe deles, que foi quem apareceu quando bateram à porta. Ela estava aos prantos, e se justificava dizendo que o marido havia feito uma besteira, mas que era um homem de bem.

– Chama seu marido, dona. A questão não tem nada a ver com a senhora – disse Valente a ela. – Ô Urias, chega aí! A gente só tá aqui pra levar um papo. Urias! – chamou ele mais uma vez.

O homem então apareceu. Estava sem camisa e parecia assustado.

– Eu, eu... Não tenho nada pra conversar com vocês. Meu filho apanhou, fui defender, só isso. Não vejo nada de mais – disse Urias hesitante.

Ao ouvir isso, Davi, todo machucado, começou a gritar com o homem.

– Por favor, pelo amor de Deus, não machuquem ninguém, nós não queremos confusão. Desculpem a gente! – suplicava a mulher.

Valente e o amigo sacaram suas armas, ordenando que Urias saísse.

– Não, não – ele se negou, começando a chorar também. – Não vou sair... Por favor, não nos machuquem, vão embora, eu peço perdão. Me perdoem.

No meio daquele caos de gritos, ameaças e choro, Davi se descontrolou. Avistou no chão uns restos de madeira queimada, resquícios do dia de Santo Antônio, pegou um dos troncos e se achegou ao portão a fim de abri-lo à força. Valente e o amigo seguiram de arma em punho, ameaçando Urias e ordenando que ele saísse. Urias se ajoelhou e implorou por perdão.

Nesse momento, Davi bateu no rosto de Urias com o tronco. O homem se encolheu de dor no chão, acalentado pela esposa, que tentou protegê-lo. Davi seguiu batendo. Os vizinhos que assistiam à cena imploravam para que ele parasse, comprometendo-se a não denunciar se ele fosse embora. Davi seguiu batendo. O amigo do Valente guardou a arma, disse que já era o suficiente. Davi seguiu batendo. Tadeu ficou assustado com a violência do irmão. Davi seguiu batendo, até o galho finalmente se partir em sua mão.

Ao recobrar a razão, Davi percebeu que a maior parte dos golpes que desferira havia, na verdade, atingido a mãe dos meninos, não o Urias. Ela estava toda arranhada e machucada. Percebeu-se mais uma vez tomado por aquele vazio no estômago, aquela ânsia. "O que foi que eu fiz?", pensou ele. Olhou com escândalo para a figura deplorável daquela mulher, que, apesar de ferida, retribui-lhe com um olhar de piedade. E aquilo, sim, doía. Bem mais do que a surra que levara mais cedo.

Valente foi embora com o amigo, e Davi retornou para a loja. Ao chegar lá, um dos donos lhe disse que teria de trabalhar de graça até pagar todo o prejuízo. Davi não encontrou forças para contestar. Só pensava naquela pobre mulher, em seu olhar para ele. "Vou dormir", pensou. "Só quero que esse dia acabe logo."

* * *

Despertar no dia seguinte não foi fácil. Davi sentia fortes dores nas costelas e nos braços. O pior, no entanto, foi escutar as lamúrias sem fim de dona Marta, que àquela altura já sabia do ocorrido.

Ao final daquele mês, Davi não teve salário, o que para ele foi uma injustiça. Ao apresentar seus argumentos ao dono da loja, que já andava fulo da vida com ele, acabou sendo demitido.

Demitido não, ele foi escorraçado – ou pelo menos foi assim que se sentiu. Perdeu seu trabalho, a distração diária que limpava sua mente, perdeu os poucos amigos que tinha. Mas, pior do que tudo aquilo, Davi sentia que havia perdido sua identidade.

Para tentar esquecer um pouco sua miserável situação, ele resolveu passar uns dias no interior. Iria para Santana do Matos, a cidade de sua família. Sabia de antemão que não seria bem recebido, pois dona Marta com certeza já devia ter ligado para José, o tio dele, pedindo que o despachasse tão logo ele chegasse.

Davi fazia essa viagem pegando carona no caminhão que ia e vinha levando mercadorias para a padaria do tio, num percurso que durava cerca de seis horas. Quem geralmente dirigia o caminhão era seu primo, mas não o via fazia algum tempo. "Que se foda", pensou ele. Precisava dar um tempo daquele lugar ou iria enlouquecer.

Dirigiu-se logo cedo ao posto próximo à rodoviária, a fim de encontrar alguém disposto a lhe dar uma carona por lá. Levava nas costas uma mala que pegara escondido da mãe e algumas bananas para enganar a fome pelo caminho. Se desse tudo certo, chegaria ao seu destino umas dez da manhã.

Uma vez no posto, conseguir carona não foi tão fácil quanto ele havia pensado. Já era quase hora do almoço, e as bananas que comera mais cedo não o sustentariam pelo dia inteiro. Sem saber direito o que fazer, Davi limitou-se a ficar parado próximo a uma bomba de combustível.

Um casal de idosos parou para abastecer, e uma senhorinha simpática, ao vê-lo ali parado, resolveu falar com ele:

– Oi, moço... Está tudo bem com você?

– Oi... Está, sim. Tô só vendo se consigo uma carona – respondeu Davi.

– Ah, sei. E para onde você vai? – perguntou o marido da senhorinha.

– Para a próxima cidade. Uns cinquenta quilômetros pra frente.

– Olha, eu tenho uma chácara a quinze quilômetros daqui, e tô precisando de ajuda pra tirar água do poço e encher umas bacias. O que acha de vir com a gente e me ajudar? Depois te deixo perto de onde você precisa ir – propôs o senhor.

Sem nada a perder, Davi aceitou e embarcou com o casal, tirando logo das costas a pesada mochila e sentindo-se aliviado. O senhor dirigia bem devagar, mas isso não o incomodava. Já a senhora falava incessantemente, mas Davi achava que valia a pena aguentar aquele blá-blá-blá todo, que, no fim das contas, era melhor do que o que ouvia em casa.

Chegando à chácara do casal de idosos, Davi assumiu suas tarefas e, assim que deu meio-dia, já havia terminado. Deram um lanche a ele, mas logo em seguida vieram com um papo de que a carona não poderia ser para aquele momento.

– Peço que me desculpe – disse a senhorinha. – Mas, se puder esperar até o começo da noite, meu filho terá todo o gosto de levá-lo! Aceita?

Davi não aceitou. Pôs suas coisas nas costas e disse que seguiria seu caminho dali. O senhor deu a ele uns trocados e a senhora o seguiu até a lateral da BR, tentando convencê-lo a ficar, o que ele achou muito estranho.

Após cerca de duas horas de caminhada, conseguiu carona em uma caminhonete. Davi estava exausto, com mais fome e sede do que jamais havia sentido. As alças da mala deixavam seus ombros em carne viva, e ele estava sujo e fedorento. Contudo, estava aliviado. Seguiu ali até Lajes, chegando até um posto já no início da noite. Os trocados que tinha foram o suficiente para um bolinho de chuva e um refrigerante.

* * *

– Ei, rapaz, acorda! – disse um dos frentistas do posto.

Davi havia dormido sentado, recostado à mala. Eram mais de dez horas da noite, e o posto estava para fechar. Ele teria que dar um jeito de sair logo dali. Mas para onde iria? Pela primeira vez naquela empreitada, veio-lhe uma vontade de chorar.

Uma a uma, os funcionários começaram a apagar as lâmpadas do estabelecimento. No entanto, a forte luz de uma F-4000 que acabava de chegar iluminou todo o recinto como se fosse um farol.

– Ainda dá tempo de colocar um pouco de óleo? – perguntou o motorista esbaforido ao frentista, que anuiu a contragosto. – Me desculpe, é que não sei se dá pra chegar a Angicos nesse estado, daí já viu.

Ao ouvir isso, Davi resolveu arriscar e pedir uma carona, afinal o motorista passaria pela entrada de Santana. Para sua alegria, ele concordou, pedindo a Davi que embarcasse. Ele seguiu aliviado, contando as estrelas e cantarolando uma ou outra música.

Ao chegar na entrada da cidade de seus parentes, Davi cumprimentou o motorista, que dali seguiu viagem. Sem escolha, a não ser caminhar o percurso restante, Davi colocou-se em marcha, aturdido. Já era mais de meia-noite.

Manteve o ritmo o quanto pôde, mas a essa altura estava praticamente se arrastando. O peso da mala havia feito adormecerem costas e ombros. Já não tinha mais lágrimas para chorar nem voz para cantar. Não ouvia nada além de uma constante acusação ecoando em sua mente e, mesmo assim, era bom ouvir uma voz conversando com ele, mesmo que fosse a sua própria consciência.

Chegou a um ponto em que não aguentava mais. Encostou a mala a um pé de algaroba e recostou-se um pouco. Passou a noite assim, entre cochilos e sustos, até que o dia finalmente amanheceu.

Retornando à estrada, Davi ouviu um barulho atrás de si. Pensou em correr para se esconder, mas mal conseguia caminhar. Então percebeu um veículo se aproximando e, quando o vidro se abriu, ele reconheceu o rosto da tia Elita.

Esgotado, Davi pegou no sono logo que embarcou no carro, e só acordou quando finalmente chegaram à casa da tia Maria, irmã da dona Marta. Bebeu muita água e logo foi se banhar, sentindo a adrenalina esvair-se de seu corpo assim como a sujeira que descia de si para o ralo. Chorou um bocado, pondo-se para dormir em seguida.

Davi acordou somente no dia seguinte, e todos estavam curiosos para saber o que havia acontecido e como ele tinha ido parar ali. Ele, na verdade, não se lembrava de muita coisa, só queria descansar e comer o tanto quanto pudesse. Queria deixar para trás aquela noite, todos os seus sentimentos. Esquecer todas as vezes em que dormira e acordara pedindo a Deus que não o deixasse morrer.

* * *

Transcorridos alguns dias, Davi começou a ajudar o tio José na padaria durante o dia. As noites ele passava na calçada conversando com o primo mais novo e amigos. Ele gostava de estar ali, pois não havia brigas intermináveis, nem barulho, nem as ladainhas da mãe. Amava sua tia Maria mais que tudo na vida e, se pudesse, ficaria com ela para sempre.

Aos finais de semana, ele trabalhava como garçom no bar de outro primo, onde conseguia uma grana para ir à matinê da boate, beber e lanchar no intervalo. Fazia ainda uns bicos com outro primo que vendia água na cidade. Naquele tempo, água boa de beber e fazer comida tinha que vir de Natal, já que a água local era salobra, vinha do açude que ficava por trás da rua principal e não servia para beber, cozinhar ou tomar banho.

Era uma vida boa, e Davi adorava. Chegando a noite, saía para beber com os amigos. Às vezes, ele arrumava uma paquerinha ou outra, mas nunca conseguia ficar muito tempo com a mesma garota, por mais que gostasse dela.

Sábados e domingos eram dias de bebedeira, hora de gastar o dinheiro ganho na semana. Contudo, Davi sempre fora uma bomba-relógio, e a questão não era *se* ele ia arrumar problemas, mas *quando*. Nessa época, Davi já carregava a fama de agressivo, o que despertava a curiosidade dos valentões da cidade. O próprio primo e alguns amigos dele também não arregavam diante de uma boa briga, e não havia semana em que não se metiam em uma.

Num certo domingo, estavam bebendo em um bar em frente à praça da prefeitura, e na mesa ao lado estava Doidin, um sujeito metido a bandido que andava sempre armado e vivia de aplicar pequenos golpes bancários utilizando a terra de parentes como garantia de empréstimo, além de cheques roubados e sabe-se lá mais o quê. Muitos o temiam, mas não Davi nem Buda, seu primo mais novo.

No auge da bebedeira, Davi descobriu que Doidin estava querendo dar um pau nele porque o achava folgado. Enfezado, quis logo tirar satisfação com o cara, que já se levantou com a arma na mão apontando para a cabeça de Davi, dando início a uma enorme confusão.

Davi provocava, incitando o outro a atirar. Os amigos de Doidin tentavam dissuadi-lo, mas ele continuava com a arma apontada. Em dado momento, Buda veio por baixo das mãos e deu um tranco para cima na arma, que acabou disparando para cima. Davi experimentou um momento de surdez e desorientação, pensando que poderia ter sido atingido. Doidin, tomado de surpresa, teve a arma usurpada pelos companheiros, que então o convenceram a ir embora.

Passado o susto e restabelecidos os ânimos, Davi começou a arquitetar em sua mente um plano para matar Doidin. O faria naquela mesma noite, quando chegassem à boate, único local de entretenimento da cidade. Todo mundo estaria lá. "É hoje que tu vai conhecer alguém muito mais ruim do que você", pensava Davi, raivoso.

Na hora H, contudo, já na boate, Davi teve uma discussão com Junior, seu primo do meio, que tentava convencê-lo a não insistir naquela ideia fraca de vingança. Contrariado, Davi o ameaçou. Ele não gostou nada disso e prometeu que o mandaria embora ainda naquela semana.

A noite foi toda muito tensa, mas nada de mais aconteceu.

* * *

Davi amanheceu naquela segunda-feira desempregado. A pedido de Junior, tio José o demitira e o mandara embora de casa. A isso se somavam os constantes telefonemas da mãe à família para que não mais acolhessem aquele monstro.

Só não chispou dali de imediato por causa da intervenção da tia Maria, que o protegia.

– Vou convencer seu tio a te dar mais uma chance, Davi. Mas preciso que você fique quieto, que não arrume mais problema, tá bem? – disse ela, para o alívio do sobrinho.

Sem trabalho, Davi passava dias inteiros em casa sem fazer nada, sobrevivendo àquela queda de braços entre os tios. Para piorar a situação, viu-se às voltas com Zacarias, um sujeito folgado e vagabundo que gastava tudo o que tinha com jogo de baralho. Apesar de tudo, era muito amado por todos da família. Espirituoso e brincalhão, sempre trazia na ponta da língua uma piada pronta. Seu jeito bonachão escondia o que ele realmente era: um pilantra.

Zacarias, sabe-se lá por que, era padrinho de Davi. Nunca o ajudara em nada, nunca conversava com ele ou lhe dava qualquer conselho. Apenas o humilhava sempre que podia. Obviamente, não gostava do afilhado, e Davi tampouco gostava dele.

Enquanto dormia no chão da varanda na parte de trás da casa da tia, Davi sentiu uma pancada nas costas, seguida de uma voz de comando.

– Abre os olhos, vagabundo, tá na hora de encher os baldes de água.

Quando sua visão recobrou a nitidez, Davi pôde reconhecer a figura cínica do padrinho. Do chão em que estava, Davi ganchou as pernas de Zacarias, fazendo-o cair. Passou o lençol com o qual se cobria duas vezes no pescoço dele, sentando-se em suas costas em seguida. E apertou tão forte quanto pôde.

Naquele lugar, pessoas como o Zacarias humilhavam pessoas como o Davi, jovens que não tinham um adulto para falar por eles. Eram maltratados, tinham que se submeter ao ridículo por um prato de comida ou uns trocados. Davi passara a vida toda sendo submetido àquele tipo de chacota. O que Zacarias não sabia, entretanto, era que estava lidando com um Davi muito diferente da criança que ele havia visto um ano antes, quando de sua última visita à cidade.

Já sem voz e com os olhos esbugalhados, Zacarias implorava por misericórdia. Mas o que Davi fez foi apertar ainda mais. Ao perceber que o padrinho estava completamente sem ar, aproximou-se de seu ouvido e falou baixinho:

– Na próxima vez que você tiver coragem de passar perto de mim, eu te quebro todo de porrada. Pisque se você entendeu.

Zacarias piscou, e Davi o soltou.

Durante um bom tempo, o padrinho não mais ousou passar perto dele. Não lhe dirigia a palavra e até atravessava a rua para não cruzar com ele. Davi aos poucos ganhava o respeito que julgava merecer e a paz que desejava. Em seu íntimo, a violência era um caminho aceitável para subjugar aqueles que pudessem lhe infligir algum mal.

Cada vez mais, seu passageiro sombrio assumia o controle.

( 4 )

# CONFUSÃO MENTAL

"Quem não controla impulsos convive com remorsos."

## Por trás de todo o ódio

E assim seguia crescendo Davi, sem referências de pai, de mãe ou de familiares. Todos sabiam criticá-lo, mas ninguém estava disposto a tentar ajudá-lo. É sempre mais cômodo virar o rosto, afinal, o que não vejo não me compromete. Quando algo ruim finalmente acontecia, todo mundo se escandalizava com o fogo, mas ninguém buscava a causa do incêndio.

Davi fez então da violência uma marca da sua própria personalidade, uma espécie de couraça de proteção. Atacava para se defender. Os percalços daquela família aconteciam como uma reação em cadeia. Pessoas traumatizadas que, por sua vez, resultavam em outras mais traumatizadas ainda.

Dona Marta fora pessoalmente pedir ao cunhado que expulsasse o Davi de sua casa, pois ele iria continuar a lhe causar mais e mais problemas. Ela já sabia que o filho havia sido preso por se envolver numa boate local, e que ainda havia agredido o delegado, o que gerou um grande burburinho em cima do caso, cuja dimensão aumentava a cada fofoca de esquina.

Davi acordou um pouco mais tarde do que de costume naquele dia, pois foi para a cama tarde. O domingo anterior havia sido muito especial. Davi conhecera na matinê da boate local uma morena linda, de olhos cor de mel, e soube que se chamava Bruna. Passados outros domingos, finalmente conseguiu chamar a atenção dela, e dançaram por tempo suficiente para que ambos ficassem molhados de suor.

Davi convidou Bruna para ir à praça em frente à boate, e, para sua surpresa, ela topou. Ele não sabia nada sobre bancar o tipo romântico, mas mesmo assim agiu com cordialidade, e saíram para se refrescar e conversar um pouco.

Ele já havia tido algumas paqueras, mas jamais tinha namorado. Nunca se interessou por ninguém, e nenhum de seus rolos durou mais de três meses. "Será que dessa vez vai ser diferente?", pensava ele. Davi conhecia a garota fazia um tempo, mas ela tinha namorado. No entanto, haviam rompido havia alguns meses, o que liberava o caminho para ele. Quem sabe era a sua vez de ser feliz.

Passaram a noite toda conversando sobre absolutamente tudo. Naquele momento, Davi se projetava como uma pessoa de vida bastante comum. Eles riram muito, mas também falaram sobre coisas sérias. Davi relatava seus devaneios como se fossem a mais pura realidade. O que poderia fazer? Contar a verdade? Se o fizesse, a conversa não duraria mais de um minuto!

Davi já estava acostumado a criar essas realidades alternativas. Sua capacidade de abstrair a realidade e projetar algo diferente do real talvez fosse a única coisa que lhe garantia alguma saúde mental, alguma proteção.

Ele nunca tinha conversado com alguém por tanto tempo. Chegou a esquecer sua verdadeira natureza. Aquela garota o guiava por uma vida totalmente tranquila e feliz. Sentia paz, amor... Coisas que ele nunca havia sentido até então. Até que aquela sintonia foi interrompida por gritos vindos da boate, seguidos de muito barulho e correria.

A vocação de Davi para a confusão já o deixava pronto para o combate. Mas, resistindo ao seu ímpeto, olhou de novo para aqueles olhos cor de mel que pediam para que ele ficasse. Não quis que ela visse o *monstro* que havia dentro dele. Desejou poupá-la de testemunhar como seu rosto se transformava, como ele deixava de ser humano e se tornava algo *diferente*, algo *pior*. E, pela primeira vez, hesitou. Não iria entrar na briga dos outros. Encarou-a novamente e decidiu que ficaria ali na praça com ela. Desejou continuar com aquela conversa para sempre.

E foi por isso que, naquela manhã, Davi acordou feliz demais. Sentia-se bem, sentia-se normal. Após enrolar um pouco, finalmente pulou da cama e desceu para tomar café. Logo deu com a tia chorando à mesa e notou a ausência do Buda.

– Está tudo bem, tia? O que aconteceu? – perguntou ele.

– Você estava com seu primo à noite, não é, Davi? Está sabendo o que aconteceu com ele? – perguntou ela chorosa.

– Ficamos juntos até um tempo, mas depois fui dar um rolê e não vi mais ele. Por quê?

– Teve briga na boate, e seu primo e uns amigos foram todos pra cadeia!

Foi quando sua tia falou que seu primo e amigos estavam presos por causa dessa briga, e que ela, após o café, iria até lá ver o que teria acontecido. Davi, que ainda seguia com a mente anestesiada por conta de Bruna, mal prestava atenção no que a tia falava, só pensava em quando veria aquela morena linda novamente.

Nesse momento, bateram à porta dois policiais, que pediram permissão a sua Tia Maria para entrar. Tinham ordens de conduzir Davi até a delegacia, pois algumas testemunhas juravam tê-lo visto incitando toda a confusão.

*Porra, vai sobrar pra mim*, pensou Davi. Olhou para sua tia, que o fitou com decepção, e não esboçou resistência, mesmo tendo em mente que poderia facilmente complicar um pouco a vida daqueles policiais, mas não queria que sua tia querida testemunhasse seu lado sombrio.

Ele entrou e viu os primos e amigos presos, um deles chorava como criança. Olhou para os policiais e foi conduzido à sala do delegado. Não o algemaram, pois sabiam que se tratava de um menor de idade, tampouco poderiam colocá-lo atrás das grades.

Davi não falou nada, ficou mais pensativo; tinha que convencer o delegado que nada fizera, ou iria decepcionar a sua morena, a única pessoa no mundo que naquele momento o fazia se preocupar com a sua imagem. Também se lembrou do olhar da Tia Maria, a única pessoa da família que o acolhia, na verdade, a única com situação financeira para isso.

Davi tinha noção de que, por sua menoridade, não corria risco de ser preso – ao menos não ali. A questão era a multidão que se espremia em frente à delegacia para ver os arruaceiros presos. Naquela cidade tudo era motivo para se tornar um grande evento, e, devido a sua fama, ao verem-no, já haviam concluído que não só ele teria participado como possivelmente fora o causador de tudo.

Em poucas horas aquele fato circense rodou os quatro cantos da morosa Santana do Matos. Davi seguia esperando o delegado, e a essa altura já pensava que havia certa sacanagem por trás daquela demora.

Passaram-se quatro horas até o delegado Silva chegar para assumir o posto do seu ofício; diligente, colheu o depoimento de Davi, que se justificou explicando exatamente o que acontecera. Contou do seu encontro com Bruna, e de como ficara conversando com aquela menina encantadora por toda a noite.

O delegado sem demora chamou um dos guardas e o questionou sobre quem seria essa Bruna. Davi, ao perceber o que aconteceria, ainda relutou, mas o delegado mandou chamar a moça e seu pai na delegacia para uma acareação com a história de Davi.

Passados trinta minutos, um homem branco, de ralos cabelos ainda mais brancos que a pele, perto dos sessenta anos, mas que aparentava mais idade devido ao trabalho, adentrou a delegacia. Com a silhueta fechada, mais por constrangimento do que por raiva, trazia pelo braço a filha, que, ao ver Davi, não segurou as lágrimas. O rapaz mal começou a falar quando aquele homem gritou violentamente para que ela não dirigisse a palavra àquele marginal.

O pai olhou com seriedade para o delegado, questionando-o por que um homem da qualidade dele teria sido chamado à delegacia juntamente com a filha. O delegado, notoriamente nervoso, cumprimentou o senhor Salomão, dono da maior mercearia da cidade, um homem que tinha a fama de ser bruto e fechado, mal saindo na calçada do seu comércio.

Após contar àquele nada simpático senhor a história de Davi, o delegado pediu permissão para que sua filha pelo menos confirmasse ou não tal fato relatado. O homem olhou para a filha, soltando fogo pelas ventas, e perguntou se aquilo era verdade. Bruna hesitou um pouco, olhou para Davi e disse que sim, era verdade toda aquela história, que Davi em momento algum havia saído de perto dela nem teria entrado na boate.

Salomão, agora totalmente possesso de raiva e sem mais nenhum constrangimento, se levantou, tomou a filha pelo braço e, puxando-a, esbravejou que não criava filha para se envolver com vagabundo, que ela seria mandada embora da cidade para morar com um parente em Currais Novos.

Davi, com ódio no olhar, encarava fixamente o delegado, que, diante das circunstâncias, teria que liberá-lo. O monstro não escondia o ódio que surgia. Sentia que por um bom tempo não veria mais a sua morena, e que por culpa do oficial ela poderia estar levando uma surra do pai naquele momento.

Após colher os depoimentos de todos, ficou acertado que Buda e os amigos iriam pagar por todos os prejuízos causados pela briga. Davi, que a essa altura não escondia os sinais de irritação, preferiu aguardar por ali para seguir para casa com o primo.

Ele não parava de pensar no olhar choroso de Bruna, agoniava-lhe a mente o fato de não saber quando iria se encontrar novamente com ela. Com o ódio que já dominava seu coração, antes de sair Davi alertou ao delegado que um dia se encontrariam por aí quando ele estivesse sem farda, e nesse dia não conversariam.

O delegado deu de ombros e, sem entender o recado, liberou todos, e foi o fim do dia mais movimentado daquela cidade nos últimos tempos.

O que morreu naquele dia foi qualquer chance de Davi com Bruna. Foi a primeira de muitas decepções amorosas do rapaz.

* * *

Algumas semanas depois, aquela mesma turma estava em uma festa no clube da cidade. Mesmo sendo menores de idade, o bando dava um jeito de conseguir suas bebidas. Após várias e várias rodadas de cerveja, Davi só pensava em Bruna, o coração cada vez mais apertado pelas lembranças. Junto da tristeza, o monstro dentro dele se agitou, e naquela noite ele sentia a necessidade de descarregar aquela raiva em alguém.

Então, no auge da festa, apareceu, à paisana, Silva, o delegado, o culpado por ele não poder mais chegar perto daquela menina que lhe trouxera tanta paz. O que Davi não discernia era que não fora isso que o afastara da sua amada, mas sim a sua fama, pois o pai de Bruna certamente teria ouvido falar de seus outros feitos. Davi tinha a habilidade de blindar a sua mente da verdade e assim construía para si uma história de vitimismo, uma forma de se considerar certo, de justificar seu erro sem entrar em confronto moral com sua própria consciência.

Para fechar a noite, o delegado Silva chegou junto de Davi, tomou seu copo de bebida e disse que, por ser menor, ele não poderia beber. Derramou então a bebida nos pés do garoto, com um ar de riso e de satisfação que não cabiam dentro dele.

Davi olhou para os primos. Todos conheciam aquele olhar, já sabiam o que aconteceria. Então se virou para o delegado, de punho cerrado, soltando um direto no seu queixo de causar inveja a qualquer pugilista. Silva voou e caiu de costas sobre a mesa, levando tudo ao chão. A ideia de Davi era montar e seguir batendo como sempre fazia, mas seus primos o seguraram, e após alguns minutos ele retomou a calma.

O delegado, de cara torta, foi embora e retornou fardado e com os soldados ao lado, que conduziram Davi para a delegacia. O rapaz não opôs resistência, apenas sustentava um ar de riso. Os primos mais velhos defenderam-no, argumentando que todos viram o delegado jogando bebida nos seus pés, e antes disso todos o tinham visto bebendo descontroladamente. Se ele insistisse na prisão, iria se prejudicar muito. De orgulho ferido, Silva teve que soltar Davi após alguns minutos de discussão.

Nesse meio-tempo, Davi nem se incomodava se iria ou não ser liberado, tanto fazia ser bom ou mau, pois todos o acusavam sempre. Agora daria motivo mesmo para falarem dele, estava na hora de piorar um pouco mais, e na sua mente aquele plano começou a tomar forma. Ouviu chamarem-no para ir embora, levantou-se, ainda teve a ousadia de dar boa-noite ao delegado, pediu desculpas, falou que nem tinha notado que era ele, sorriu e foi para casa.

Ao acordar naquele dia, teve a impressão de que os galos não cantaram. Todos na cidade sabiam o que havia acontecido na noite anterior, cada qual aumentando um pouco a história. A tia lhe avisou que dona Marta estava a caminho para buscá-lo, e Davi já sabia de antemão o que iria acontecer. Tomou um gole de café e subiu para o telhado do sobrado, onde ele costumava refletir sobre a vida, para ficar a sós com seus pensamentos.

Pensou que seria muito bom se soubesse rezar, trocar uma ideia com Deus. Mas com certeza o Senhor não estaria a fim de ouvir suas lamentações... Ele que fosse pedir ajuda à concorrência, a quem ele servia com suas más ações.

Davi refletiu sobre sua vida. Chegou à conclusão de que precisava de um emprego, para poder sair e ir às festas, beber, tentar levar uma vida normal. No entanto, queria muito ficar por ali, mas sabia que não conseguiria trabalhar para ninguém naquele lugar. Davi não tinha escapatória, teria que retornar com a mãe ao som de sua ladainha infernal.

## Volta às aulas, a primeira tentativa

De volta ao seu bairro de origem, havia muita coisa diferente. Muitos vizinhos haviam se mudado para longe, enquanto novos vizinhos haviam chegado. Davi já não reconhecia mais os mesmos grupos, à medida que tudo se misturava e se afastava ao mesmo tempo. Passou vários dias trancado em casa, tentando adaptar-se ao novo ambiente. Dona Marta estava cada vez mais distante, Fininho ia de mal a pior, os irmãos evitavam aparecer por ali.

Saindo de seu isolamento, Davi foi caminhar pelo bairro, chutando pedrinhas pela rua. Distraído, mal se deu conta quando uma mulher se aproximou, visivelmente abatida, e o abordou subitamente:

– Ai, Davi... Meu filho, por favor, me ajuda. Ai, meu Deus.

Ele se surpreendeu por ela chamá-lo pelo nome. Não se lembrava daquele rosto.

– Ah... Tá, ajudo, claro. O que a senhora tá precisando? – questionou ele, sem saber como agir.

– Menino, é meu filho. Ele endoidou. Ah, meu Deus. Tá bêbado, tá violento. O Péricles bateu na minha menina do meio e depois pediu que eu amarrasse ele, antes que fizesse pior. Me ajuda, Davi, não tenho força – respondeu a mulher.

Davi assentiu e a acompanhou às pressas até a sua casa. A residência era um ambiente todo adaptado, construído no quintal de outra casa, de esquina. Havia apenas um corredor, e as janelas eram muito estreitas. Entrando na cozinha, Davi avistou Péricles, e, mesmo observando seu rosto com toda a atenção, não conseguiu se lembrar dele. O rapaz esbravejava e batia forte contra uma porta fechada. Davi supôs que a irmã agredida estivesse do outro lado, buscando guarida.

Davi foi se aproximando lentamente, buscando chegar perto de Péricles sem ser notado. Calculou o momento preciso e pisou no joelho do rapaz por trás, fazendo com que ele se desequilibrasse. Aplicou nele um mata-leão e projetou seu corpo para trás, trazendo o alvo imobilizado consigo ao chão, tomando-o de assalto.

Com Péricles desmaiado a seus pés, Davi pediu a corda para a mãe dele e o amarrou pelas mãos e pelos pés. Apesar de nunca ter feito nada parecido com aquilo, demonstrou uma habilidade que chegou a incomodar a senhora, que a essa altura perguntava a si mesma se havia feito a coisa certa ao pedir sua ajuda.

Davi não se lembrava daquela família, mas a família se lembrava dele. Sabiam que ele era um *monstro*. A senhora chorou enquanto explicava ao Davi o que tinha acontecido. Fora de perigo, a irmã conseguiu sair do quarto, trazendo em sua face um olho roxo e esbravejando palavrões cheios de mágoa contra Péricles.

Cansado de toda aquela conversa, Davi resolveu acordar o rapaz, receoso de que ele despertasse em fúria. Logo de cara, Péricles mostrou-se inflamado de ódio, mas acabou se acalmando. Davi então o desamarrou, estabelecendo com ele uma relação de confiança. Ambos seriam, dali em diante, os melhores amigos um do outro.

Estava formada uma das piores parcerias que se poderia imaginar. Assim como Davi, Péricles também gostava de confusão. Estava sempre metido em tramoias e pequenos golpes.

* * *

Péricles estudava na outra escola pública do bairro, próxima à casa de Davi e famosa pelo baixo nível de seus alunos. O garoto abandonara os estudos havia algum tempo, e decidiu que era o momento de voltar à escola, escolhendo justamente essa.

De volta às aulas, Davi conseguiu ir muito bem nos primeiros meses, fazendo inclusive algumas amizades inusitadas, como seu Zé, o vigia. Ele era um senhor já grisalho, muito brincalhão, muito simpático. Tratava Davi com cordialidade, e sempre batia um papo com ele antes do início das aulas.

Seu Zé falava da família, dos filhos. Davi gostava de ouvir, especialmente quando o senhor relatava momentos simples de ternura, como quando ele dizia que gostava de tocar violão para seus meninos depois do jantar. Davi o olhava como se pedisse a ele que fosse seu pai, e viajava naquelas conversas. Na sua imaginação, Fininho chegava em casa do trabalho assim, levando pão e ovos para a janta. Ao final da refeição, ele pegaria o violão, o afinaria e cantaria aquelas músicas velhas e arrastadas, mas tão bonitas. Perguntaria ao Davi como havia sido seu dia, como estava a escola, como andavam as namoradas. E assim o garoto se perdia em pensamentos, desejando viver dentro de uma outra realidade, que infelizmente jamais viria a acontecer.

* * *

Apesar de muito tímido e fechado com quem não tinha afinidade, Davi era um rapaz carente. Na verdade, tudo o que queria era atenção e aceitação. Uma vez que havia encontrado isso em Péricles, passou a querer estar sempre perto dele, por isso conversavam por horas a fio.

Quanto aos outros, não dava um "oi" sequer, mantendo erguido seu escudo pessoal. Procurava sempre se sentar junto aos piores da sala, para que ninguém se atrevesse a se meter com ele. E durante quase todo o semestre isso funcionou, e as coisas andaram bem e em paz.

Davi gostava muito de tudo relacionado a artes marciais, de filmes a armas. Havia aprendido inclusive a fazer uma estrela ninja de papel, cujas pontas machucavam de verdade. Certo dia, estava fazendo uma durante a aula, até ter sua obra afanada por um dos colegas, que atirou a estrela com força desmedida para o outro lado da sala, atingindo o professor no canto do olho, fazendo-o gritar de susto e de dor, retirando-se para a enfermaria.

O professor retornou aos berros, perguntando para a turma quem tinha jogado aquilo nele. Todos permanecem calados. Sem saber como reagir, o professor mandou todos os alunos da "galera do mal" para a coordenação. Davi, contudo, permaneceu em seu lugar, cabisbaixo e estático, fazendo com que o professor se irritasse ainda mais.

Davi começou a se sentir completamente constrangido, e o professor não tinha tato para lidar com aquele temperamento todo.

– Se não levantar e sair, vou arrancar você da sala pelos cabelos, se for preciso – ameaçou ele.

Consumido pelo ódio, Davi respondeu:

– Se for homem, vem e arranca, filho da puta!

Diante do insulto, o professor quase perdeu a linha, mas acabou retomando o controle, optando por solicitar a presença do vigia, seu José, que pediu que Davi saísse. "Logo o seu Zé", pensou Davi, inconsolável. No entanto, ele sabia em seu coração que não sairia, não iria dar o braço a torcer, não podia perder para o professor e deixar que os alunos ficassem rindo da cara dele.

Diante de novas ameaças do professor, Davi seguiu retrucando. Até que o seu José, em uma posição difícil, disse a ele:

– Davi, me escuta, você precisa sair, filho. Por bem ou por mal. Espero que seja por bem, mas, se quiser que seja por mal, então que seja.

A essa altura, Davi já não distinguia amigos de inimigos. Olhou para o rosto bondoso e querido do seu Zé e disse a ele, com os olhos mareados:

– Não vou sair. Vem me tirar, se for homem. Vem me tirar, filho da puta.

Seu Zé fitou Davi com um olhar de decepção e foi embora. Minutos depois, chegou a diretora, que entrou na sala e se sentou ao lado do Davi, convencendo-o finalmente a acompanhá-la até a diretoria.

– Os meninos contaram que não foi você, Davi. Por que você não obedeceu ao professor e contou a verdade? – perguntou ela.

– Eu... Eu não sei. Ele me acusou sem nem saber, fiquei com medo – respondeu o garoto, já antevendo o que viria.

– Eu entendi o que aconteceu, e eu gosto de você, Davi. Mas... nada disso justifica você ameaçar e xingar um professor e um funcionário da escola. Infelizmente eu...

– Já sei, senhora, não precisa nem continuar – interrompeu Davi. – Vai ter que me expulsar, certo? Fica tranquila. Tô errado, eu sei. Faz o que tem que fazer.

Mais uma vez expulso, mais uma vez injustiçado e mais uma vez rejeitado. A mente de Davi tinha cada vez mais trabalho para criar situações paralelas a fim de ignorar ou ajustar a realidade. Porque lidar com o que tinha acontecido, lidar com os fatos, não era uma opção viável.

## Beber para esquecer

Ao aproximar-se de Péricles, agora seu melhor amigo, Davi descobriu um novo dom: sua alta resistência para o álcool. Pois é, que merda de dom!

As bebedeiras tornaram-se constantes, e Davi consumia de tudo, a qualquer momento e em qualquer lugar, sem se preocupar com ninguém. Sem perceber, começou a ter uma rotina muito parecida com a de Fininho: bebia, dormia e somente acordava para beber de novo. Sentava-se na calçada junto a Péricles e atravessavam as madrugadas se embriagando. Ele adorava aquilo, e sua única preocupação era como arranjar o goró da ocasião.

Deixou-se, assim, alienar pela bebida, ficando fora de casa a maior parte do tempo, o que era ótimo. Não ter que ver nem conviver com a família era um alento. Estava o tempo todo anestesiado, e mesmo assim era mais feliz do que nunca.

Como não poderia deixar de ser, o resultado de seu vício no álcool foram as constantes brigas em bares e nas festas a que conseguia ter acesso. Com a maioridade já batendo à sua porta, Davi farejava confusão onde quer que estivesse, e a bebida diluída em seu sangue fazia com que ele ficasse ainda mais agressivo e maldoso.

Certo dia, Davi conseguiu usurpar do pai um cheque em branco. Era época das festas de São João, e os arraiás de rua agitavam a cidade. Davi e os amigos foram para o Arraiá do Esquino, festa tradicional da Cidade Satélite, onde se amontoava todo tipo de gente, de religiosos a vagabundos, de pais de família a estelionatários. E cães de briga, como o Davi e sua gangue da cachaça. Toda a sociedade estava representada ali, em sua melhor e pior forma.

Ao chegar ao arraiá, Davi e os amigos tomaram seus lugares entre as melhores barracas, aquelas que ficavam próximas ao palco. A farra estava apenas começando, e todos logo estavam bebendo e festejando. Davi, no entanto, não conseguia relaxar e aproveitar, pois algo o estava incomodando.

Algumas horas mais tarde, no auge do Arraiá do Esquino, Davi tirou uma menina para dançar. Estivera de olho nela desde que chegara ao evento, mas precisava de uma dose de coragem líquida para chegar junto. Seus corpos se colaram e dançaram no ritmo frenético do forró. E era tudo muito bom. O som da música, o ruído acelerado da respiração dela, o calor que emanava de seu corpo. Tudo aquilo acalmava sua alma perturbada, e Davi, pelo menos durante alguns minutos, esqueceu-se do tempo, da bebida e dos amigos.

Então uma chuva forte começou a cair, mas nada o incomodava. Nada seria capaz de separá-lo daquele par tão perfeito. Desgrudaram-se somente no fim da música, embebidos de suor, chuva e cerveja.

Nem bem voltara à sua mesa, Davi sentiu de novo uma inquietação, aquele sentimento de que algo ruim estava para acontecer. Olhou ao redor e, ao se aproximar, avistou Péricles à mesa de olhos cerrados e punho fechado. "Deu treta", pensou ele. Nesse momento, percebeu que o dono do bar se aproximava de seu amigo.

– Lá vem ele! Lá vem ele! Num falei que ele ia pagar a conta? – disse Péricles.

Davi logo entendeu o que estava acontecendo. Pela bagunça do local, era de se deduzir que Péricles havia quebrado todo o bar. Davi não estava gostando nada daquela situação, e sentiu-se extremamente desconfortável. De súbito, ele se lembrou do cheque em branco assinado pelo pai, que estava no bolso de sua camisa, encharcado por causa da chuva. O dono do bar, morrendo de medo de seu amigo, entregou a Davi uma conta, que ele observou atônito.

– Falei que ele ia pagar tudo. Pode incluir na conta as cadeiras que eu quebrei – disse Péricles.

Sem reação, Davi tentou retirar o cheque de seu bolso, mas o que havia restado era apenas uma massa de papel vermelho molhado. Ele olhou para o amigo, que de pronto percebeu que algo estava errado. Ambos se encararam.

– Velho, corre! Corre que deu ruim! – disse Davi a Péricles, saindo em disparada.

Os dois amigos correram aos trancos para fora do local do evento, indo em direção a um ponto de ônibus. Um veículo estava quase de saída, e eles bateram com veemência na lataria para que o motorista parasse e os deixasse entrar. Eles embarcaram no ônibus, esbaforidos porém aliviados, mas a tranquilidade durou pouco. Logo atrás deles veio um policial.

– Arranca, amigo, arranca! – ordenou Péricles ao motorista, que, em meio ao susto, não conseguiu raciocinar direito. Ele pisou no acelerador com vontade e saiu com o ônibus em disparada, sem entender o que estava acontecendo.

Passado o susto inicial, já bem perto de casa, Péricles perguntou a Davi:

– Ei, cadê o cheque?

Davi enfiou a mão no bolso da camisa e retirou um pedaço de papel esbagaçado.

– Tá aqui – respondeu Davi sorrindo.

* * *

Logo pela manhã, Davi escutou sons de choro, aquela voz manhosa tão conhecida. Ao despertar, sua mente foi aos poucos assimilando o que havia acontecido na noite anterior, toda a correria, a fuga.

Entre muitas palavras impossíveis de identificar, Davi reconheceu seu nome. Dona Marta estava chamando por ele, e estava acompanhada. Ao dirigir-se ao terraço da casa, Davi deu de cara com o dono do bar, e sentiu o coração parar.

– Não foi esse aí, não – disse o homem. – Ele estava lá, mas não foi ele que brigou, que quebrou tudo e ainda saiu sem pagar.

Davi quase caiu para trás de tanta surpresa. Era a primeira vez que alguém dizia que *não era ele* que tinha feito alguma merda. O dono do bar chegara ao seu endereço porque um tal de Michael, que havia começado toda aquela confusão ao iniciar uma briga com Péricles, dissera a primeira coisa que lhe viera à cabeça para escapar de levar uma boa surra dele. No caso, essa primeira coisa foi o nome *Davi*.

– Mas o senhor tem certeza mesmo que não foi ele? – interrogou dona Marta, pouco convencida da inocência do filho.

Davi, que já não se impressionava com o tom sempre acusatório da mãe, contou qualquer história que lhe surgiu para não caguetar ninguém, e, uma vez inocente, pediu licença e saiu. Retornou ao seu leito, lamentando-se pelos prejuízos com os quais teria de arcar e, ao deitar-se, ainda ouviu a mãe falando mal dele. Estava exausto, mas não dormiu, tampouco retrucou. Não sentia nada além de um grande vazio, como um eco em uma sala desabitada. Ele era oco, e os barulhos do mundo repetiam-se em sua mente, perdendo a força a cada vez. Davi percebeu que se tornara um nada. Ele era oco.

## Flerte com a morte

Os eventos do Arraiá do Esquino foram o assunto do momento por dias a fio. Afinal, Davi e Péricles conseguiram beber todas, brigar e ainda escapar da polícia. Eram dois heróis. O que a galera desconhecia eram os bastidores, a visita à casa de Davi, a perseguição do dono do bar em busca do Péricles.

Naquela mesma época, Davi acabou ficando muito amigo de Alex e Breno, dois irmãos vindos do interior da Bahia. O pai deles era conhecido como Roy, por causa dos braços curtos que lembravam um personagem do seriado *Família Dinossauros*. A mãe, Sara, era uma senhora que sofria de transtorno bipolar. Às escondidas, os moleques a chamavam de "Doida".

Tio Roy era um homem fechado, porém gostava muito de uma cervejinha. Trabalhava como técnico de telecomunicações para uma TV local e também fazia alguns por fora, o que lhe rendia um bom dinheiro. "Povo rico", pensava Davi, que cada vez mais se tornava amigo dos baianos. Encontrava-se com eles todas as tardes, então iam para um bar de esquina e bebiam até de madrugada.

Era 1994, ano de Copa do Mundo. Assim como milhões de famílias de Norte a Sul do Brasil, os baianos se reuniram para torcer pelo Tetra, e convidaram os amigos para assistir aos jogos em sua casa.

Davi admirava muito aquela família, e não conseguia deixar de sentir uma ponta de inveja dos dois irmãos. Às vezes, ficava olhando para aqueles rapazes, que tinham praticamente a idade dele, já com carro, cartão de crédito... E ele, o que tinha? Um par surrado de Havaianas, no máximo.

Como queria ter nascido em outra família! Não precisava ser perfeita, bastava não ser a dele. Se tivesse essa dádiva, não precisaria ser "do mal" para se afirmar. Em sua visão distorcida, era isso o que garantia seu lugar entre a turma. A verdade, no entanto, era que ninguém confiava nem gostava dele. Era o cachorro doido de estimação da galera.

A cada jogo, mais bebida. Quanto mais tempo passava bebendo, mais descontrolado ficava. Durante a semifinal, os amigos apostaram para ver quem conseguiria ficar bebendo por mais tempo sem dormir, e chegaram a tomar rebites a fim de manter-se acordados.

Apenas Davi e Péricles se mantiveram na disputa. Na tarde do segundo dia insone, Davi levantou-se, falou alguma bobeira envolvendo o Romário, deu dois passos e caiu para trás como uma tábua. Passou muito mal, e engasgou com o próprio vômito duas vezes. Foi para casa sujo e fedido, sentindo muitas dores e calafrios em todo o corpo. Havia, no entanto, conquistado o segundo lugar na disputa. Um feito digno de grande orgulho, com certeza.

Chegado o dia da grande final, disputada contra a Itália, valendo o tetracampeonato mundial de futebol, Davi acordou animado, deveras ansioso para o início do jogo. Assim que pôde, deixou de lado a própria família e seguiu para a casa dos baianos, onde Alex, Bruno e Péricles já estavam se calibrando para as emoções do dia.

Empatada, a partida seguiu para os pênaltis. Roberto Baggio fez a cobrança, e os segundos após ele chutar a bola fizeram todo o planeta prender o fôlego. Bola fora, Brasil campeão. Tudo virou uma grande festa. Passada a euforia, restava a embriaguez coletiva.

Naqueles meados dos anos 1990, ainda eram comuns as cabines de telefones públicos – os orelhões – espalhadas pelas ruas. Havia duas dessas em frente ao bar próximo à casa de Breno e Alex, e a diversão tomava a noite quando perceberam que entre os dois orelhões estava dormindo um de seus amigos, o Michael. Tiveram de fazer um grande esforço para carregá-lo, e Davi percebeu que perto dali, sentados à mesa do bar, na calçada, três homens assistiam à cena, achando muita graça em tudo aquilo.

Davi logo concluiu que eles deveriam ter colocado o Michael ali, entre os dois orelhões. Após socorrerem o amigo, Davi dirigiu-se rumo aos três engraçadões para tirar satisfação, acompanhado por Péricles e mais alguns curiosos da turma que bebiam na calçada. Um dos homens à mesa disse a Davi, em tom de ameaça:

– Oi, Davizinho. Está tudo bem com a sua namorada? Olha, se eu fosse você, ficaria muito esperto, porque tem uns caras mais velhos doidinhos pra te dar um cacete. Conselho de amigo, sabe... Eu dormiria de olhos abertos.

O cara mal terminara de falar e Péricles já estava lhe metendo um soco na cara. De início, os outros dois homens não se moveram, mas foram obrigados a esboçar uma reação quando Davi se aproximou e empurrou a mesa contra eles, fazendo com que um deles caísse para trás com cadeira e tudo. Sobrou apenas um homem, ileso até então.

– P... por favor, não me machuque, na boa, eu não fiz nada, tô aqui só junto da galera, não quero confusão. C... conheço seu pai. Seu irmão! Conheço seu irmão, gente boa ele – implorou o rapaz.

Davi se divertiu com a voz amedrontada do machão, mas sua atenção foi desviada quando ele viu Péricles ser arremessado ao chão e tomar um chute na boca. Agarrou então uma faca de mesa que estava no chão e partiu para cima do agressor de seu amigo. Davi pretendia cravar a faca na perna do cara, mas um dos rapazes que estavam bebendo com ele, chamado Márcio, colocou-se na frente dele:

– Davi, Davi, para, irmão. Ele é meu pri...

Não conseguiu terminar a frase. A essa altura, a faca já estava fincada na parte frontal de sua coxa. Davi só conseguiu parar quando se preparava para o segundo golpe, tentando alcançar seu alvo original golpeando-o no braço.

Tudo parecia acontecer em câmera lenta, mas a cena toda não deve ter demorado mais do que poucos segundos. Todos se esforçavam para conter Davi, que se debatia como um touro. O cara que havia iniciado a briga se jogou ao chão para acudir Márcio, seu primo, que perdia uma quantidade assustadora de sangue.

Além de Davi, ninguém mais queria brigar. Estavam todos muito preocupados com Márcio, que, apesar de parrudo, era um sujeito muito tranquilo, até meio bobão. Ele se agarrava à coxa, gemendo de dor.

Davi fingiu que se acalmava, e a galera que o continha finalmente o soltou. Uma vez livre, o monstro tomou o controle imediatamente e Davi avançou no pescoço de seu provocador, que nesse momento segurava o primo, fazendo-o desmaiar.

– Solta ele, Davi, cê vai matar ele! Davi... Davi! Solta ele, irmão, vai sujar pra você. Por favor, irmão. Por favor... – implorou Péricles.

Davi então soltou o pescoço do cara e tentou voltar a si. Quando olhou ao redor, percebeu que todos os presentes estavam contra ele.

– Vaza daqui, marginal!

As pessoas começaram a apontar para ele, indignadas com sua reação violenta.

– Quase mata o outro por besteira. Deviam chamar a polícia!

Só então Davi se deu conta de quão grave era a situação do Márcio, ensanguentado, caído ao chão. Quis se aproximar e pedir perdão a ele, mas foi contido pelos amigos, que pediram para que ele fosse embora e sumisse por um tempo.

– Filha da puta!

Davi ficou muito magoado. Afinal, fizera tudo aquilo na intenção de defender um amigo, e agora todos estavam contra ele. Sentindo as lágrimas escorrendo pelo rosto, foi andando cabisbaixo para casa, a roupa toda suja de sangue.

– Vagabundo!

Todos o haviam abandonado, até mesmo Péricles.

– Monstro!

* * *

Ao chegar em casa, foi dona Marta quem abriu a porta para ele. Estranhamente, ela não disse uma única palavra. Davi simplesmente se limpou e depois se recolheu.

Ao refletir sobre suas ações naquela noite, Davi deu-se conta de que sentia algo diferente. Ele não parou ao perceber que o provocador tinha apagado. Queria mesmo era ir *além*, e teria ido se não o tivessem parado. Pensou em como seria se tivesse matado o cara. Pela primeira vez, sentiu medo, sobretudo de si mesmo. Será que o diabo o estava utilizando como um instrumento do caos? Chegou até mesmo a ensaiar um diálogo com *ele*. Mas o medo e a angústia o consumiram. Davi chorou até pegar no sono.

Ao longe, a voz de Galvão Bueno gritava emocionada, vinda de alguma TV da vizinhança:

– *Acabou! É tetra! É tetra! É tetra!*

(PARTE III)

# CAINDO EM SI

( 5 )

# MAIS CAOS QUE O NORMAL

"Quem não controla impulsos convive com remorsos."

## Fuga na praia

Superado o incidente da faca, Davi aos poucos retomou o contato com suas amizades e voltou a frequentar os locais de sempre. O assunto da vez entre a galera era uma festa na praia, que estava sendo organizada por um dos playboys amigos do Alex.

Davi nunca havia participado de uma festa dessas e, pelo visto, continuaria sem participar: os pais do cara haviam proibido expressamente que ele o convidasse. Ao tomar conhecimento disso, Davi ficou realmente ferido, afinal, toda sua galera iria. Dentre todos, somente ele ficaria de fora.

Contudo, um dos outros amigos de Alex, chamado Túlio, também tinha uma casa na praia, próxima do local onde aconteceria a festa. Como ele conhecia o Davi e até nutria alguma simpatia por ele, sensibilizou-se e ofereceu sua casa para que ele pernoitasse ali, e assim poderia participar da festa sem ficar hospedado na casa do playboy. O pai de Túlio, que trabalhava com o tio Roy, também estaria presente, celebrando um aniversário durante aqueles dias.

Animado com a solução oferecida por Túlio, Davi partiu com os amigos para essa aventura, levando consigo pouco mais do que o dinheiro do ônibus e uma muda de roupa. Começaram a beber e a assar umas carnes tão logo chegaram à casa de praia, dando início ao "esquenta" da festa que aconteceria mais à noite.

Ao chegarem à casa do playboy, ele encarou Davi como se tivesse visto uma assombração. No entanto, o tratou com gentileza, e pediu a todos que entrassem e ficassem à vontade. Ao caminhar pela casa, Davi percebeu que as rodinhas de amigos o encaravam com surpresa e desdém. Decidiu então "apertar o foda-se" e começou a beber tudo o que via pela frente.

Não demorou muito, e Davi estava na sala da casa vomitando dentro de um vaso que havia em cima da mesa de centro. A essa altura, já nem sabia o que fazia. Quando a galera percebeu que poderia fazer com ele o que bem entendesse, ele virou alvo de chacota e brincadeiras, e a zoeira terminou com Davi sendo jogado dentro da piscina.

Assustado, ao dar-se conta de onde estava, Davi teve medo de morrer afogado, já que não nadava direito. Tentava sair da piscina pelas beiradas, mas escorregava, levando o pessoal ao redor a gargalhar. Só conseguiu sair graças à ajuda de alguns jovens que ficaram com pena dele. Entre eles, havia uma convidada que morava na cidade vizinha, e ela ficou cuidando de Davi, conversando com ele e o amparando.

Conforme a noite avançava, os amigos resolveram que era hora de saírem dali, e decidiram ir para a casa de Túlio. A menina, preocupada com a situação de Davi, acompanhou-os. No caminho, ele tropeçava a cada passo, constrangido pela presença da garota.

– Não precisa vir com a gente, não. Já tá tarde. Eu tô bem, fica tranquila – balbuciava ele embaralhando os pés.

– Não custa nada – respondeu ela, rindo. – Aliás, aquela festa estava um porre, então essa foi uma ótima desculpa pra ir embora!

– Como é seu nome mesmo? – perguntou Davi.

– É Sara! Já te falei umas três vezes! – ela respondeu, fazendo charme.

– Sara! – repetiu Davi. – Claro. Desculpa. Juro que não esqueço mais.

Chegando à casa do pai de Túlio, a menina e os amigos o ajudaram a trocar de roupa, deitando-o sobre uma rede. Sara então se despediu e prometeu voltar na manhã seguinte para ver como ele estava.

* * *

Eram cerca de três horas da manhã quando Davi acordou, mais desorientado do que nunca. Estava morrendo de frio, e quase não conseguia controlar seu corpo de tanto que tremia. Havia sido esquecido pelos amigos na rede para fora de casa, e trajava apenas uma bermuda.

Recobrando os sentidos, dirigiu-se aos fundos da casa, no local onde havia uma churrasqueira e um *freezer* de bebidas. Sobre a mesa jazia um prato com uns tecos de carne que sobraram do churrasco da tarde. Tinham gosto de carvão queimado, mas Davi comeu mesmo assim de tão faminto.

Como a casa estava fechada, Davi não conseguia entrar. Pensou em chamar por Túlio, mas ficou com medo de acordar o pai dele ou mais alguém que estivesse lá dentro. Abriu o *freezer* em busca de alguma bebida forte o suficiente para mantê-lo aquecido. Encontrou uma garrafa branca de cerâmica e resolveu abri-la para experimentar seu conteúdo. Era bem gostoso, parecia uísque, só que mais doce. Tomou uma dose. Duas. Três.

Davi acordou pela manhã, despertado por um barulho ao longe. De pronto, percebeu que se tratava de uma briga. Concentrou-se para conseguir distinguir o que diziam, até reconhecer a voz do pai de Túlio, que falava num tom ríspido.

– Beberam quase tudo! Todo o meu Royal Salute de uma única vez, puta merda!

Davi logo percebeu-se encrencado. O pai de Túlio estava aos berros, pois, aparentemente, a garrafa que ele havia secado durante a madrugada era de uma bebida muito chique e que custava uma fortuna. Sentiu um arrepio de arrependimento ao ouvir as últimas palavras raivosas do homem:

– ... e quero vocês fora daqui!

Alguns minutos depois, Túlio e Alex apareceram para dizer ao Davi que teriam que ir embora, pois o pai estava fora de si de tanta raiva. Bem-humorado, apesar de ter sido expulso pelo próprio pai, Túlio explicou que o Royal Salute custava, sozinho, mais do que toda a bebida que Davi já havia tomado na vida.

Os três foram embora, e lá pelas dez da manhã chegaram a uma cidade praiana chamada Caiçara. O ônibus que deviam pegar sairia apenas às quatro da manhã do dia seguinte. Com pouco dinheiro, não havia muito o que fazer além de bater perna, conversar, matar o tempo.

Ao caminharem rumo à praia, perceberam uma agitação em uma casa bem bacana, e concluíram que se tratava de um churrasco. Túlio logo comentou que provavelmente era a casa do irmão de Sara, pois ela havia descrito algo muito parecido com aquela casa na noite anterior. Davi estava morto de fome, e o cheiro bom da comida fez com que suas entranhas doessem. Ao se aproximarem, reconheceram Sara, a jovem que havia cuidado de Davi na noite anterior.

Os três foram falar com ela, e confirmaram que a casa era de seu irmão, um pequeno comerciante da região candidato a prefeito da cidade. Davi perguntou a Sara se podia usar o banheiro e, ao receber uma afirmativa, entrou na residência. O aroma da comida era irresistível, e o esfomeado Davi resolveu dar uma de joão sem braço. Foi até uma mesa, pegou um prato e começou a se servir.

– Quem é esse aí? – disse uma voz extremamente grave.

Davi congelou por alguns segundos ao olhar para o homem enorme, gordo e cheio de adereços de ouro. Ao abrir a boca para tentar se justificar, uma outra voz falou por cima da dele:

– Benga, esse é o “namorado” da Sara. Estava com ele na praia ontem.

– Ah, sei – disse o homenzarrão. – Onde você está ficando?

– No... na... Tô com dois amigos, mas a gente vai ver ainda – respondeu Davi, hesitando.

– Fiquem aqui então. Tem comida e bebida pra todo mundo. À noite a gente toma uma. Precisamos nos conhecer melhor, já que é o “namorado” da minha irmã.

Davi concordou, engoliu a comida o mais rápido que pôde e saiu. Seguiu então com os amigos em direção à praia, contando o que havia acontecido.

Sara era loira, tinha olhos claros e era um pouco mais velha que Davi. Simpática, parecia ser muito querida por todos na cidade. Não demorou muito e Davi se viu aos beijos com ela durante a agradável tarde que passaram na praia, às custas dela.

À noite, após um providencial banho, foram todos a uma festa na praça, promovida pelo Benga, regada a muita cerveja. Perto da meia-noite, Davi avistou uma linda morena, pela qual ficara hipnotizado. Após trocarem olhares, ela fez um sinal para ele, que a seguiu até o fim da rua. Ao se encontrarem, atiraram-se nos braços um do outro, dando-se ao prazer durante intensos e aprazíveis minutos. "O que foi isso?", perguntou Davi a si mesmo, sentindo-se o máximo.

Ao retornar ao seu lugar junto a Sara, teve início uma discussão entre os dois. Davi tentou emplacar uma mentira, mas ela já estava sabendo de tudo. Sara meteu um tapa no rosto de Davi e disse aos berros:

– Estou com muita raiva de você! Seu babaca, mentiroso!

Davi não pensou duas vezes e devolveu o tapa. Sara se desequilibrou e quase caiu devido ao impacto.

– Se me bater de novo, a próxima vai ser de mão fechada! Tô me lixando se você é mulher. Bateu, vai ter troco! – respondeu Davi tomado de ira.

– Vai pegar suas coisas e se manda daqui, desgraçado! – disse Sara, sentindo o rosto latejar de dor.

De pronto, Davi e os amigos correram pegar suas coisas na casa de Sara, entrando e saindo de lá o mais rápido possível. A essa altura, Benga certamente já sabia que Davi havia batido na irmã dele, e todos tremeram ao pensar no que ele poderia fazer com Davi caso o encontrasse.

Passaram as horas seguintes camuflados pela escuridão da praia, pensando em como iriam entrar no ônibus sem ser notados. Às três e meia da manhã, perceberam que o som que vinha da festa na praça começou a diminuir e as pessoas começaram a ir embora. Alguns minutos depois, o local já estava deserto, a não ser por uma movimentação aqui e acolá. Deviam chegar ao local de embarque e vazar logo dali.

Ao chegarem, no entanto, foram surpreendidos por um grupo, provavelmente capangas do Benga. Não ia ter jeito. Se quisessem entrar no ônibus, teriam de enfrentar aqueles caras. Alex e Túlio estavam inconformados e putos com Davi. Graças a ele, iriam se envolver em uma briga com a qual nada tinham a ver.

Um cara aparentemente não muito mais velho que Davi deu um passo à frente, revelando-se como o cabeça da tocaia. Ele era forte, e parecia um daqueles lutadores de MMA. Tinha nas mãos um taco de madeira.

– Você tem noção de quem era a mina que você pegou na festa, vacilão? – perguntou o rapaz, com um sotaque paulistano.

Davi percebeu que ele não estava falando de Sara, mas da outra menina, a que ele havia beijado às escondidas.

– Não. A gente se viu, pintou um clima e a gente ficou – respondeu Davi, sem desviar o olhar.

– Então é mais trouxa do que parece. Você mexeu com a mina do maluco mais pica da cidade.

Davi se viu num beco sem saída, e teve a impressão de que a qualquer segundo poderia levar uma facada ou um tiro. O paulistano percebeu o efeito de suas palavras e continuou:

– Como você é um bosta, um trouxa que nem sabia o que tava fazendo, cê num vai morrer hoje. Mas vai lembrar de mim por muito tempo, isso eu garanto.

Ele fez um aceno de cabeça para seus comparsas, que avançaram sobre Davi e seus amigos, imobilizando-os. Um deles segurou os braços de Davi para trás com força.

– Quando vier a dor, morde a camisa, mas não grita, senão vai ser pior!

O rapaz de súbito girou o taco de madeira e bateu com tudo no ombro de Davi, deslocando-o na hora. O garoto se ajoelhou de dor, reunindo todas as suas forças para segurar o grito. Mas, na segunda investida, não teve jeito. A dor do segundo impacto, agora no outro ombro, foi insuportável, e ele deixou escapar um berro de aflição e agonia.

– Se você aparecer aqui de novo, eu vou rachar a sua cabeça, você tá entendendo? – disse o paulistano.

Davi ficou em silêncio e, sem obter uma resposta, o rapaz ergueu de novo o taco, fazendo menção de atacar novamente. Davi então sacudiu a cabeça afirmativamente várias vezes, para deixar claro que havia entendido o recado.

Os capangas soltaram os garotos e saíram do local dando risada daquela cena grotesca. Davi tentou colocar o ombro esquerdo no lugar atirando-se contra o ônibus, mas não teve sucesso, e a investida só fez aumentar a dor. Somente Túlio, quando já estavam no ônibus rumo à sua cidade natal, conseguiu pôr o ombro do amigo de volta no lugar, ao custo de fazê-lo desmaiar.

A viagem de volta para casa foi bem silenciosa. Nos momentos em que esteve consciente, Davi refletiu sobre suas desventuras e pensou em como era raro que algo de bom lhe acontecesse. Geralmente, só os piores queriam ficar com ele ou o toleravam. Pensou sobre tudo o que passara até aquele momento, e a dor, apesar de aguda, o ajudava a abstrair um pouco a realidade.

Sempre que algo de bom lhe acontecia, Davi dava um jeito de estragar. Por que ele era assim? Pensou, pensou e pensou. E chegou a uma simples e triste conclusão: "Eu sou corrosivo".

## Volta às aulas – Tentativa 2

"Ano novo, vida nova", pensava Davi. Passaria a virada de ano em casa, do jeito que mais gostava: de boa assistindo à TV. Sentia-se mais tranquilo assim. A dor latejando em seu ombro esquerdo ainda o lembrava de sua última aventura. Nos últimos meses, aproveitando a ausência de dona Marta, que estava em viagem, Davi ficou em casa por bastante tempo. Alugou um videogame e jogou até dizer chega.

Decidiu naquele Ano-Novo, perdido em seus pensamentos, que retomaria os estudos, já que se sentia envergonhado por ter empacado na sétima série. Já fazia cinco anos que estava estagnado nessa mesma etapa. Era hora de crescer, de passar de fase, e a oitava série estava a um passo de distância. Pena que seus planos eram sempre levados como poeira ao vento. Davi nunca começava nada, e nas raras vezes que o fazia, perdia-se pelo caminho.

Matriculou-se novamente na escola da qual fora expulso dois anos antes. Ao chegar, soube de cara que seu querido amigo, o seu José, falecera havia poucos meses. Davi sentiu-se pesaroso, pois, após o fatídico episódio da expulsão, nunca mais havia entrado em contato com ele. Envergonhado, evitava encontrá-lo, e agora era tarde demais.

Após uma longa conversa com a diretora, na qual prometeu que jamais repetiria o comportamento pregresso, foi novamente aceito na escola.

Ao sair da sala da diretora, deu de frente com um cara que mais parecia um rolo compressor, fazendo cair uma fita cassete que pertencia a ele. Sem querer, Davi acabou pisando em cima da fita, esmagando-a. "Nem cinco minutos aqui e já faço merda", pensou ele, esperando que o gorila lhe desse um soco logo em seguida. No entanto, o "rolo compressor" se limitou a apanhar a fita e entregá-la ao garoto, dizendo calmamente em seguida:

– Grava o que tem aí numa fita nova e me entrega lá no grêmio. Você tem três dias.

Ao dizer isso, o grandalhão deu de costas e entrou na sala da diretora. Davi permaneceu parado olhando para a fita em suas mãos, e se deu conta de que todo o corredor estava olhando para ele como em uma cena pausada de um filme. "Que cara doido", pensou ele, e seguiu seu caminho.

Aquelas primeiras semanas de aula foram bem tranquilas. Davi não arrumou confusão e ainda fez novos amigos. Breno e Péricles também estudavam lá, o que deixava tudo mais fácil, e assim os dias transcorreram com uma tranquilidade impressionante. Os garotos costumavam levar vodca para a escola dentro de uma embalagem de água de coco, e dominavam o corredor do "primeiro grau", como era conhecido o Ensino Fundamental à época.

Certo dia, ao chegar em casa, Davi é abordado por seu irmão, o Valente, que lhe pergunta com um ar de preocupação:

– Mano, tu tá devendo uma TDK com um show ao vivo do Pink Floyd pro Estefânio? O maluco veio cobrar de mim! Falou que já faz dois meses que tu tá enrolando com a parada dele e que já tá sem paciência.

Davi olhou para o irmão com cara de besta, tentando entender do que ele estava falando. Não sabia de "Pinqueflói" nenhum, tampouco de Estefânio, e precisou forçar a memória para se lembrar do incidente com a fita.

– Resolve essa porra logo, Davi. Esse maluco é envolvido com um monte de treta – completou Valente, visivelmente incomodado com a pendência do irmão.

Ao pesquisar melhor, Davi descobriu que aquela TDK de 90 minutos continha um material muito raro. Por isso, usou toda sua lábia para fazer um fiado no Gonzo, um conhecido seu que fazia cópias de conteúdo de áudio em fitas cassete. Antes de entregar a cópia restaurada ao seu dono, Davi resolveu ouvir um pouco para saber o que tinha de tão especial naquela fita, e que sensação boa ele sentiu! Até então, só conhecia forró e poucas bandas de rock nacional, e não gostava de nenhuma delas.

Davi ficou fã daquele rock encorpado, que ele descobriu se chamar progressivo. Perdia-se nos solos de guitarra de David Gilmour e na voz grave de Roger Waters. Apesar de não entender o que diziam as letras, sentia-se atraído pela melancolia dos vocais, pelos ruídos inusitados, pelas canções que duravam uma eternidade e que se misturavam como se fossem uma só. Imaginava que as palavras que não compreendia explicavam, de certa forma, sua própria dor.

No dia seguinte, Davi entregou a fita no grêmio, conforme a orientação do "Rolo". Nunca tinha reparado naquela sala, quase toda ocupada por estudantes do Ensino Médio. Estefânio era como um fóssil entre aquelas pessoas, e estava por lá como presidente do grêmio estudantil já fazia uns seis anos, repetindo de ano a cada verão.

Davi olhou para as meninas na sala, e então olhou para os caras. Observou os detalhes do ambiente, como o cheiro de maconha, as bebidas nas latas de refrigerante e o olhar do Rolo, bonachão mas cheio de malícia. Era o típico malandro metido a esperto. Ele mandou Davi se sentar enquanto conferia o som, e ofereceu-lhe um refri. Davi passou toda a tarde ali, e acabou fazendo amizade rapidamente com aquele pessoal.

Transcorridos os 45 minutos de cada lado da fita do Pink Floyd, Davi foi liberado, mas ainda passou mais um tempo ali, pois o som que eles curtiam era bom demais. Um carinha chamado Lucão botou no rádio uma outra fita, e daquela caixa de som Davi ouviu músicas que mudariam sua vida. Naquela sala, que exalava um cheiro de maconha misturado com chiclete, Davi foi apresentado a Capital Inicial, Ira, Titãs, Metallica, Iron Maiden...

A convite do pessoal, Davi começou a frequentar cada vez mais o grêmio. Eram gente boa demais, e com eles podia beber, curtir um som, ficar de boa. Vez ou outra, ainda pegava uma gata mais velha, o que fazia com que ele se sentisse "o cara". Não entendia bem o que aquele pessoal fazia enquanto representantes dos estudantes, mas o importante era que tinha as aulas abonadas para ficar no grêmio, e para ele isso era mais que o suficiente para ter sua adesão.

Davi nunca fumava, pois não curtia. Mas, para ficar ali, tinha que aguentar aquela fumaceira toda, e até ia com outro cara nos coqueiros comprar mais erva para o pessoal do grêmio. O tempo foi passando, e Davi pegava cada vez mais tarefas do clube para cumprir. Em contrapartida, recebia segurança e, o mais importante, sentia como se fizesse parte de uma espécie de família.

Todos os anos, o grêmio estudantil promovia uma festa de São João para arrecadar fundos. Davi se preparava para participar como um dos principais da festa e, chegando ao local, logo de cara se interessou por uma garota, com quem passou boa parte do evento. No intervalo, chamou-a para ficar com ele em frente à escola, para que pudessem se conhecer melhor.

Estava com a menina ali de boa, quando foi surpreendido por uma forte pancada em suas costas. Reagindo por instinto, virou-se rapidamente, a fim de desviar da segunda garrafa que voou em sua direção. Davi olhou melhor e percebeu que do outro lado da rua havia três rapazes, e um deles, de porte avantajado, era o que lhe arremessava garrafas.

– Ai, meu Deus, é o meu namorado! – disse a garota, para sua total surpresa.

– Mas que merda! – exclamou Davi, inconformado com seu azar.

Com tantas mulheres no mundo, Davi aparentemente só atraía as comprometidas. Ou será que, inconscientemente, sentia-se atraído por elas? No entanto, suas conjecturas foram interrompidas por mais uma garrafada, agora na perna. Seus gritos de dor chamaram a atenção de um dos seguranças do evento, que veio prontamente em seu socorro, enquanto os agressores correram e vazaram dali.

Ao saberem do ocorrido, Estefânio e mais alguns membros do grêmio foram ao encontro de Davi e perguntaram à garota se ela sabia onde morava aquele babaca das garrafas. De início, ela hesitou em revelar, mas acabou cedendo.

Minutos depois, estavam em frente à residência do agressor. Então Rolo tirou de sua mochila uma garrafa contendo uma rolha e um pano na boca. Era um coquetel molotov. Ele ensinou a Davi como deveria ser aceso, deixando claro que, uma vez que o fizesse, deveria atirá-lo logo, para que não desse ruim para ele. Rolo pediu a Davi que esperasse que eles se afastassem antes de atirar o artefato explosivo.

Por alguns segundos, Davi achou melhor simplesmente sair de lá e ir embora, antes que se metesse em encrenca. Mas, de súbito, uma raiva tomou-lhe de assalto, e um desejo ardente de se vingar daquele covarde brotou em seu peito. Ele acendeu o coquetel molotov e sentiu seu coração disparar.

– Vem aqui pra gente brincar de jogar garrafinha agora, seu cuzão! – gritou ele, preparando-se para atirar a garrafa pela grade do portão na direção da porta da casa.

Acontece que, no exato momento em que Davi acendeu o coquetel molotov e o jogou pela grade, veio correndo um cãozinho da parte de trás da residência. O impulso não foi suficiente para que a garrafa passasse por sobre a grade, e ela acabou se espatifando no portão, explodindo em seguida.

A única coisa que Davi pôde ver foi uma bola de fogo que se avolumava em câmera lenta. E, em seguida, a impressionante figura do pobre animal queimando vivo.

Tomado de desespero, Davi ainda tentou pular o muro da casa para ajudar o cãozinho, mas não conseguia se apoiar nas grades. Sem ter o que fazer, apenas testemunhou o bichinho correndo a esmo, debatendo-se contra as paredes e, por fim, contorcendo-se no chão. Seus urros cortavam a alma de Davi como se fossem uma espada.

De súbito, um homem começou a gritar, sem entender o que estava acontecendo. Era o dono da casa. As chamas que consumiam seu animal de estimação iluminavam-lhe os olhos, tomados de pena ao verem tamanho sofrimento. Toda a cena dantesca não deve ter demorado mais que alguns minutos, mas para Davi durou uma eternidade. Como que por piedade dos céus, o pobre cachorro finalmente parou de se mexer. Seus urros foram se tornando um choramingo baixo, e então cessaram. A vida da criatura se extinguiu muito antes das chamas.

Um dos caras do grêmio retornou e puxou Davi, que voltou à realidade como se sua alma estivesse pairando longe dali. Ele correu, mas correu desesperadamente, e foi direto para casa. Ao chegar, foi possuído por uma angústia tão forte que mal conseguia respirar. Aquela cena do cachorrinho ardendo em chamas enquanto corria desatinado pelo jardim passava em sua mente ininterruptamente, e ele recordava de cada detalhe. Não conseguia parar de chorar, e as lágrimas lhe ensopavam o rosto e a camisa.

Davi foi tomado por um sentimento de culpa que nunca havia sentido. Passou a semana toda sem sair de casa, sem falar com ninguém, sem proferir uma palavra que fosse. Quanto mais tentava esquecer, mais aquele filme horrendo insistia em se repetir em sua mente. Davi se afundou na escuridão e, por vezes, pegou-se elaborando planos para se vingar do cara que deu início a todo aquele inferno ao atirar-lhe garrafas na festa. Ele não poderia carregar toda a culpa sozinho. "Aquele maldito vai arcar com o custo do que fez comigo", pensou Davi. "Vai pagar caro pelo que me obrigou a fazer."

* * *

Era uma manhã cinzenta. Davi compareceu à aula, mas sua mente estava paralisada. Ele não pensava em nada, e um vazio enorme cobria seu corpo e sua alma. Não falava, não brincava, não brigava, nada. Sequer deu uma passada no grêmio para dar um alô para a galera.

Antes de voltar para casa, passou na residência dos baianos, que o questionaram sobre os acontecimentos daquela noite, mas ele preferiu ficar calado. Limitou-se a permanecer ali parado, encarando o nada durante horas a fio. Ao cair da noite, simplesmente levantou-se e foi embora.

Em casa, permaneceu indiferente a tudo e a todos. Sequer reclamou com Fininho por ele estar jantando todo sujo e fedendo a bebida. Também não se importou com a mãe quando esta ficou enchendo o saco dele por causa do horário em que chegara. Àquela altura, nada mais fazia sentido.

Ao deitar-se, a cena do animal em sofrimento lhe vinha de tempos em tempos, e Davi só queria alguns minutos de paz. Mas não teve. Pesadelos, um depois do outro, atormentaram seu sono, fazendo-o sentir um calor inexplicável. Via fogo e chamas onde quer que olhasse, quer estivesse de olhos abertos ou fechados.

No meio da noite, Davi acordou assustado, ouvindo gritos do pai. Pensou que estava sonhando, mas os lamúrios não cessavam. Resolveu ir ao quarto dele para checar se ele estava bem, e o flagrou sentado num canto, os olhos fixos na parede oposta, dedo em riste.

– Olha ele correndo ali... Agora está ali, vê? Você também vê? – disse Fininho com a voz trêmula, como se estivesse delirando.

– V... vê o quê? – perguntou Davi.

O silêncio foi quebrado por uma palavra tão inesperada quanto aterrorizante:

– Satanás – balbuciou o pai. – Ele tá aí na parede... E tem um monte de diabo subindo e descendo pelo teto. Ele falou que veio me buscar. Ele falou que vem buscar todo mundo. Tá todo mundo perdido. Tá todo mundo perdido. Tá todo mundo perdido...

Fininho falava cada vez mais alto, como se não houvesse um limite. Aos gritos, tentava se esconder no chão do dormitório.

Aquele movimento todo acordou dona Marta, que chegou a pensar que Davi estivesse batendo no Fininho. Ao presenciar aquela cena macabra, ela entrou em pânico e correu para seu quarto. Fininho foi atrás dela, mas seguiu em direção à sala.

– Tá queimando tudo! O fogo! Vai queimar o quarto inteiro! – disse o homem fora de si.

Davi também ficou completamente assustado. Ele não sabia como agir nem o que fazer para acalmar o seu pai, cujo estado de loucura se alongou por intermináveis minutos. Até que ele começou a se acalmar, voltando a si aos poucos. Ao perceber a presença do filho no recinto, Fininho olhou para ele com os olhos esbugalhados e disse aos prantos:

– O coisa-ruim falou comigo, filho. Ele falou... Ele falou pra eu te dar um recado. Que ele tá vindo buscar você logo. Que tá quase tudo pronto.

Dito isso, o homem se levantou. Davi procurava nele traços de embriaguez que justificassem aquele comportamento, mas Fininho estava plenamente sóbrio. Ele colocou a mão sobre o ombro do filho e completou seu discurso sinistro:

– Reza, filho. Tu tá perdido.

Seguiu para o quarto e dormiu. Diferentemente de Davi, que não pregou o olho nem naquela noite nem nas seguintes. Logo pela manhã, dona Marta decidiu encaminhar Fininho a uma clínica de reabilitação. Os anos de bebedeiras certamente haviam afetado seu juízo, mesmo quando sóbrio. Ele ficou internado por longos nove meses... e jamais seria o mesmo outra vez.

* * *

Passados alguns meses daqueles terríveis episódios, a vida de Davi entrava em uma aparente normalidade. Apesar de ainda estar bebendo quase todos os dias e de sempre arrumar uma briga aqui e ali, ele assistia às aulas com regularidade.

Um dos motivos que fizeram Davi acalmar um pouco sua alma agitada foi o início do namoro com May, uma das meninas mais lindas da escola. Ela era extremamente simpática, doce e suave. O oposto dele. Davi sentia que uma grande paixão estava nascendo dentro de seu peito, e para ele era uma sensação muito nova, já que nunca havia amado alguém daquela maneira.

Ele era outra pessoa ao lado dela, e arrisco dizer que estava feliz, como qualquer outro jovem de sua idade. O que havia entre eles era muito intenso, e Davi ainda estava aprendendo a lidar com aquele tipo de emoção. Ele voltou a frequentar o grêmio, agora acompanhado de sua May. Ficavam lá durante horas, namorando, escutando rock das antigas e sonhando com o futuro. Ela sonhava em ser modelo, e até já desfilava representando a escola e a cidade. Davi tinha muito orgulho dela.

Entretanto, Davi falhou em identificar uma conspiração por parte dos próprios amigos do grêmio. Ora, eles não precisavam de um *monstro* amoroso e simpático. Gostavam mesmo era de sua versão infernal, desorientada.

Começaram a encher a cabeça de May de coisas negativas sobre Davi, contando sobre como ele havia tratado tantas outras meninas. Destacaram seu machismo, sua violência e agressividade, acrescentando que ele batia em mulheres sem problema nenhum, além de maltratar animais, como o cachorro em que ateara fogo.

Indignada com tamanhas barbaridades, May se recusou a ouvir qualquer justificativa de Davi. E saiu da vida dele como quem simplesmente se levanta e vai embora de um lugar ao qual não pertence.

Davi ficou absolutamente transtornado com aquilo, e sentia que o chão lhe faltava sob os pés. Sem entender direito o que havia de errado, tentou buscar o auxílio dos colegas, que se limitaram a dizer que nada sabiam sobre o caso.

"Por que ela está agindo assim comigo?", pensava Davi. "Como ela pode me tratar desse jeito?". Ele lutava para conseguir lidar com aquela rejeição injustificada, mas o único amparo que parecia surtir algum efeito era o do álcool, que acabava por nublar sua mente ainda mais.

* * *

Era uma sexta-feira quando, após a aula, toda a galera seguiu direto para a casa da Manu, uma das meninas mais velhas do grêmio. Os pais dela não estariam em casa durante todo o fim de semana. Não eram ricos, mas tinham uma boa condição de vida, e a casa tinha até piscina. Quando os pais viajavam, Manu ficava na companhia do irmão mais velho, que era meio maluco e vivia se drogando.

Davi acompanhou a turma até a casa de Manu, onde passaram a tarde toda bebendo e curtindo um som. Vários deles, assim como a própria Manu, amarravam-se em um baseado, e não deixaram passar a oportunidade. Davi apenas bebia, e quanto mais o fazia, mais raiva sentia de May. Tomado de ansiedade, quase foi bater no portão dela para pedir explicações, mas foi dissuadido de fazê-lo pelos colegas.

Ao longo de todo o dia, Manu tentava puxar papo com Davi. Chapada de maconha, buscava chamar sua atenção, dando algumas investidas quase constrangedoras. Ele, contudo, não lhe dava nenhuma moral, perdido que estava em seus pensamentos. Entre latas de cerveja e tentativas de fazê-lo dançar, Manu se atirava cada vez mais a um Davi que mal notava sua presença.

Caiu a noite, e a festa prosseguiu. Davi estava sentado em uma cadeira de praia próximo à piscina. Um *ding dong* ao fundo indicou que mais alguém havia chegado à casa, mas ele teve pouco tempo para pensar sobre isso. Estava mais preocupado em contemplar o céu estrelado iluminando a noite. De repente, Davi percebeu que havia alguém em cima de si e, antes de poder dizer qualquer coisa, sentiu a boca de Manu colada à sua. Surpreso, ele a empurrou para o lado.

– Na boa, Manu, o que deu em você hoje? Não tô no clima pra isso, se toca, me deixa em paz! – reclamou ele, repreendendo-a.

Nesse momento, Davi percebeu um tumulto atrás de si. Levantou-se e foi na direção do que parecia o som de pessoas discutindo. Em meio àquelas vozes, identificou uma que ele conhecia muito bem.

– ... e me chamaram aqui pra isso? Foi de propósito, é isso? Eu nunca mais quero ver o Davi! – dizia a voz de May, o rosto molhado de lágrimas.

A raiva de Davi desceu sobre ele como uma tempestade a tumultuar a calmaria da noite. Sua mente aguçada logo se deu conta da armação, e ele partiu para cima de Manu, mas foi contido pela galera. Devastado, resolveu ir embora. Em seu caminho, deu murros em retrovisores, caixas de correio e lixeiras, deixando um rastro por onde passava. Estava aos prantos. Estava sozinho. Como sempre.

* * *

Nos dias seguintes, Davi tentou contato com May, mas não teve sucesso. Queria esclarecer as coisas com a garota que amava, ficar sem ela era insuportável. Sentia ódio de ser quem era e, sem seu ponto de equilíbrio, seu comportamento nas aulas e com os colegas foi de mal a pior.

Na escola, estava rolando um campeonato de futebol interclasses, e cabia ao pessoal do grêmio a organização do evento. Davi gostava daquelas competições, mas, se pudesse escolher, preferiria estar em casa, ou mesmo na rua, curtindo uma fossa.

No meio do segundo jogo, Davi deu um perdido na galera e vazou. Resolveu ir à sede do grêmio, onde talvez pudesse esticar um pouco as pernas e ficar de boa com seus pensamentos. No entanto, ao chegar lá, viu algo que o fez gelar dos pés à cabeça.

Davi jamais havia sentido tamanha ira. Em um segundo, ele se viu tomado pelo seu lado animal ao flagrar May e seu amigo Breno aos beijos, trocando carícias como dois amantes abrasados. Ele correu na direção deles como uma besta recém-saída do inferno, pegou uma cadeira no meio do caminho e bateu com ela no rosto de ambos os jovens, fazendo May cair para trás. Assustado, Breno tentou se levantar, mas levou uma segunda pancada. Davi largou a cadeira e se jogou sobre o amigo, desferindo-lhe socos a esmo. May ficou ali, paralisada, chorando. Seu rosto latejava de dor, e podia sentir o sangue quente que escorria dos ferimentos. Ela não encontrava coragem para dizer nada. Nunca tinha visto a verdadeira face do Davi, nunca percebera o ódio que ele carregava de tudo e de todos.

O barulho dos gritos dos jovens atraiu a equipe de segurança da escola, que precisou bater nele para conseguir contê-lo, retirando-o do local à força.

Davi não viu nem Breno nem May naquele dia. Estava era surpreso por não ter sido levado em cana. Mais tarde, ele se encontrou com Alex, que estava puto da vida com o que Davi fizera com seu irmão, e com Péricles, que tampouco demonstrou qualquer empatia por seu sofrimento.

No entanto, nada daquilo alcançava sua mente. Davi só pensava na May e em como a tinha machucado com a cadeira. Ele havia ferido a única pessoa que o amara em toda a sua vida. Era assim que havia perdido o seu amor.

Davi foi expulso do clube – e não se incomodou com isso – e também da escola – isso, sim, o entristeceu. Ele havia realmente se esforçado, mas não adiantou de nada. Novamente perdido, entregou-se à bebida e à jogatina. Afogado em remorso, daria tudo para embarcar em uma máquina do tempo e desfazer suas burradas. Mas, em vez de paz, buscava cada vez mais o caos, de modo a tentar silenciar as vozes de sua mente. Sentia-se uma bomba-relógio, enterrado em sua própria dor.

### Sentindo-se impotente

Chegado o Natal daquele ano, Davi ainda sofria muito pensando na May, a quem não mais vira desde o ocorrido na sala do grêmio. Retomou a amizade com Alex, mas mantinha com Breno uma relação de ódio velado. Ele precisava estar com alguns amigos para o bem da sua sanidade mental, ainda que lhe custasse ter de aturar aquele traidor.

Os baianos estavam bem animados para a festa de Natal. Era um evento importante na família deles, sempre com muita gente e comida farta. As celebrações ainda contavam com amigo-secreto, e alguns parentes levavam instrumentos musicais para tocar após a ceia.

Davi nunca havia participado de um Natal como aquele, e estava ansioso. Imaginava como seriam os bate-papos, os presentes, o cheiro bom de comida caseira. Com certeza seria um Natal muito diferente do que ele estava acostumado.

No ano anterior, dona Marta havia convidado para a ceia natalina alguns parentes. Passara o dia todo cozinhando e reclamando que não tinha tempo nem de se coçar. Às sete e pouco, os convidados começaram a chegar. Vinham de mãos vazias e ainda reclamavam do que tinha. Mais tarde, Fininho chegou, bêbado e sujo, certo de que todos estavam *ansiosíssimos* para ver sua imitação do Roberto Carlos. Somente parou quando Davi, irritado, interrompeu seu pequeno show e o levou à força para tomar banho. Nesse meio-tempo, Valente chegou, viu a confusão, reclamou de tudo, discutiu e foi embora. Davi, a essa altura já puto da vida, só desejava que a noite acabasse logo.

Após longas horas, os parentes começaram a reclamar de fome, e alguns ameaçaram ir embora de táxi. Davi desceu para a ceia fervendo e deu um tapa na primeira criança que cruzou seu caminho, fazendo sua prima protestar. À mesa, Fininho ceava com a bocarra aberta, sujando toda a toalha numa cena grotesca, enquanto dona Marta reclamava ora com um, ora com outro, e assim seguia a "noite feliz", com lamúrias no lugar de harmonia e frango no lugar de peru.

"Que merda!", pensava Davi. Mas o que o consolava era que agora, sim, teria uma festa natalina de verdade. Os pais de Alex hesitaram até o último momento em convidar o agressor de Breno para passar o Natal com eles, mas por fim acabaram cedendo. Talvez tivessem tido pena dele, ou, mais provável, tivessem medo do que enfrentariam caso não o convidassem. De um jeito ou de outro, Davi comemorou sua presença entre os convidados.

Davi iniciou o dia lavando sua única calça jeans e uma camisa preta de botão. Havia uma orientação para que todos fossem à ceia trajando roupas vermelhas, mas Davi a ignorou – não tinha nenhuma camisa vermelha, nem amarela, nem verde, nem azul, era só aquela preta e pronto. Passou a véspera de Natal assistindo ao filme *Esqueceram de mim* e descansando. Pegou no sono no sofá e teve um sonho estranho que envolvia fogo, água, terra e uma ventania. No sonho, Davi agonizava e sentia uma dor lancinante. Acordou assustado, molhado de suor. A noite se avizinhava, e a ceia na casa dos baianos estava marcada para começar às nove da noite. Quando percebeu que já passava das oito, Davi foi procurar sua roupa lavada e notou que alguém a tirara do varal e a colocara de volta no balde de roupa suja.

Furioso, entrou no quarto do Fininho jogando a rede no chão, despertando o coitado do pai e logo indagando:

– Foi você que colocou minha roupa limpa de volta no balde?

– Eita! Eu não! – justificou-se o pai. – Sua mãe passou por aqui faz um tempo reclamando de roupa mal-lavada. Vai lá gritar com ela.

E Davi foi mesmo. Ficaram os dois discutindo até cansarem. Mas o fato era que Davi não tinha escolha. Ao tirar a roupa do balde para passar, as peças ainda estavam molhadas, e aquela tarefa levou um bom tempo. O garoto vestiu seu traje de Natal praticamente molhado e fervendo. “Ah, que se foda... Seca no couro mesmo”, pensou ele. E seguiu para a ceia na casa dos baianos.

Ao aproximar-se do evento, Davi pôde perceber a animação. Poucos membros de sua turma haviam sido convidados, mas havia uma grande quantidade de parentes. Ficou ali por fora conversando e de cara notou algo estranho. Não conseguiu identificar o que era até a primeira pessoa tirar onda com ele porque não estava de vermelho e por estar todo molhado. E teve início a chacota.

Ele já estava ficando extremamente irritado com aquilo quando a mãe de Alex, a anfitriã, ao perceber sua condição, dirigiu-lhe a palavra:

– Davi, gostaria de te pedir uma coisa... Você tá muito sujinho pra ficar circulando pela casa, além de estar totalmente fora da cor que combinamos. Pediria então que ficasse aqui fora, tudo bem? Na verdade, não leve a mal, mas se fosse pra vir desse jeito, querido, era melhor não ter vindo...

O garoto ficou em silêncio, chocado com as palavras da mulher. Ele engoliu o choro e sentou-se numa das cadeiras enquanto o pessoal dentro da casa se preparava para o amigo-secreto. Buscou se consolar com o fato de que ao menos não passaria vergonha lá dentro, já que sequer havia trazido um presente. E ali permaneceu, ouvindo de longe os risos das pessoas ao ganharem suas lembranças.

Depois de um tempo, Alex apareceu com um prato de comida e um copo na mão. Davi sorriu, emocionado com o gesto do amigo. Do jeitinho dele, agradeceu a Deus e começou a sonhar com o dia em que teria sua própria família, em como seria o Natal na sua casa, com seus amigos, comida e bebida em abundância para todo mundo. Poderiam vir com a camisa que quisessem, e ele iria garantir que ninguém saísse de lá sem seu presente.

Terminada a brincadeira do amigo-secreto, uma parte das pessoas foi para a parte externa da casa, dando início a uma nova rodada de bebidas. Alguns dos parentes dos meninos haviam locado *buggies* para passearem pela praia na manhã seguinte, e tinham planos de ir ver as dunas de Genipabu e subir o Morro do Careca. Um dos convidados, no entanto, sugeriu que fossem naquele momento mesmo. Para que esperar a manhã seguinte? Como a maioria dos adultos já estava dormindo ou apagada de bebida, era só pegar as chaves e ir se divertir!

Vários dos jovens toparam, mas Davi não se animou com a aventura, pois um medo inexplicável revirou-lhe o estômago ao cogitar aquela ideia. Manteve-se calado, contudo, e minutos depois partiram dali em dois veículos, guiados por Alex e Breno.

Fizeram pega até a praia de Ponta Negra. Imprudentes, cantavam pneus, invadiam canteiros, davam cavalos de pau. Davi, que embarcara no veículo com Alex, estava apavorado, e experimentava um medo até então inédito, uma enorme angústia. Queria dar logo o fora. Pediu a Alex que fosse um pouco mais devagar, e foi então que ele acelerou ainda mais, a fim de provocá-lo, o que não era de seu feitio, seguido de perto pelo irmão, que por vezes chegou a perder o controle do carro, para desespero de Davi.

Finalmente chegaram à praia. Davi foi o primeiro a descer, e pensou no sonho que tivera no dia anterior, cuja imagem era assustadoramente semelhante à paisagem que agora contemplava. Comentou sobre isso com Péricles, mas o rapaz não o levou a sério, rindo muito dele.

– Davi agora é vidente, galera! – zombava ele. – Aceita consultas por telefone, Pai Davi? Ou seria *Davidente?* Dá pra ficar rico assim!

Davi apenas se virou e foi embora a pé. Ao afastar-se, percebeu que alguns chamavam por ele, outros zoavam. “Deixem o doido ir embora”, alguém disse, por fim. Ele ignorou e não olhou para trás. Só queria mesmo era sair dali. Como certamente não teria ônibus àquela hora, especialmente na noite de Natal, entendeu que teria que caminhar até sua casa. Ao chegar, respirou aliviado, entrou e foi se deitar. O peso no coração, no entanto, continuava a lhe atormentar. Ficou balbuciando algo parecido como uma oração para tentar se acalmar, até ser finalmente vencido pelo sono.

* * *

Davi acordou um pouco mais tarde que de costume naquela manhã de Natal, e foi logo ver um pouco de TV. Gostava dos desenhos matutinos, especialmente *Thundercats* e *Jaspion*, exibidos naquele horário na Record.

Estava entretido como uma criança que mal percebe o que se passa à sua volta, quando escutou uma voz que o trouxe à realidade. Era Péricles chamando-o à porta de casa. Davi correu para atendê-lo e deparou com ele aos prantos, em companhia de outros colegas, todos cabisbaixos.

– O que foi que aconteceu, cara? Por que tá todo mundo chorando? – perguntou Davi, atônito.

– Davi… – começou Péricles. – Depois que você foi embora, os caras começaram a tirar racha lá na praia. Eles iam de dois em dois, dando cavalo de pau no final. Daí chegou a vez do Breno, e ele foi com a prima dele. Só que ele perdeu o controle e, quando foi puxar o freio de mão pra girar, deu com tudo no outro carro. A menina tava sem cinto, foi jogada longe, ficou toda quebrada. O Breno ficou no carro, mas daí começou a pegar fogo…

Péricles parou de falar, tomado pelo impulso de recomeçar o choro. Recuperou o fôlego e continuou, com a voz embargada:

– Começou a pegar fogo e ele não conseguiu sair. Daí explodiu. E tinha muito fogo. Não tinha como chegar pra pegar ele… Então ele morreu, cara.

Davi baixou a cabeça, incrédulo com o que tinha acontecido. "A culpa é minha, a culpa é minha", é o que repetia dentro de sua cabeça. Afinal, ele havia pressentido algo errado, mas pouco fizera para alertar o pessoal.

– A culpa é minha – disse Davi finalmente em voz alta, para surpresa dos demais. – Aquilo que te falei ontem, eu tava cismado, eu sabia que alguma merda gigante ia acontecer, mas não insisti, deixei quieto e fui embora. Porra, cara. Porra!

– Para com isso, você nem tava lá. E ninguém teria escutado mesmo. Na boa, nem fala isso pro Alex, não fala isso pra ninguém. Já foi, Davi. Ah, cara, que merda! – respondeu Péricles, tentando confortar o amigo.

Davi sentou-se, escorado no portão de sua casa, e mal se deu conta quando os colegas foram embora. Por mais que tentasse, não conseguia conter as lágrimas que vertiam de seus olhos. Baixou a cabeça e tentou se lembrar exatamente de seu sonho. Perguntava em silêncio a Deus por que havia visto o que viu se, no fim, de nada servira. Dias e dias se passaram até que ele conseguisse sair de casa novamente. Pouco falava, pouco comia. Quando as lágrimas secaram, só havia lugar para silêncio e dúvida.

(6)

# FORÇA PARA EMERGIR

"Quem não controla impulsos convive com remorsos."

## Nada mais seria o mesmo

Passados dois meses após o terrível acidente, a família de Alex resolveu retornar para a Bahia. Durante esse período, Davi não entrou em contato com eles nenhuma vez sequer, nem falou com os meninos da turma. Ele apenas sumiu. Não teve coragem de se despedir de Alex, seu melhor amigo, a quem jamais encontraria novamente. A última vez que o vira fora na fatídica noite de Natal, quando ele havia deixado o grupo sem explicar o motivo, e não conseguia se perdoar por isso.

Despojados de seu ponto de encontro, a amizade da turma foi esmaecendo, e cada um foi aos poucos tomando seu próprio caminho. A casa onde moravam os baianos ficou desocupada por mais de dez anos, e era agora um local triste, escuro e silencioso.

Somente alguns anos mais tarde Davi teria alguma informação sobre o destino da família. Alex estava morando em Salvador e trabalhando em uma rádio FM. Sua mãe havia sido internada em um hospital psiquiátrico após uma tentativa de suicídio e seu pai lutava contra o alcoolismo.

Naquele ano, Davi não tentou estudar, pois não queria mais entrar na escola. Sentia falta de sua galera, especialmente da May, do Alex e até do Breno, mas procurou afastar esses sentimentos. Passou a treinar pesado e a andar com Vander e Sandro, dois colegas que conheceu no trabalho.

Davi havia começado a trabalhar na seção de informática de uma loja. Queria juntar dinheiro suficiente para deixar toda a sua velha vida para trás e ir morar sozinho. Contudo, antigos hábitos ainda atrapalhavam os seus planos, como as bebedeiras e as brigas.

A essa altura, pouco interagia com a família, e saía para beber quase todos os dias após o expediente. Mais fechado, sombrio e lacônico do que nunca, a rotina de Davi se resumia a trabalho e bar com o Vander e o Sandro, um mais perdido que o outro. Davi sequer gostava deles, mas tinham algumas virtudes, entre elas falar muito pouco. Com eles, Davi não precisava ficar revirando o passado. Tinham um péssimo gosto para a escolha de ambientes, mas Davi nem ligava. Só queria mesmo era ficar longe de casa, então qualquer coisa que servisse a esse propósito era o suficiente para ele.

Davi continuava a sentir a mesma adrenalina de sempre ao se envolver numa boa briga, independente de quão grande fosse sua desvantagem, e Sandro sabia tirar proveito disso muito bem. Já Vander, um covardão, sempre dava área quando a treta esquentava. Davi já tinha manjado isso, mas não se importava. Era uma época de apatia em sua mente. Os três andavam por aí montados em um Corsa velho que era do Sandro.

Raramente os amigos repetiam o mesmo bar, e Davi começou a achar aquilo muito estranho. No entanto, como eram sempre eles que pagavam a conta, preferiu não reclamar. Em dado momento, começaram a frequentar também casas de prostituição, e Davi, sabe-se lá por que, identificava-se com as moças e senhoras que viviam da noite. Diferentemente do papo idiota da maioria das pessoas, aquelas mulheres tinham histórias de vida fascinantes, e ele gostava de ouvir. Muitas vezes, depois do fim de uma transa, Davi pedia à sua acompanhante que ficasse ali conversando com ele pelo resto da noite.

Davi se interessava pelos dramas de pessoas que eram desprezadas e que tinham uma vida incerta, assim como a dele, talvez por isso gostasse tanto de frequentar esses locais. Lá ele não era o pior, não era o único sem família, sem pai e mãe. Nos prostíbulos, Davi percebia que a vida não tinha sido dura apenas com ele, e passou a nutrir por aquelas garotas de programa algo diferente.

De casa em casa, foi fazendo amizade com as mulheres que encontrava. Com o tempo, deixou de vê-las como uma mercadoria, e várias vezes sequer tinha contato físico com elas. Seu desejo carnal cedia espaço a uma espécie de zelo fraterno. Davi estava aprendendo uma lição valiosa: quando uma pessoa, especialmente se for machucada pela vida, é tratada com humanidade e empatia, ela tende a retribuir com mais do que recebe. O garoto nunca fora tão bem tratado quanto naqueles ambientes considerados pelas "pessoas de bem" como antros de perdição.

Até que certo dia, durante uma visita a essas casas noturnas, Davi ouviu um barulho vindo de um dos quartos e notou que uma confusão se avizinhava. Uma das meninas batia e ameaçava Sandro, que procurava por Vander e Davi para darem o fora dali. O dono do estabelecimento se envolveu na discussão e, poucos instantes depois, a briga era generalizada.

Já fazia algum tempo que o malandro do Sandro passava cheques sem fundos para pagar pelos serviços das meninas. Dessa vez, no entanto, ao questionar sobre qual seria a forma de pagamento, a moça resolveu não o atender, dando início ao furdunço. Sandro, Davi e Vander resolveram vazar dali antes que a situação se agravasse ainda mais. Ao saírem com o carro em disparada, alguém ainda atirou duas vezes na direção do veículo.

Passado o susto, os dois patetas começaram a rir, mas Davi se sentiu incomodado com a situação. Ao parar para lanchar, já a uma distância segura do prostíbulo, Davi descobriu que os amigos compravam cheques roubados e depois os repassavam às meninas, deixando-as a ver navios. Ao saber da falcatrua, não verbalizou sua reprovação, apenas comunicou que não participaria mais daquele tipo de ação. Ele pediu que o deixassem em casa, e assim o fizeram.

Ao chegar em casa, Davi sentou-se na calçada, pensativo. Estava com muita pena daquelas pobres coitadas. Além de se submeterem a ir para a cama com qualquer um, ainda eram enganadas. "Que merda de vida", pensou. Refletiu demoradamente sobre as histórias que ouvira. Identificava na maioria delas um ponto em comum: a família desajustada. Quase todas as meninas tinham problemas familiares, pai ou mãe ausentes, abusivos.

Davi até então nunca havia pensado na possibilidade de um dia ter uma família, e aquela ideia ficou martelando em sua cabeça durante a maior parte da noite. Jurou para si mesmo que, se um dia tivesse um filho, jamais o abandonaria. Ele não iria repetir os mesmos erros de seus pais. Não sabia como uma boa família deveria ser, mas tinha a exata noção de como não deveria.

## Flerte com a morte – 2

Davi, agora maior de idade, continuava a sair com Sandro e Vander, seus amigos patetas, como os havia batizado. Nessa época, começaram a viajar e a frequentar vaquejadas estado afora, munidos com os "cheques mágicos" da dupla. Davi acabou por abraçar esse estilo de vida, já que não tinha planos para o futuro. Foi se deixando levar por aquela rotina de festas, álcool e brigas, que se tornavam cada vez mais violentas.

Os amigos foram a uma vaquejada que aconteceria numa cidade chamada Ceará-Mirim, onde ficariam hospedados na casa do Zé, um amigo de Sandro, sujeito muito bem-relacionado que conhecia metade da cidade. O santo de Davi não bateu com o do cara, mas, na falta de opção, resignou-se sem reclamar. E ali passaram o dia na maior bebedeira.

Ceará-Mirim estava em festa. Havia gente por todo lado, um parque de diversão fora montado na praça e o forró corria solto nos sons dos carros. Davi adorava aquele caos. Ali, qualquer um comia, bebia e namorava sem muito esforço.

As tradicionais festas de vaquejada do Nordeste aludem aos rodeios, e quase sempre estão relacionadas ao santo padroeiro da cidade. Quase todas, das mais requintadas às mais humildes, têm um parque de diversões no largo da igreja matriz ou da praça central, diversos ambulantes durante o dia tentando vender alfinin,* roupas temáticas e botas de couro de cano longo com ponteira de metal, sem as quais um sujeito não seria ninguém numa festa dessas.

---

* Espécie de massa de açúcar branco com formato de pessoas ou animais.

O prestígio das vaquejadas era medido pelas atrações que traziam: Eliane, Jorge de Altino, Assisão, Mastruz com Leite, Alcimar Monteiro, Sirano & Sirino e Limão com Mel. Todo mundo bebia e dançava como se aquilo fosse a própria definição da felicidade. Forró, para ser bom, tinha que ir até raiar o dia.

Naquela noite, após passarem o dia na farra, Davi, Sandro e Vander foram para a casa do Zé para descansar um pouco e recobrar os ânimos. Davi acordou algumas horas depois, atordoado de sono e embriaguez. Levantou-se em meio à escuridão do dormitório e escutou uma conversa vinda do cômodo vizinho. Ficou à espreita e acabou flagrando o dono da casa e outra pessoa, uma criança, que aparentava ter não mais que quinze anos, que, relutante, tentava se desvencilhar do dono da casa, que empreendia uma clara tentativa de assédio sexual. Davi não esperou nem mais um segundo para agir, avançou para cima do Zé e começou a espancá-lo, enquanto o menino corria aos gritos pela casa em busca de socorro.

Entre socos e chutes no dono da casa, que a essa altura jazia no chão desacordado, Davi perdeu a noção do tempo que durou aquela situação. Seu acesso de fúria só teve fim quando ele sentiu alguns braços o segurando e percebeu que se tratava da polícia.

Após se acalmar, Davi tentava se justificar com o agrupamento policial enquanto aguardavam pela ambulância. Com o intuito claro de proteger o assediador, os policiais compreenderam os motivos de Davi, e apenas mandaram que ele recolhesse seus pertences e fosse embora da cidade o quanto antes, pois o Zé era filho de um importante político da região. A própria vítima concordou com essa solução, já que era isso ou se explicar na delegacia.

Davi foi embora dali tão rápido quanto pôde e deitou-se no capô do Corsa de Sandro, que estava no estacionamento da festa. Ficou esperando pelos amigos ali, desconfortável e morrendo de frio. Acordou com a voz assustada de Sandro chamando por ele. O melhor a fazer era ir logo embora.

Chegaram a Natal pelo amanhecer. Passando pela área de igapó, na Zona Norte, Davi pôde ver um número considerável de desabrigados caminhando a esmo pela rua, muitos deles atormentados pelo vício em drogas e álcool. Parecia uma cena de filme de zumbi. Ao observar aquelas almas sem rumo, Davi notou pela primeira vez o quanto a vida delas era parecida com a sua. O quanto seus olhos, assim como os deles, tornavam-se cada vez mais vazios e sem vida.

Na altura das Quintas, descobriram que um acidente com uma vítima fatal ocorrera ali apenas alguns minutos antes. Pararam o carro para ver melhor, e Davi, observando as marcas no chão, começou a especular sobre como fora o acidente. O pobre motorista daquela C10, que provavelmente carregava verduras para o Ceasa, devia ter perdido o controle ao tentar desviar de algum bêbado ou drogado que atravessava a rua desatento. Subiu o canteiro e foi projetado para fora da janela com o impacto da colisão em uma árvore. O corpo imóvel do homem denunciava o quão violento havia sido o acidente. Davi ficou observando-o de perto por alguns minutos. Em sua mente, uma voz falava suavemente: "Em breve, vai ser você!".

Já em casa, a visão do acidente e o som daquela voz causavam arrepios em Davi. Durante horas, ele ficou imaginando como seria a sua morte. Será que alguém ajudaria a carregar o seu caixão? Como seria o seu velório? O que falariam dele? Como se comportariam seus pais e irmãos?

* * *

A vida na casa dos pais de Davi passava por algumas transformações. Valente já morava em seu próprio apartamento e Princesa também já tinha dado um jeito de ir embora daquele hospício. Restaram Davi, dona Marta, mais sofrida do que nunca, e Fininho, que bebia cada vez mais.

Algumas semanas depois do incidente em Ceará-Mirim, Sandro e Vander reapareceram, chamando Davi para uma vaquejada em Monte Alegre. Já estava tudo acertado, e eles tinham alguns cheques comprados na Rua do Alecrim. Na verdade, aquela história de cheques podres incomodava o Davi, mas ele dizia para si mesmo que o errado da história era o Sandro, não ele, e era o bastante para que não se importasse mais com isso. Logo, topou sair com eles.

No dia marcado, um sábado, Davi acordou cedo, lavou sua pareia de roupas e engraxou suas botas. No início da tarde, teve de secar a calça jeans no ferro de engomar, já que só tinha uma. Lá pelo fim da tarde, apareceram Sandro, Vander e mais um amigo para apanhá-lo. Davi estava tirando um cochilo no sofá e acordou num pulo com os gritos dos amigos. Pegou a sacola de mercado que lhe servia de mochila, entrou no carro e seguiu em direção a Monte Alegre, cuja vaquejada era uma das maiores do Nordeste.

Com pouco mais de dez mil habitantes, a pacata cidade sempre era palco de vaquejadas memoráveis, mas também de incontáveis e violentas brigas. Várias gangues rivais combinavam suas disputas lá antes ou depois da festa. A noite prometia!

Ficariam na casa de alguns amigos do Sandro e de seu irmão Ênio, um idiota brigão. Chegando à cidade, procuraram um bar para o esquenta antes da festa e, chegada a hora do evento, correram em busca de um local para "fixar acampamento". Em pleno auge da festa, Vander e um outro amigo discutiram com um pessoal no banheiro, gerando um empurra-empurra. Quando voltaram aos seus lugares, Davi percebeu que o amigo do Vander estava com o olho um pouco alterado.

Foram, então, subitamente cercados por três caras. O mais velho entre eles aparentava uns quarenta anos. Ele se aproximou de Vander e puxou do bolso um cheque. Davi logo entendeu o que havia acontecido. Vander tentara dar uma de esperto com um de seus cheques podres da Rua do Alecrim, e o cara estava reivindicando a grana. A essa altura, já ameaçavam partir para a agressão física.

Davi, entretanto, não queria brigar. Ele só pensava em ir embora. Nada feito. O quarentão o empurrou, e ele o desestabilizou com um pisão no joelho. Com a mão por trás de seu pescoço, Davi o puxou e desferiu uma cabeçada em seu rosto, fazendo-o cair.

Transtornado, observou que Vander estava sendo agredido pelo outro cara. Mas Davi se ajustou e derrubou o agressor do amigo com um golpe simples e eficaz chamado baiana, seguido de dois socos. Contudo, ao se virar, Davi viu o terceiro rapaz sacando uma arma em sua direção.

Foi tudo muito rápido.

Davi enxergou apenas um clarão e sentiu algo queimando em seu pescoço. Ele caiu, as mãos tentando de alguma maneira estancar todo o sangue que dele vertia. Estatelado no chão, Davi não sentiu dor, apenas frio. Ele tentava falar, mas a voz não saía. Cada vez mais aflito, uma lágrima lhe escorreu do olho. “Acabou aqui”, ele pensou.

Davi juntou todas as suas forças, mas conseguiu vocalizar uma única palavra antes de morrer:

– Deus!

* * *

– Davi!

Ele se levantou de um salto.

– Meu Deus, que sonho terrível! – disse Davi segurando o pescoço, incrédulo por ainda estar vivo. Podia jurar que sentia um gosto férreo de sangue na boca. Sandro, Vander e um outro colega estavam à porta, chamando-lhe para a vaquejada de Monte Alegre. E ele não precisava se preocupar com nada, já que os amigos já tinham ajeitado tudo.

Davi ainda suava frio, e sua mente estava um pouco atordoada. Conseguiu se lembrar do sonho nos mínimos detalhes, e sentiu o coração batendo no peito aflito. Uma voz interior suplicou a ele para que não fosse. Dessa vez, Davi desistiu da viagem.

– Foi mal, mas eu não vou. Tô sentindo um negócio muito ruim, já tive um sonho desses uma outra vez e foi bem foda – disse ele, pesaroso porém decidido.

E foi uma algazarra só. Os amigos riram muito de Davi, achando que aquilo não passava de zoeira da parte dele. Contudo, ao perceberem que ele falava sério, pararam com a chacota, mas resolveram seguir para a festa, mesmo sem seu cão de guarda.

Davi seguiu apreensivo durante todo o domingo. Aguardava notícias da vaquejada, mas ninguém havia ligado ao longo de todo o dia. Ele torcia para que tudo aquilo tivesse realmente sido apenas um sonho, e não uma premonição ou sabe-se lá o quê. Tentou assistir à TV, mas tinha a sensação de que a qualquer minuto a música do Plantão da Globo iria interromper a programação para anunciar alguma tragédia envolvendo seus amigos. "Para de ser tonto, Davi", pensava ele, afastando essas ideias macabras.

Decidiu caminhar um pouco pelo velho bairro para desanuviar sua mente. Passou por lugares que havia muitos anos não visitava, como o clube próximo de sua casa, a antiga casa do seu amigo Pedrinho, a primeira loja de videogames. Chegou à sua primeira escola pública, que ainda conservava o buraco na parede. Andava a passos lentos e se lembrava de tudo o que acontecera por ali.

Uma angústia inexplicável lhe apertava o coração. Resolveu sentar-se um pouco, enquanto mais memórias pipocavam em sua mente. Já não sabia quem morava ali, quem havia se mudado... Era como se olhasse a vida por um retrovisor no qual seu passado acabara de acontecer. Lembrou-se dos baianos, de Alex, Breno, Péricles, do Natal que passara com eles. Lembrou-se de May, a mais linda de todas.

Por fim, baixou a cabeça e seguiu seu caminho de volta para casa. Foram muitas lembranças, emoções, equívocos, descaminhos e decisões ruins que impactariam todos os demais anos de sua vida. Uma vez na cama, contemplou o vazio da escuridão. E dormiu.

* * *

Passados quatro ou cinco dias, Davi estava na sala de casa vendo TV. Adorava assistir aos *Duck Tales*, e se divertia com as aventuras de Tio Patinhas e seus sobrinhos. Ouviu alguém chamando, baixou o volume da TV e viu que era Sandro, mas sem o ar debochado de sempre. Davi então o convidou para entrar.

– E aí, cara? Fiquei esperando você ligar pra falar como foi a festa. Foi tudo bem? O Vander tá bem? – perguntou Davi.

Sandro estava bastante esquisito, um pouco eufórico. Ele hesitou durante um tempo e começou a contar o que havia acontecido:

– Então, cara... Quando a gente chegou lá em Monte Alegre, a gente partiu pro parque de vaquejada, na intenção de comprar umas senhas pra correr na disputa e também vender algumas pra gastar o dinheiro na festa. Meu irmão conhecia o dono, seria de boa repassar o cheque pra ele. Depois ele passaria o cheque adiante e nem ia mais lembrar quem tinha dado pra ele. Daí a gente comprou cinco senhas pra vaquejada, vendeu outras pra peãozada e foi beber.

– E ficaram lá até que horas?

– Até umas 9 horas – continuou Sandro. – Fomos pra festa já tudo torto. Só que lá um dos organizadores já tava manjando o nosso esquema de vender as senhas mais barato que ele, ficou desconfiado de um cheque nosso que tinha chegado na mão de um sócio dele e aí começou a tretar com a gente. Eu bem que escapei da sova, mas o Ênio e o Vander, não. E, pior, alguém sacou uma arma e deu dois tiros no Vander.

– Caralho! – deixou escapar Davi, receoso pelo que viria em seguida. – Não vai me dizer que...

– Não, ele tá bem. Mais ou menos. Um tiro pegou de raspão nas costas, e o outro foi na coxa. Tá internado, todo fodido, mas vai ficar bem. O Ênio também saiu todo quebrado.

Davi respirou aliviado. A situação era bem ruim, mas pelo menos os amigos estavam vivos.

– Só que o organizador da parada – continuou Sandro – é um agiota, e agora tá atrás de mim. Eu não sei o que fazer.

Ambos os garotos permaneceram em silêncio por um tempo. Sandro então retomou a fala, seu rosto passando de amedrontado para desconfiado.

– Cara, me fala uma coisa. Como você sabia que ia dar ruim pra gente? Quem foi que avisou você?

Davi lembrou-se de que havia contado detalhes sobre seu sonho aos amigos, que na ocasião se limitaram a zombar dele. Não gostou do tom acusatório do Sandro, insinuando que ele era o culpado por seu "plano perfeito" ter falhado.

– Na boa, acho que é melhor você ir embora – disse Davi, começando a se irritar.

Sandro foi embora sem dizer mais nada. Davi pensou em todas as vezes que se arriscara sendo complacente com esse golpezinho mequetrefe dos amigos, agora culpando-se por também ter tirado proveito da situação muitas vezes. Tal sentimento lhe envenenava a alma. Contudo, o que mais o angustiava naquele momento, a ponto de fazer lágrimas rolarem de seus olhos, era a lembrança do sonho. Como poderia aquilo ter acontecido pela segunda vez? E, pior, como mais uma vez falhara em evitar que os outros se machucassem?

Davi ficou sozinho pelas horas que se seguiram. Ansiava por um silêncio mental que nunca se firmava, não naquela mente. Decidiu que não mais veria aqueles dois, que era melhor ficar sem amigos. Ele estava aprendendo a amar a solidão.

## Visão de um futuro incerto

Davi acordou com muita raiva do Valente. Sim, ele sempre tinha muita raiva do Valente, mas daquela vez era um ódio especial. Mais uma vez, Davi estava trabalhando com o irmão, que achava que ele não deveria receber nenhum pagamento, já que vivia às custas dos pais. A briga, no entanto, não era por dinheiro. Valente havia passado dos limites, e Davi estava pronto para surrá-lo até que um dos dois não mais pudesse andar.

Dona Marta estava de viagem; juntava todo e qualquer trocado, sob o preço de manter até mesmo seu próprio lar com um estilo de vida abaixo do que poderia, mas eram sagrados para ela e sua saúde mental esses momentos anuais de liberdade, nos quais se aliviava do peso de sua casa e de toda a carga que vinha com ela, podendo enxergar o mundo sob a perspectiva de alguém livre, até mesmo feliz.

Tia Das Dores ficou tomando conta da casa, de Davi e de Fininho a pedido dela. Era viúva desde que ele se lembrava, nunca mais se casou novamente; por escolha própria, dedicou sua vida a cuidar da única filha, um pouco mais velha que Iara, irmã de Davi. Havia pouco tempo tinha se mudado para Natal e não conseguiu negar o pedido da irmã. Tinha o apelido carinhoso de Delegada, e todos da família gostavam dela e a respeitavam. Talvez por isso dona Marta tenha achado que ela poderia dar conta dessa ingrata missão.

Lucas, primo do Davi, filho da tia Aninha e do tio Figueira, familiares de Mossoró, estava hospedado com eles durante aquele período. Ele era o melhor amigo de Davi à época. Tinha um Super Nintendo, e havia levado o console para jogarem *Chrono Trigger* juntos. Como Davi era hábil e Lucas manjava de inglês, formavam uma ótima dupla. Durante as partidas daquele fim de semana, ele havia revelado ao primo que estava se preparando para fazer o irmão lamentar por ter nascido.

Davi andava de namoro com uma menina do bairro, e ficou sabendo que Valente tentou assediá-la em um bar onde ela estava na companhia das primas. Só de pirraça, Valente perseguiu-a até o banheiro e tentou ficar com ela à força. Quando a história chegou aos ouvidos de Davi, ele ficou com sangue nos olhos, mas nada fez durante todo o fim de semana, aguardando friamente até que chegasse a segunda-feira, quando sairiam para trabalhar.

Durante toda a manhã, ele ficou de tocaia aguardando o irmão chegar para tomar café. Lucas, entretanto, havia contado à Das Dores sobre o plano de Davi, alertando-a para que ficasse de olho nele.

Davi conversava com Das Dores quando ouviu de longe o ruído da moto, denunciando a chegada de Valente. Na casa, a sala dava para a garagem, que tinha um grande portão de ferro voltado para a rua, uma pequena ladeira e o portão de baixo, também de ferro vazado, dando total visão de dentro para fora da residência.

Ao sair em disparada rumo ao portão da garagem, tia Das Dores, ciente de suas intenções, fechou a porta da sala, trancando Davi no terraço. Lucas saiu pela cozinha, caminhando pelo jardim, e avisou Valente sobre os planos do Davi, pedindo a ele que fosse embora. No entanto, ele já havia se aproximado o suficiente do portão de cima, a ponto de Davi, arisco, alcançar-lhe o cinto da calça. Quando Tadeu percebeu o que estava acontecendo, tentou se desvencilhar, mas já era tarde. Davi, agora metamorfoseado em sua versão *monstro*, puxava-o com força para perto do portão. Ele escorou os joelhos e as mãos para tentar manter o corpo e o rosto distantes.

Lucas, assustado com a explosão de fúria do primo, com quem jogara videogame ao longo de todo o fim de semana, tentou ajudar Valente, enquanto a pobre tia Das Dores tentava inutilmente apaziguar os ânimos de Davi. A gritaria que se sucedeu rasgou a rua às sete horas da manhã. Um escândalo, sem dúvida, mas que, se fosse um filme, não receberia o selo de "inédito".

– Mexe comigo agora, arrombado. Cuzão, estuprador! – berrava Davi acusando Tadeu.

– Tu tá viajando, cara, para de ser maluco! Eu nem encostei nessa garota, ela que veio pra cima de mim! – defendia-se Valente.

Aquele puxa-e-encolhe ridículo perdurou por mais alguns minutos. Davi puxava o cinto do irmão com tanta força que acabou deslocando dois dedos da mão. Exausto, suas forças foram se exaurindo, cedendo lugar à dor. Ele largou Tadeu, mas seus lábios continuavam a vociferar ofensas e ameaças – de morte, inclusive. Por fim, Valente conseguiu alcançar a moto e se foi.

Davi olhou para sua mão latejante, duas vezes maior do que o normal de tão inchada. De repente, ao olhar para seu entorno, deu-se conta de que havia empurrado a tia enquanto disputava aquele cabo de guerra. Tia Das Dores jazia caída ao chão, o tornozelo torcido. De seus olhos emanava um rio de lágrimas, fruto de angústia, medo e raiva.

– Você é mesmo um lazarento, um filho da puta que não respeita ninguém! – disse tia Das Dores, utilizando um vocabulário que deixou Davi em choque. – Continua assim, *monstro*, até o dia que achar um pior que você!

Ele escutou a explosão da tia sem conseguir dizer uma palavra. Era incapaz de reunir coragem até para pedir desculpas. Minutos depois, era possível ouvir o barulho da ambulância se aproximando para levá-la ao pronto-socorro.

Davi chorou muito. As palavras da tia, uma das únicas pessoas da família que o tratavam com dignidade, deixaram-no perplexo. Ele seguiu para a garagem da casa, fechou a porta da sala que dava para o portão grande de ferro e sentou-se no chão. Firmou as pernas cada uma de um lado e, com a mão boa, puxou a base do portão de ferro apenas o suficiente para colocar a cabeça. Queria sair a todo custo, mas a tia o trancara.

A mão boa não teve força o suficiente para segurar a ponta do portão de ferro sozinha. Ao tirar um dos pés de apoio para passar pela brecha aberta, a passagem fechou de vez. O portão prendeu Davi na altura do pescoço. Exausto, não conseguiu prosseguir nem voltar, e começou a gritar:

– Socorro! Socor... Soc... S...

A cada esforço, a voz ficava mais fraca. Davi se deu conta de que morreria ali dentro de poucos instantes.

* * *

Estava encarcerado, espancara até a morte uma pessoa. Quem? Não sabia. Mas ele tinha provocado, sempre o provocavam. Viu-se no dia de seu julgamento, mas ninguém da família estava lá. Reconheceu algumas pessoas com quem brigara, reconheceu o juiz... Sim, havia batido no filho dele. Quem é esse advogado? Era o Pedrinho, seu melhor amigo. Olha, é o seu José, o vigia, ele está assistindo ao julgamento. Ele o encarava com aquele mesmo olhar misericordioso.

Alguns professores estavam presentes, e Davi também reconheceu o padre diretor de sua antiga escola, a mãe de um vizinho... Respirou aliviado ao ver o Breno acenando para ele. "Vou acenar de volta... Ué, não consigo? Por quê?". Percebeu que estava algemado à mesa, os pés presos ao chão.

Cada um dos presentes no tribunal tivera algum problema com Davi. Entrou o promotor, e o silêncio foi sepulcral. Todos pareciam temê-lo, inclusive o juiz. Era jovem, alto, forte, olhos negros, pele clara, cabelos escuros, um sorriso encantador. Era o sujeito mais educado e cordial que Davi já vira. Imputava medo, mas mesmo assim as pessoas se sentiam à vontade com sua presença.

O juiz declarou o início dos trabalhos. Entrou a primeira testemunha, Péricles, e declarou que nunca foi amigo de Davi – andava com ele porque tinha medo.

– Serás um ótimo assistente – sussurrou o promotor ao Davi com um sorriso cortês.

Cada uma das testemunhas, instigadas por ele, relatou o que Davi tinha feito a elas. A cada novo testemunho, o promotor se regozijava, parecendo cada vez mais simpático a Davi.

Quando chegou a vez do Pedrinho, ele só se lamentava. Quanto mais falava, mais enrolava Davi, que fazia força para se lembrar de como havia ido parar ali. Sabia qual era a acusação, mas não se lembrava de nada. O que o acalmava era uma espécie de esperança, que ele nem sabia de onde surgia, de conseguir uma nova chance, de ter uma vida diferente.

Contudo, o promotor parou em frente a ele, dessa vez num tom nada cordial, e disse:

– Você só sai daqui comigo!

Davi sentiu um arrepio congelando-lhe a espinha. De repente, tomou consciência de algo: no tribunal, não havia uma única testemunha de defesa. Fechou os olhos tomado de angústia, e uma pesada verdade repousou sobre seus ombros: nem mesmo ele seria capaz de dizer algo a seu favor. Nada.

Em seguida, o juiz proferiu que Davi estava condenado a servir na casa do seu algoz, o promotor, por toda a eternidade. Um calor começou a tomar o corpo de Davi, e os olhos negros, outrora belos, tornaram-se ainda mais escuros.

Davi sentiu que estava próximo de desmaiar, a respiração cada vez mais pesada. O promotor se aproximou, agora sem sorrir, enquanto ia ao seu encontro mover-lhe os grilhões.

Davi sentiu alguém lhe esbofetear a face, mas não tinha mais ninguém ali, só um vazio. À sua frente, o promotor falou novamente, agora sem mover os lábios:

– Você já é meu!

Sentiu outra pancada, fechou os olhos e, antes que pudesse pedir perdão a Deus, acordou e deu de cara com sua irmã olhando para ele assustada. Do lado dela, um rapaz cujo rosto ele não reconheceu e Lucas, aos prantos. Ela disse:

– Você parecia morto, Davi. Tobias te livrou do portão, puxou você pra fora e te acordou.

**Tudo poderia ter sido diferente**

Aquela insólita experiência fez com que Davi passasse a refletir sobre a vida. Ainda se sentia estranho, seu corpo doía, e sonhou mais algumas vezes com a figura do promotor. Primeiro foram os sonhos, que de alguma forma se materializaram, e agora aquilo, uma quase morte, um julgamento e um encontro com o "encardido" em pessoa indo buscá-lo para arrastá-lo ao inferno. "Estou ficando doido", Davi pensou, e começou a sentir medo. Já que seus sonhos anteriores haviam se tornado realidade, era inevitável que ele especulasse sobre o que poderia fazer para que sua mais recente premonição não se tornasse também realidade.

Durante vários dias ele não saiu de casa, apavorado, tentando detectar o ponto exato em que sua vida havia perdido o rumo. A figura do pai era a única constante. Como teria sido sua vida se Fininho tivesse sido mais presente em sua infância?

Um Davi ainda menino encontrava-se com um porrete em mãos às portas do bar do sr. Joel, decidido a levar o pai para casa na porrada, se fosse necessário. Sua mãe estava na esquina à sua espera, a fim de evitar o vexame.

Fininho – ou, melhor dizendo, senhor Zacarias – teve um lapso de sanidade ao dar com o filho, ainda uma criança, insistindo que ele fosse embora para casa. Deu-se conta do mal que infligia à própria família, de quão errado era permitir que o pequeno Davi passasse por todo aquele constrangimento. Caindo em si, ele foi até Davi, envergonhado de suas atitudes, beijou-lhe a cabeça e disse, com um tom vacilante porém sincero:

– Tá bom, filho... O pai vai com você, fica calmo.

Fininho olhou para os amigos ao redor e se despediu, prometendo, em seu íntimo, que não retornaria.

Dona Marta, ao deparar com o marido disposto a mudar, ficou perplexa. Quando a viu, Fininho pediu perdão, abraçou o filho e prometeu que dali em diante tudo seria diferente. Davi, com um sorriso no rosto, tocou o ombro do pai e falou:

– Nós vamos cuidar de você, pai. Né, mãe?

Dona Marta, ainda ressentida, não conseguiu conter as lágrimas.

– Sim, filho. Vamos tentar ser uma família mais unida – disse ela com a voz embargada. Tinha medo de, mais uma vez, acreditar em uma promessa vazia.

Chegando em casa, Zacarias dirigiu-se ao banheiro para se lavar. A água que escorreu por seu corpo levou embora o odor do álcool, impregnado em seus poros. Após o banho, ele resolveu se deitar um pouco a fim de recompor as energias.

Às escondidas, a desconfiada dona Marta perguntou a Davi o que havia acontecido para justificar toda aquela mudança, mas ele não tinha uma resposta. Por precaução, ela pediu ao filho que ficasse de olho no Fininho.

Já à tardinha, Iara chegou em casa e flagrou o pai deitado na cama do casal. Ele estava acordado, e assobiava algo que lembrava uma música do Roberto Carlos. Como não estava desafinado, como de costume, ela concluiu que ele estava sóbrio.

– Pai? Tá tudo bem? – perguntou Iara abrindo de leve a porta do dormitório.

– Oi, filha. Sim, tá tudo bem – respondeu Fininho.

Quando ela encostou a porta para sair, ele falou baixinho, como se quisesse evitar ser ouvido:

– Ah, filha, como você está linda!

A frase carinhosa deflagrou em Iara um choro imediato. Por muito tempo ela ansiava ser notada pelo pai. Já não conseguia mais se lembrar de quando na vida recebera dele algum carinho.

No fim da tarde, dona Marta, Zacarias e Davi foram ao supermercado. Iara ficou em casa preparando o jantar, e um sorrisinho perplexo mantinha-se impresso em seus lábios. No mercado, Davi notou que o pai havia conseguido arrancar uma risada de dona Marta. Ele estava feliz demais. "Que dia bom", pensou.

Quando chegaram em casa, a mesa do jantar já estava posta. Ainda descarregavam a velha Brasília quando chegou Tadeu, que foi entrando e falando com a mãe. Ela sorriu para ele, e ele cumprimentou de volta com cordialidade, sem entender direito o porquê da gentileza. Ao olhar para o lado, seu pai, sóbrio, o abraçou e perguntou sobre seu dia.

Durante o jantar, Fininho tomou um assento na ponta da mesa, como há muito não fazia. Tiveram uma refeição digna, conversaram, riram, comportaram-se como uma família normal. Davi sentia algo diferente, que não poderia explicar. Uma tranquilidade, uma segurança.

O choro que se seguiu não foi por causa de uma briga, mas resultado da surpresa de todos quando Zacarias revelou que estava decidido a fazer um acompanhamento para parar de beber. Queria a família de volta, queria fazer daquele momento uma constante. Valente é o primeiro a se manifestar, abraçando o pai e declarando seu apoio, seguido por Iara, que lhe distribuiu beijos e o abraçou. Davi apenas olhou para o pai e sorriu. Mais fria, dona Marta se limitou a observar o esposo e a confirmar com um olhar cálido.

* * *

Davi foi o primeiro da casa a acordar. Ele correu para o quarto do pai, que já estava de banho tomado e arrumado, lendo seus quadrinhos de faroeste. Abraçou-o e perguntou:

– Vai sair?

– Ainda não, vou esperar o café antes de ir trabalhar – respondeu ele.

À mesa, Tadeu brincou um pouco com Davi e se ofereceu para deixá-lo na escola. Todos tomaram o café, e Iara ficou arrumando as coisas a cantarolar, como sempre fazia quando estava feliz.

Na escola, Davi estava irreconhecível. Chegou animado, feliz. Mudou de lugar na sala de aula e se sentou lá na frente, pois estava disposto a prestar atenção. Lembrou-se da promessa da mãe: se passasse de ano, ganharia um videogame.

Em casa, a rotina foi mudando aos poucos. Fininho largara mesmo a bebida, e agora dedicava mais tempo aos filhos. Até começou a ensinar Davi a tocar violão. Davi saía menos de casa, raramente ia para a rua brincar. À noite, Tadeu sempre jogava alguma coisa com ele. Zacarias contava suas piadas e anedotas, e Davi amava escutá-las. Passava horas sentado querendo saber mais das aventuras do seu velho. Dona Marta também passou a se trancar menos no quarto quando não estava trabalhando, e havia meses não ocorria uma discussão sequer.

No fim de outubro, Davi passou por média em todas as matérias e conseguiu ficar entre os melhores da sala. Não via a hora de chegar em casa e contar para a família. Revelou a boa-nova durante o almoço, e todos comemoraram. Seus pais agora formavam um casal normal, assim como os pais de seus amigos.

Davi chorou ao receber uma grande surpresa, naquela mesma noite, seu tão sonhado Super Nintendo! Conforme crescia em tamanho, Davi aprendeu o valor da família, lição que levaria para toda a vida.

Anos mais tarde, prestes a terminar o segundo grau, Davi chegou a capitão do time da escola, ganhando várias competições estaduais. Aos dezoito anos, foi aprovado em Direito, ele e o inseparável amigo Pedrinho, na Federal do Rio Grande do Norte.

Enquanto os amigos calouros conversavam sobre seus planos de universitários, veio à tona o assunto que estampava as manchetes naquela semana: um acidente fatal envolvendo um rapaz que tirava racha de buggy.

– Como pode um cara tão novo perder a vida desse jeito, né? Tanta bebedeira, tanta farra, pra acabar assim – comentava Davi com Pedrinho ao abordar o caso.

Durante o período da faculdade, os amigos fundaram o Clube da Meia-Noite, que aceitava todo e qualquer membro. Dedicou-se ao clube de todo coração, e jamais abandonou esse movimento do bem, com foco na família e tendo Deus no centro de tudo. Ali Davi pregaria até o fim dos seus dias.

Sentado à beira da calçada, o garoto abriu os olhos e enxugou as lágrimas. Estava só. Fechou os olhos, mas o sonho não lhe retornou à mente. Optou por se levantar de vez e deu um breve sorriso. "Teria sido muito bom."

Assim que entrou em casa, Davi deu de cara com Fininho deitado em sua rede molambenta, fedendo a cachaça. O pai acordou e reclamou da luz. Davi deu um tapão nas cordas da rede e gritou:

– Volta a dormir, seu bosta!

## O fim de uma era

Davi começou a trabalhar em outra empresa, fazendo reparos em equipamentos de informática. Conseguiu o trabalho por meio da indicação de um primo chamado Natanael, ou apenas Nael, com quem recentemente começara a ter mais amizade e a sair de farra. Apesar do trabalho e da nova amizade, tudo mais em sua vida continuava do mesmíssimo jeito.

Nessa época, Iara e Tadeu moravam em outras cidades, e dona Marta iniciou um namoro com um empresário da cidade, com quem trabalhava na repartição havia mais de quinze anos. Davi discutia e pressionava a mãe para que ela se separasse oficialmente do marido e fosse logo embora, para o bem de todo mundo. Mas ela se esquivava do assunto fazendo o que fazia de melhor: gritar e bancar a vítima.

Durante esse período, Lucas passava muito tempo em sua casa. Estava prestando vestibular e o cursinho que fazia ficava em Natal.

Dona Marta o tratava como o menino de ouro que ela nunca teve. Cuidava dele, preparava suas refeições sempre na hora certa, conversava com ele. Na verdade, Lucas era o menino de ouro de toda a família. Era um menino bom, bem-criado, modelado para o sucesso, para vencer na vida. Talvez esse tenha sido o problema dele.

Durante nossas conversas, Davi se referia a Lucas como "irmão". O menino dourado era a única pessoa sã naquela casa dos horrores. Pouco saía, não bebia... e não gostava do Nael, que era um cara de infância ferrada, rejeitado pelos pais. Viveu no interior com a família até os dezoito anos, indo de casa em casa das tias, um bobo da corte que animava o ambiente com suas piadas forçadas. Para os parentes, ele era uma piada, e aceitava isso de bom grado.

Com esse seu jeito brincalhão, conseguiu se virar em Natal. Mas isso não o impediu de cair em um sério vício relacionado a bebida desde a tenra idade. Dizia que ficava bêbado só de tocar na tampa de uma garrafa.

Sem muitas opções de companhia, Davi começou a sair com Nael e os amigos dele, de quem não gostava, com exceção de um, o Simei, que todo mundo chamava de Kissuqui. Ele era um excelente técnico de elétrica cujo endereço era um segredo guardado a sete chaves, que Davi só viria a descobrir anos mais tarde. A nova turma costumava se reunir à noite, após o expediente, num famoso bar na principal avenida da cidade. Davi era sempre um dos primeiros a chegar, seguido de Nael e Kissuqui. Com o resto, Davi nem se importava.

E assim, naquela vida de trabalho, bar e casa, Davi seguia. Não era feliz, mas existia uma acomodação àquele estilo de vida. Todos os demais estavam na mesma: apesar de estagnados, sentiam-se protegidos por aquela rotina, uma espécie de alienação velada na qual a sensação de liberdade era a verdadeira prisão. Davi era ciente disso, e conseguia identificar o padrão que regia aquelas pessoas. Enxergava em cada um deles o mesmo ranço que ele tinha, pelos mais variados motivos. Sabia que, assim como ele, todo mundo só queria evitar a mesma coisa: ter que chegar em casa!

Davi optou por manter-se alienado, já que, apesar de tudo, tinha uma rotina e uma espécie de família no bar que permitiam que ele ficasse mais tempo sem ter que ir para casa. O maior desejo de seu coração era não ter mais que pisar ali. Desenvolveu uma barreira mental e sempre agia com violência quando alguém insistia em conversar com ele sobre algo que envolvesse seu passado.

* * *

Era julho de 1996, em plena época das Olimpíadas de Atlanta. Davi gostava de acompanhar os jogos, inclusive a abertura e as modalidades esportivas menos famosas das quais pouco ouvia falar fora desses momentos.

Naquela sexta-feira, estava no trabalho quando foi chamado para atender a um cliente na loja – já estava ali havia seis meses, o que era um recorde. Viu ao longe um sujeito alterado, de uns trinta anos. Nervoso, ele esbravejava contra a atendente.

Quando Davi foi conversar com o rapaz, descobriu que ele era um médico, do tipo "você sabe com quem está falando?". Ele não aceitou o laudo que Davi apresentou sobre um problema no computador dele e começou a esbravejar feito um cão raivoso. Davi resolveu à sua maneira, e o médico, poucos minutos depois, além de consertar o computador, teria ainda que consertar os próprios dentes.

Como resultado, Davi foi demitido, e logo todos em casa ficaram sabendo. A essa altura, é fácil adivinhar o que houve dali para a frente. O rapaz lamentava ter que adiar o sonho de sair de casa.

Para desanuviar a mente, Davi aceitou o convite do primo Nael para irem assistir à abertura dos Jogos Olímpicos num evento que iria rolar na praia. O programa veio bem a calhar: precisava extravasar um pouco depois daquele médico desgraçado que havia lhe custado o emprego.

A abertura seria projetada em um telão em frente ao antigo hotel Reis Magos, fechado e abandonado desde sempre. No entanto, é óbvio que ninguém ali estava se importando com as Olimpíadas: era só um pretexto para encher a cara e farrear.

Nael era o mais brincalhão e tagarela da galera. Em poucos minutos já estava jogando conversa fora com algumas meninas e dançando com todo mundo. O próprio Davi não demorou muito para descolar uma paquera, e assim a noite avançou.

As garotas da festa fumavam muito, e logo revelaram que eram de São Paulo e que estavam hospedadas em um albergue em Ponta Negra, a alguns quilômetros dali. Uma delas fez menção de seguirem para lá, pois tinham baseado no apartamento. Davi não achou aquilo uma boa ideia, porém foi vencido pela maioria.

Até que, do nada, começou uma discussão que logo evoluiu para uma briga, uma confusão generalizada. Davi mal pôde distinguir o que estava acontecendo. Olhando ao redor, Davi viu seu primo apanhando de uns pebas. Ele não queria entrar em confusão, não naquela noite, mas foi inevitável. Entre murros e pontapés para tentar apartar a briga, acabou acertando um sujeito, o cara mais bem-vestido do recinto.

– Você não sabe com quem mexeu – disse o homem. – Sou eu que mando nessa parada, moleque. Você tá morto. Assim que sair daqui, você tá morto!

A bebedeira prosseguiu, mas Davi não conseguiu mais relaxar, só conseguia pensar na ameaça e naquele rosto. O monstro que habitava nele implorava para ser liberto, e Davi, convenientemente, chegou à conclusão de que, se o cara estivesse mesmo falando sério, seria prudente então matá-lo primeiro.

Tal como um predador, Davi estudava seu alvo, e reparou quando o pinta e sua turma se dirigiram para o outro lado da rua, na esquina do hotel desativado. No meio da rua que dava para a avenida detrás do hotel, havia um beco escuro, praticamente invisível para quem não conhecesse muito bem a área. Era o lugar perfeito, e Davi matutava sobre como poderia atrair o peba até lá.

Ele saiu do bar cambaleando, como se estivesse bêbado, e seguiu até os banheiros químicos localizados na esquina oposta. Percebeu que estava sendo observado. Entrou em uma das cabines e se preparou, ciente de que, ao sair, todos estariam posicionados para atacá-lo. No entanto, sentiu uma única mão segurando seu pulso. Era o chefão pinta. Ao olhar para o lado, Davi viu um punhal cuidadosamente posicionado na altura de sua cintura. Ele começou a caminhar lentamente em direção à rua obscura, simulando estar amedrontado, tropeçando nos próprios pés. Seu algoz mordeu a isca, caminhando junto a Davi como se este o guiasse. Por mais que estivesse sob a ameaça de uma arma, conseguiu que o cara o conduzisse exatamente para onde ele desejava.

Era um local muito perigoso, e pelas vielas havia somente alguns bêbados caídos na sarjeta. Davi não sentia medo. Pelo contrário, sentia-se cada vez mais movido pela adrenalina, que lhe aguçava os sentidos. Tinha que se livrar da arma, que estava numa posição difícil de enxergar. Recolheu, então, bruscamente o braço segurado pelo pinta, com a intenção de bater no punhal, mas não conseguiu derrubá-lo. O pinta acertou seu pulso com a ponta da arma, mas Davi conseguiu dominar sua mão e aplicou-lhe uma mão de vaca.*

Davi quebrou o pulso da mão que segurava o punhal, fazendo seu agressor gritar, mas ninguém teria ouvido, mesmo que o volume fosse multiplicado por dez. O carro de som em frente ao hotel ainda tocava alto, e a galera continuava em festa. Davi aplicou outro golpe no braço bom, guiando o pinta para um beco. Havia um muro de um lado e uma pequena cerca do outro. Ele colou o rosto do oponente contra a parede de cimento chapiscado e começou a esfregá-lo como se fosse um ralador de alimentos. Até aquele momento, Davi sempre fora capaz de ceder ao ímpeto de levar uma situação até o *fim*. Percebeu, no entanto, que daquela vez nada o conteria. Ele deslocou o ombro do pinta, fazendo-o estalar num *crack* assustador.

Tomado de êxtase, começou a espancar o homem, aplicando--lhe inúmeros murros, pisões e chutes. Agarrou o primeiro artefato que encontrou na rua, uma pedra, e passou a bater nas costelas do oponente. Sua mente estava vazia, e seus instintos o controlavam como se ele fosse uma marionete. Tentou levantar o rapaz, mas ele

---

* Golpe de jiu-jitsu.

já não tinha forças. Então colocou-o de joelhos e o derrubou logo em seguida.

– Cara, por favor, me perdoa... – ele começou a suplicar, quase engasgado pelo sangue que vertia dos dentes espatifados. – Eu tenho filhos, tenho família. Em nome de Jesus! Eu não tava falando sério. Socorro! Alguém me ajuda! Cara, meus filhos... me perdoa! Meu Deus, me ajuda!

Nada disso sensibilizava Davi. E, a essa altura, nada poderia detê-lo. De repente, ouviu vozes se aproximando, mas concluiu que não estavam perto o suficiente para perceber o que se passava. Davi se posicionou atrás do pinta, novamente de joelhos, e lhe aplicou um mata-leão. As súplicas foram se tornando mais fracas e mais lentas, como se fossem um sussurro. Ele sentiu que o pinta estava tendo espasmos, e um ruído denunciou que ele havia acabado de defecar. Mas não o soltou. Transferiu ao golpe o restante de força e sentiu a vida do rapaz se esvair pela compressão de seu próprio corpo. Depois de um estralo, seguido por mais alguns, ele parou de reagir.

Davi ainda o chacoalhou, não queria parar. Sentiu-se poderoso, o mal o dominando por completo. À parte de todo o barulho nos arredores, o silêncio imperou em sua mente. Nem mais um movimento, nem mais uma reação sequer. Davi levantou a cabeça e flagrou um homem do lado de dentro da cerca baixa olhando fixamente em seus olhos. Era um olhar piedoso, apesar de assustado. Davi soltou o rapaz, que tornou a cair de joelhos com o corpo pendendo para o lado. Davi levantou a pedra...

Do outro lado, o homem ainda o encarava com uma piedade notória.

Davi percebeu que não estava vivendo um inferno, que não estava sendo tentado. Àquela altura, ele havia se tornado o próprio inferno.

(PARTE IV)

# FUGINDO DO INFERNO

( 7 )

# A PRIMEIRA METAMORFOSE

"A mudança vem a partir do momento em que você se enxerga e não gosta nem um pouco do que vê!"

## Sob a perspectiva de quem sofre

Aos 19 anos, Jorge já chegava ao auge de sua trajetória como pequeno traficante, e se lembrava da infância difícil. O pai, drogado, havia vendido tudo por conta de dívidas com o tráfico, oferecendo até mesmo a filha mais nova aos deleites do dono da boca como parte do pagamento.

A mãe, ele nem lembrava direito como era. Um dia ela foi embora e nunca mais voltou. Jorge tinha cerca de 14 anos. Sua tia, irmã de seu pai, os visitava sempre que podia, arrumava tudo e mandava comida. Só que era meio chata, e vivia insistindo para que ele a acompanhasse no culto. Ele só iria se fosse para ser pastor. "Aí é outro nível de malandragem", pensava.

Encarava Deus como a zoação do século. Onde estava Ele para defendê-lo quando tentavam machucá-lo? E onde estava quando ele mesmo havia machucado os outros? Logo, fazia o que tinha que fazer, sem se preocupar em acertar as contas com quem quer que fosse.

Era líder de um grupo de sete trombadinhas, cada um com sua função na boca, e Jorge se orgulhava da própria tropa. Todos na quebrada conheciam a sua história, e sabiam como seu pai havia sido morto pelo traficante por não ter mais o que oferecer em troca de suas dívidas. E essa morte tivera o aval do próprio Jorge, dizem.

O rapaz e seus amigos viviam na mira da polícia local, que há tempos investigava os crimes cometidos por ele e seus Sete Anões, assim chamados por serem todos menores de idade, uma velha tática utilizada pelo crime em Natal para aliciar novos membros. Durante esse período eles andavam contidos, evitando armas de fogo a comando da chefia local e só operando nos corres de leva e traz de drogas da boca para beira-mar.

Esperavam um movimento insano para aquele dia, pois seria a abertura das Olimpíadas e muitos playboys iriam invadir a área querendo chapar. Haveria um telão em frente ao hotel Reis Magos, cujas ruas laterais e cercas dos bares e barracas serviriam de ponto de movimentação.

Jorge escolheu a barraca central como ponto de apoio, de onde comandaria seus aviões e venderia droga para a playboyzada. Durante parte da noite, o movimento foi frenético, e ele notou que a polícia não estava nem aí. Resolveu então usar uma coisinha com umas meninas de fora que o abordaram para comprar maconha. Elas estavam na mesa de uns malucos, e Jorge se animou em dar uns beijos numa delas. Foi quando um dos malucos o empurrou, e seus anões entraram na confusão, o que era ruim para ele. Se levasse um baculejo dos policiais, sairia prejudicado.

Foi quando ele sentiu um soco vindo de trás, e o mundo rodou. Ao ver quem o tinha agredido, notou um rapazinho de olhar malicioso e jurou que iria se vingar dele. Jorge juntou sua turma e foi para o outro lado da rua, na esquina da subida para o morro, onde ficaram bebendo e observando o pessoal que continuava na barraca. Pegaria aquele cara quando ele já estivesse bêbado.

Jorge bebia e cheirava enquanto observava seu alvo ainda no bar. “Quem bate esquece”, ele pensou. Descolou um punhal com um de seus parças e comentava seu plano com os companheiros. Queria só “dar umas furadinhas nele”, para ele se ligar no respeito. De repente, percebeu que o playboy estava seguindo rumo ao banheiro químico da rua. Ordenou aos anões que ficassem de olho nos amigos do maluco enquanto ele daria o troco.

Posicionou-se ao lado do banheiro químico segurando o punhal. Quando o cara saiu do banheiro, Jorge deu o bote e enganchou no seu braço, encostando o punhal na altura do rim do adversário e caminhando com ele na direção de um beco. Ele se surpreendeu com o quão fácil havia sido pôr seu plano em prática. De repente, o sujeito o surpreendeu, afastando a ponta do punhal de si, mas Jorge ainda conseguiu acertar-lhe a mão.

De repente, o rapaz virou sua mão do avesso e, no segundo seguinte, Jorge já não estava mais no controle da situação – se é que em algum momento esteve. Ele sentiu a dor mais aguda de sua vida, dando-se conta de que a mão estava quebrada, e começou a gritar a plenos pulmões. Seus gritos, no entanto, foram abafados pelo barulho do carro de som ainda estacionado na esquina.

Mal conseguiu tomar fôlego e já se viu olhando para o chão. Seu outro braço estava retorcido para trás, e Jorge foi rendido pela primeira vez. Uma nova dor surgiu em seu ombro, e foi obrigado a andar, mesmo contra sua vontade, em direção a um beco que conhecia bem. Ele tentava em vão convencer seu agressor a deixá-lo sair dali.

Em um segundo, sentiu o rosto colado na parede de cimento, o cheiro do concreto invadindo suas narinas. A boca se encheu de sangue à medida que seu rosto foi esfacelado no muro. Tentou se desvencilhar de seu inimigo, mas o braço doía demais para fazer qualquer movimento. Jorge começou a perder os sentidos, e concentrou-se em pedir ajuda, mas já não conseguia falar. "Então é assim que acontece quando a gente morre", especulou em pensamento.

Nesse momento, sentiu-se mais vivo do que nunca ao escutar o som dos próprios ossos e ligamentos se rompendo. A dor era tão excruciante que Jorge perdeu o comando das pernas, caindo ao chão. Suplicou, aos prantos, que o agressor parasse, mas ele agia como um cachorro enlouquecido. O cara não cessava seu ataque, desferindo contra Jorge socos e chutes sem fim. A essa altura, sua visão já estava falhando. O maluco pegou uma pedra e bateu com ela em suas costelas. Jorge resolveu apelar, lembrando-se das orações da tia:

– Cara, por favor, me perdoa... Eu tenho filhos, tenho família. Em nome de Jesus! Eu não tava falando sério. Socorro! Alguém me ajuda! Cara, meus filhos... me perdoa! Meu Deus, me ajuda!

De nada adiantou. Sentiu uma dor tão intensa que perdeu o controle das funções mais básicas do corpo. Urina quente escorria por suas pernas de dentro da calça.

Repentinamente, a surra cessou. Jorge ouviu vozes ainda ao longe, e uma esperança se acendeu em seu coração. "O cara vazou", pensou. Ele tentou se pôr de pé, mas alguém o colocou de joelhos. Tomou fôlego para clamar por socorro mais uma vez, mas sentiu um puxão no pescoço, forte o suficiente para tirar-lhe do chão. Jorge pediu perdão a Deus uma última vez, e a dor simplesmente foi embora, para seu alívio imediato.

Abriu os olhos e viu um homem em pé do outro lado da cerca. Naquele momento, encontrava-se livre. Entregou-se à paz genuína que lhe invadia e encarou aquele homem. Pela primeira vez desde criança, sentiu-se seguro para dormir. Sorriu inconscientemente e o sono tomou conta de todo o seu ser.

### Desespero da dúvida

Davi encontrava-se ali, com uma pedra na mão, irado como nunca antes. Mas, por algum motivo, aquele olhar o constrangeu. Parou de encarar seu oponente, soltou a pedra e saiu andando naturalmente, ainda processando o que havia acontecido. Com o raiar do dia, ele percebeu algo estranho, inexplicável.

Por um momento, cogitou que tudo aquilo não passava de um pesadelo. Talvez tivesse bebido demais e acabou dormindo pela rua. Até que olhou para seu pulso esquerdo e notou um corte profundo que ainda gotejava. Os punhos estavam desgastados, cheios de farelo de cimento, a camisa e o casaco tingidos de sangue e os tênis sujos de fezes. Como uma bomba, um pensamento lhe invadiu a mente: "Aconteceu mesmo!".

Davi vagou pela praia, sentindo uma mistura de desespero, angústia, medo e pânico. Caminhou a passos lentos, deixando um fedor como rastro. Pensou em pegar um ônibus, mas logo desistiu da ideia. A cada carro de polícia que passava, ele vislumbrava seu fim. Pensou nos amigos, nenhum tinha ido procurar por ele.

Enquanto caminhava, era assaltado por breves memórias, como uma fita de vídeo indo para a frente e para trás. Lembrou-se das últimas palavras do peba líder, de suas súplicas ao Senhor. "Será que você existe mesmo?", perguntava Davi em pensamento a Deus. "Por que você não gosta de mim? Não poderia ter me colocado em outra família?"

Ao refletir sobre o ocorrido, Davi se recordou de algo há muito tempo guardado nos porões de sua mente. Após uma briga malsucedida, em que fora abandonado pelos colegas e acabara nas mãos da galera do mal, ele tinha sido torturado, tomando chutes e pontapés. Tentava aguentar firme, mas o medo pouco a pouco se sobrepunha. Até que Labão ergueu uma pedra e fez menção de atirá-la contra ele. Davi viu-se suplicando a Deus para que ele não fizesse aquilo, mas de nada adiantou. Labão então arremessou-lhe a pedra.

"Meu Deus!"

Davi acordou assustado, recostado à antiga fonte da praça do Palácio dos Esportes. Que pesadelo horrível! Sentia a cabeça latejar e lavou o rosto e as mãos na fonte, pondo-se em caminhada em seguida. Pela altura do sol, já deveria ser por volta das sete horas da manhã.

Davi não conseguia parar de pensar no sonho, em como Labão havia atirado aquela pedra nele sem a menor piedade, e sentiu uma pontada no coração ao comparar suas palavras com as do rapaz que ele mesmo havia torturado algumas horas antes. Por mais que tentasse, entretanto, não conseguia se lembrar de como tudo havia acabado.

O garoto pensou novamente em Deus, e começou a ser tomado por um desespero crescente. O que, afinal, ele tinha feito? A dúvida contorceu-lhe as entranhas, enquanto caminhava vagarosamente para casa.

Ao chegar, seu primo Lucas abriu a porta. Nada disseram um ao outro. Adentrando a residência, Davi limitou-se a procurar um canto para se deitar e dormir. O primo permaneceu quieto ao seu lado no chão da sala de TV, seu local de pernoite nos últimos treze anos.

Lucas procurou ajudar Davi escondendo as roupas sujas de sangue. Limpou o rosto do primo com um pano, jogou fora os tênis extremamente malcheirosos e permaneceu ali, assistindo à TV, à espera de que ele acordasse e esclarecesse o ocorrido.

Mas isso aconteceu somente no fim da tarde. Davi acordou assustado e deu de cara com Lucas o observando. Tomado de angústia, disse em voz baixa:

– Lucas, acho que matei alguém.

Ao finalmente verbalizar as palavras que se repetiam secretamente dentro de si, Davi começou a chorar copiosamente. Lucas tentou acalmá-lo, buscando compreender a situação. Davi começou a narrar os fatos, tentando controlar o choro. Revelou ao primo tudo o que conseguia lembrar, estancando no momento em que suas lembranças desvaneceram. Não sabia dizer com certeza se tinha ou não desferido o golpe derradeiro com a pedra, nem se o homem que lhe constrangera com o olhar era real. Tampouco podia dizer o que realmente acontecera com o peba. Apesar de ter sentido inicialmente um desejo legítimo de matar seu oponente, nada era tão angustiante quanto não saber se o tinha feito de fato.

Naquele tempo, a febre dos fins de tarde era o programa policial *Patrulha da Cidade*, e Lucas propôs a Davi sintonizar no programa. Se o delito realmente tivesse chegado às vias de fato, certamente alguma reportagem sensacionalista abordaria o assunto.

Como de costume, o *Patrulha* mostrava uma cidade caótica, esmiuçada aos gritos em seu pior pelo apresentador histérico de terno. Entre propagandas de remédios para emagrecer e empreendimentos imobiliários, uma notícia lhes chamou a atenção:

– Um comerciante local da Praia do Meio foi encontrado assassinado hoje pela manhã num beco próximo ao hotel Reis Magos. Ele estava desfigurado pelas agressões, o que chocou os moradores da região, que chamaram a polícia logo nas primeiras horas do dia...

Em seguida, após mais protestos demagógicos do apresentador sobre os absurdos da violência urbana, foi mostrada uma foto da vítima, mas Davi não a reconheceu. O resto da história, contudo, batia em tudo, e os poucos segundos de alívio deram lugar novamente à angústia que lhe corroía as vísceras. Ele tinha que acabar com aquele suspense logo.

No início da noite, Davi jantou em silêncio. Nem o clássico bate-boca entre Fininho e dona Marta o tirava de seu estado de letargia.

Sentia como se algo estivesse quebrado dentro de si. Aparentemente, o caos mental estava lhe tirando a sanidade. Não suportava o peso de ter – possivelmente – tirado a vida de alguém.

– O gato comeu sua língua? Ou será que agora tá tomando droga também? Era só o que me faltava – disse dona Marta provocando-o.

Davi dirigiu à mãe um olhar gélido, que a fez se calar de imediato e ir para o quarto. Lucas manteve-se em silêncio, e até Fininho sentiu um certo perigo no ar e decidiu também se recolher.

Após o jantar, Davi se dirigiu à calçada de casa, refúgio ao qual recorria quando precisava de um momento a sós consigo. Em vez de observar as estrelas, contudo, nesse dia seu olhar extrapolou o visível. Pensou no mundo, se haveria algo além daquilo para sua vida, se algum dia seria aceito. Pensou novamente em Deus e rezou pela primeira vez em muito tempo, munido da exígua esperança de que alguém estivesse de fato ouvindo. Nenhuma voz lhe respondeu. Deus, como todos os outros, silenciou ante o silêncio de Davi.

## Vagando por aí – Mossoró

A convite de Lucas, Davi foi passar uns tempos em sua casa, na cidade de Mossoró. Já estava sem trabalhar havia alguns meses, desde antes do episódio do qual sua mente insistentemente fugia. Até cogitou não ir, pois seu tio Figueira, pai do Lucas, nunca tinha demonstrado simpatia por ele. Na verdade, não gostava que seu filho andasse com aquela peste em forma de gente, e Davi não o julgava por isso.

Quando resolveu que aceitaria o convite, pensou até em procurar um emprego como técnico por lá, já que uma cidade pequena talvez fosse carente desse tipo de serviço. Se em Natal ele já era um técnico dos bons, imagina em Mossoró! Guardou seu plano consigo e foi fazer contato com uns antigos conhecidos do meio para ver se descolava uma indicação.

Naquele mês de dezembro, seu caminho mudou. O fim de ano não seria no destino mais desejado desde sempre, Santana do Matos, tampouco passaria em casa curtindo o Natal Aloprado de dona Marta. Lembrou-se daquele Natal na casa dos amigos, sentindo uma ponta de saudade da antiga turma, do Alex, do Breno e até do maluco do Péricles. Desde a fatídica noite, não tinha mais andado com eles, e agora partia rumo a uma experiência nova.

Chegou então a uma praça em Mossoró, a última parada do ônibus antes da rodoviária, como seu primo havia orientado. Ficou ali observando o centro da pequena cidade ainda em expansão e viu vários mototáxis, os quais achou muito interessantes, apesar de um tanto inseguros. Na ponta da praça ficavam os taxistas e do lado oposto tinha uma banca de caldo de cana com bolo da moça, daqueles bem-feitos que até parecem pudim.

Nesse momento, um pivete se aproximou de Davi com um canivete em mãos, e ele só o percebeu quando já puxava a carteira em busca de um trocado para o caldo de cana. Tinha viajado praticamente só com o dinheiro da passagem, graças à sovina dona Marta.

O garoto mal se aproximou e Davi instintivamente aplicou-lhe uma torção no pulso, observando a arma que o moleque trazia na mão. Nesse momento, sua mente o levou de volta àquela noite na praia. Ele fitou os olhos assustados do garoto, que não devia ter mais do que 12 ou 13 anos, e sentiu algo em seu coração que não soube explicar o que era. Em um impulso de inesperada bondade, Davi resolveu soltar o menino, que saiu em disparada.

– Você tá bem, moço? – perguntou o rapaz do caldo de cana. – Aquele moleque mora aqui perto... Tá sempre roubando quem tá indo e vindo e depois vai comprar cola pra cheirar.

– Será que não tava é com fome? – questionou Davi.

– Ah, que nada. Tem gente que dá roupa e comida à noite, mas ele tem o cão no couro. É bravo demais, não aceita ajuda de ninguém. Às vezes, a prefeitura pega ele e outros e leva pra um abrigo perto da UERN, mas num tem jeito. Ele foge e volta pra cá! – respondeu o homem.

Davi se identificou com a história do pivete, e pensou em como ele mesmo poderia facilmente estar em seu lugar. Novamente, a mesma sensação lhe invadiu o coração. "Que estranho", pensou ele, sorvendo um gole do caldo de cana gelado que o homem acabava de lhe servir.

É aí que Lucas chegou, dirigindo um Del Rey Ghia 91 vinho, duas portas, todo original. Era um carrinho bonito de se ver. Davi achava bacana da parte do tio Figueira ceder o carro ao primo. Dona Marta jamais admitiria uma coisa dessas, nem mesmo Tadeu podia sair de carro sem que ela fosse junto.

Davi cumprimentou o primo, guardou suas coisas no porta-malas e entrou no carro. Lucas, ainda inseguro na direção, começou a apresentar a cidade, mas Davi mal conseguia prestar atenção, viajando em seus pensamentos.

Lembrou-se da noite em que tomou o carro da mãe "emprestado" para ver a May. Àquela altura, ele já tinha conhecimento do namoro da mãe, e sabia que ela saía e deixava o carro na casa de Iara para ir se encontrar com ele. Esperto, Davi fizera uma cópia das chaves do carro e, numa dessas escapadas da mãe, não titubeou: no meio-tempo, "sequestrou" o carro e foi ver a namorada. Um plano perfeito, caso não tivesse sido descoberto pela mãe, que surtou com ele como uma desvairada.

Retornando ao momento presente, Davi sentiu-se orgulhoso do primo ali dirigindo. Um dia haveria de ser ele a guiar um carro bacana! Passaram pelo Sebosão, pelo Diocesano. Lucas apontou para o Davi o local onde ficava o famoso restaurante Flávio's, a melhor parmegiana da cidade.

Ao chegarem em casa, tia Aninha já esperava por eles com um belo sorriso no rosto. Ela tinha uma alma branda, um coração bondoso e uma calma extraordinária, parecia até fazer força para falar. Pequenina, era como se vivesse em câmera lenta, sempre de saião jeans e blusinha de seda. E, o que mais chamava a atenção de Davi, seu temperamento era o oposto do de Marta, sua irmã.

Curiosamente, Davi foi bem-recebido naquela residência. Faltava apenas a "prova de fogo", o tio Figueira, mas Davi pouco se importava com ele. Estava acostumado a ser chutado mesmo, então, se ele fosse civilizado, já estaria no lucro. Davi há muito aprendera que na casa dos outros você ignora seus sentimentos, segura seu orgulho e aproveita qualquer momento bom que seja.

Arrumou suas coisas no quarto do primo, descansou um pouco e desceu para almoçar. Sua prima Laise, que era uns seis anos mais velha que ele, já estava por lá acompanhada de Eri, seu esposo, com quem havia se casado recentemente. Davi não gostava muito dele, mas também não gostava muito dela...

Nesse momento, chegou tio Figueira, que cumprimentou a todos. Era um coroa de uns cinquenta anos, bem-humorado, trabalhava como vendedor numa unidade da Mesbla. Brincalhão e muito querido por todos, Figueira era conservador quanto à educação e à moral da família.

Davi jamais havia convivido com ele, pois o tio nunca ia à sua casa, tampouco aprovava o que acontecia por lá. Naquele dia, entretanto, ele foi cordial e até simpático com Davi, para sua surpresa.

Após o almoço, Davi se ofereceu para ajudar com a louça, e o tio começou a contar anedotas. Ali, percebeu como deveria ser uma família normal, e lembrou-se da última vez que lavou a louça em casa.

* * *

Davi podia até ouvir a voz da mãe gralhando ao seu lado:

– Economiza no sabão, porque custa caro. E vê se toma cuidado com a minha louça. Toma cuidado, menino, é pra lavar a louça, não o chão! Se for fazer de má vontade, é melhor não fazer!

Era um exercício de paciência.

Na ocasião, Davi até aguentou um pouco mais que o normal antes de explodir.

– Quer bancar a limpinha, mas é mais suja que poleiro de pato! – soltou Fininho, sem qualquer filtro.

Pronto, era tudo o que dona Marta queria. Começou a gritaria, e o casal destilou um contra o outro um arsenal de palavras sujas.

Davi, já irritado, atirou uma xícara no Fininho, como uma ordem expressa de silêncio. Sua mãe, ao ver aquilo, passou a dirigir as ofensas a ele, tornando-o o alvo da vez.

– Escuta uma coisa. Cada vez que você me xingar, vai ser uma louça quebrada. É até melhor pra mim, daí não tenho que lavar essa porra! – ameaçou Davi.

– Se estragar minha louça, faço você limpar a cozinha com a língua! – respondeu dona Marta.

Davi imediatamente jogou o prato ensaboado que tinha nas mãos ao chão com violência, fazendo cacos pontiagudos se espalharem pelo cômodo. No auge de toda a gritaria e quebra-quebra, chegou Valente e deu um belo tapa na cara de Davi. Sentindo gosto de sangue na boca, Davi saiu jurando ao irmão que aquilo não ficaria barato.

* * *

De volta ao presente, Davi se pegou rindo de mais uma das piadas do tio, passando o prato para que Lucas o enxugasse, desvencilhando-se do sentimento de ódio e rancor ao comparar aquele momento com o que rotineiramente vivia em sua própria casa. Era incapaz de se lembrar de algo bom envolvendo a sua família.

Sentiu-se feliz com a paz que experimentava ali e, passados os momentos pós-almoço, conversou mais com o tio e ficou o resto do dia jogando videogame com Lucas.

À noite, Davi ajudou tia Aninha a montar uma barraca de cachorro-quente na calçada de casa, empreendimento que ela e Laise tocavam para complementar a renda. No primeiro momento, foi esse o cotidiano de Davi, que pela primeira vez experimentava paz na vida em família. Como estava gostando de tudo aquilo! Nem podia imaginar que a vida pudesse ser tão pacífica e tranquila.

Passados alguns dias, Davi conseguiu um bico como técnico de eletrônica numa empresa local. Toda a família comemorou, e foi muito bacana sentir que não era um merda enquanto todos desejavam coisas boas na nova empreitada. Davi ia aos poucos estabelecendo uma rotina, algo que jamais teve.

Certo dia, Davi percebeu que tia Aninha estava irritada. Ao conversar com ela, soube que o vizinho da oficina ao lado estava deixando a sujeira passar para sua casa e que, quando ela reclamou, ele passou a fazer pior por pirraça. Davi dirigiu-se imediatamente até lá com uma cesta de lixo, chamou o dono da oficina e derramou todo o conteúdo sobre os pés dele. Por algum motivo, o homem se viu intimidado por Davi, pois nunca ninguém havia falado com ele daquela maneira. Davi continuou a provocar, mas o homem não quis brigar com ele, sequer aumentou o tom de voz.

Depois do ocorrido, Davi despediu-se da tia, que ficou um pouco assustada, e foi trabalhar. Lucien, seu chefe e dono da loja de informática, era um cara demasiadamente tagarela. Ele não deixava Davi em paz, gabando-se todo o tempo de como era o melhor em tudo o que fazia, e que só havia contratado um ajudante porque precisava focar mais na administração da empresa.

Naquele dia, Davi percebeu que sempre havia cobradores na cola do Lucien, e que o cara os enrolava sem a menor cerimônia. Recebia equipamentos quebrados de um e vendia a outros como se fossem novos. Davi não aprovava, mas Lucien sempre o repreendia. Teria de se acostumar, pois "aquilo era comércio".

Ao chegar para o almoço, Davi estava com certo receio sobre como seria a reação do tio às providências que tomara com o vizinho mecânico. Lucas comentava e ria ao narrar como o homem tinha borrado as calças de medo. No entanto, tio Figueira não tocou no assunto, e isso era por si só assustador. Como assim ninguém iria ralhar com ele por causa do que fizera? Nos dias seguintes, o senhor da oficina corria e juntava a parte dele toda vez que via tia Aninha varrendo o chão.

Aproximava-se o dia de Natal, e a família havia combinado de fazer um amigo-secreto. Outra tia do Davi iria para lá com sua família, e todos confraternizariam juntos. Fizeram o sorteio e Davi tirou a prima. "Que azar", ele pensou. Como iria comprar um presente se não tinha dinheiro para nada? Ainda não havia completado um mês de trabalho, então resolveu fazer um vale e comprar algum eletrônico da loja em que trabalhava. Falando com Lucien, conseguiu um Walkman original, da Sony. Era uma novidade na época, e Davi achou que seria uma boa ação se endividar com o chefe para agradar Laise.

Na véspera do grande dia, Davi chegou do trabalho e ficou conversando e rindo das piadas do tio Figueira, de quem recebia cada vez mais afeto. Sentiu-se acolhido por sua figura paterna, mesmo tendo absoluta consciência de que nunca seria amado por ele como um filho. Mas, para Davi, o que ele recebia era mais do que o suficiente.

Foi um dos últimos a subir para tomar banho. Após se aprontar, correu pegar seu presente de amigo-secreto. Ao descer as escadas, observou todos já sentados conversando. Sem perceber, sentou-se ali mesmo no meio da escada e ficou observando a família de longe. Seus pensamentos o levaram para alguns anos antes, como uma fita VHS rebobinada em alta velocidade, lembrando-se dos natais frustrados em sua casa, do pai sempre bêbado e da mãe invariavelmente mal-humorada.

Por essas e outras, não gostava de Natal, e decidiu que sempre que pudesse evitaria celebrar aquela data, de preferência sozinho.

– Ho, ho, ho. Feliz Natal! – exclamou uma voz exageradamente grossa, imitando um Papai Noel fajuto, tirando Davi de seu devaneio.

Uma lágrima escorreu pelo seu rosto, talvez por finalmente compreender como era o verdadeiro espírito do Natal. Tia Aninha o notou ali sentado na escada e o chamou para descer. Logo teria início o amigo-secreto.

* * *

– ... Enfim, meu amigo secreto é alguém de quem eu gosto muito – disse tio Figueira alguns minutos depois com um presente em mãos. – É uma alegria que ele esteja aqui com a gente nesses últimos tempos, e espero que goste do presente para se sentir ainda mais parte desta família!

Davi não conseguia descrever o que aquilo representava para ele. As palavras do tio mudaram algo dentro dele, como se uma chave tivesse sido virada. Naquele momento, Davi decidiu que não seria mais o mesmo, que faria por merecer o afeto que recebia. Em vinte anos de existência, nunca ninguém tinha demonstrado por ele tamanho carinho, amor e compaixão.

Passadas algumas semanas, Davi já se habituara à vizinhança de Mossoró. Dominava seu ofício e não brigava com ninguém havia quase dois meses. Certa manhã, sua prima chegou em casa aos prantos e, ao ser questionada por tia Aninha sobre o que havia acontecido, ela contou que o Eri, seu marido, brigara com ela e que antes de saírem de casa ele havia jogado café quente em suas roupas.

Davi não pensou duas vezes. Eri trabalhava em um ponto de táxi ali perto da casa da tia. Ele foi até lá e o chamou para um café numa barraca perto do ponto. Sempre bem-humorado, Eri acompanhou Davi, com quem àquela altura se dava até que bem. Ao chegarem, Davi perguntou:

– Você aceita um cafezinho?

– Opa, chefia, claro! – respondeu Eri, perplexo.

Sem hesitar, Davi deu com uma garrafa térmica cheia de café na cara dele. O rapaz ficou sem reação.

– Cara... – começou ele, incrédulo com a situação – por que você fez isso? O que foi que eu te fiz?

– Isso é pelo que você fez com a Laise! Se não quer mais ficar com ela, seja homem, separa, mas não rela a mão nela!

Eri ficou em silêncio, dando a entender que compreendera o recado. Ele se levantou, deu um tapinha no ombro do Davi e foi embora. A princípio, Davi estranhou a reação de Eri, pois estava certo de que seu atrevimento encadearia uma briga. O marido da prima, entretanto, apesar de agredido e humilhado, não reagiu.

"Não foi um ato de covardia", reconheceu. "Ele está admitindo seu erro." Davi permaneceu ali por alguns minutos. O mundo estava mudando, tudo era estranho em sua mente. Devia ser aquela cidade... As pessoas ali eram diferentes das que ele estava acostumado a lidar.

Dali em diante, a rotina de Davi em casa foi bem tranquila. A figura do tio Figueira era para ele cada vez mais a do pai que jamais tivera. Passava as noites conversando e acompanhando a movimentação do pequeno comércio familiar ou saía com o primo para ir à casa dos amigos de faculdade dele.

No trabalho, contudo, a rotina não era tão tranquila assim. O chefe era um homem desonesto, que sempre queria levar vantagem sobre os clientes. Seu comportamento boçal incomodava Davi.

Lucien veio de baixo, e começou a carreira como vendedor de tintas. Seguiu no ramo e algum tempo depois abriu sua própria loja. Um dia, contudo, alguns homens chegaram e afanaram todo o seu estoque para quitar algumas dívidas. Mas Lucien contava uma outra versão, muito mais heroica, na qual ele era assaltado em plena luz do dia sem ser socorrido por ninguém. Sua má fama, no entanto, tornava a história bastante inverossímil. Sua carreira era sustentada pelo modo malandro de ser.

De estatura baixa, careca e corpulento, Lucien tinha uma fala arrastada e andava como se fosse muito maior. Já havia passado a perna na maioria dos comerciantes da região, e mesmo assim sua loja de eletrônicos e materiais de informática prosperava.

– Davi, tô vendo aqui que você dificilmente troca as peças dos micros dos clientes. Por quê? – perguntou Lucien.

– Ué, eu troco... Mas só quando tem necessidade. Na maioria das vezes, é um cabo que soltou, algum mau contato, uma sujeira – justificou-se Davi.

– Não, meu amigo... Assim a gente vai falir. Imagina se todo mecânico só tirasse pó de motor ou colocasse água no radiador, daí não precisava mais de mecânico. Tem que jogar uma lorotinha... Tá vendo esse monte de processador e placa-mãe aqui no estoque? É disso que vem seu salário, companheiro. Tem que convencer o cliente a trocar, *é sempre melhor trocar*.

– Entendi. Tenho que ser desonesto com gente que não entende nada. Nem fodendo, Lucien. A galera aqui é simples, cara, nada a ver tirar vantagem dos outros assim. Você é desonesto pra caralho.

Isso foi o suficiente para que os dois iniciassem uma discussão que por pouco não acabou em pancadaria. Irritado ao ser chamado de desonesto, Lucien pegou um disco rígido de PC sobre a bancada de trabalho do Davi e bateu com força, dizendo que era ele quem ditava a forma como se trabalhava ali.

Àquela altura, Davi queria mesmo era uma oportunidade de brigar. No entanto, apesar da raiva, o lado mais tenebroso não tomou conta de sua mente, e ele não atacou Lucien, como teria feito em outras ocasiões. Ainda assim, ele atirou sobre o outro um ímã de bancada, atingindo-o na testa.

Lucien expulsou Davi da loja, que foi embora em meio a gritos e xingamentos. Ele foi para a casa do tio a pé, ensaiando a cada passo o que iria dizer a ele. Tinha certeza de que seria expulso. "Uma pena, estava tudo indo tão bem!", pensou.

Quando chegou em casa, Davi relatou ao primo o que havia acontecido. Tio Figueira chegou sem que eles percebessem, e ouviu tudo às escondidas. Quando finalmente anunciou sua presença, adotou um tom muito diferente daquele que Davi esperava:

– Quer dizer então que você acertou a testa do careca branca, foi? Taí uma cena que eu queria ter visto – disse ele, desfazendo o clima ruim. – Não que você esteja certo, que isso fique bem claro, mas... aquele safado teve o que mereceu. E você até que pegou leve com ele.

Davi sorriu timidamente.

– Bom – continuou o tio –, precisamos arrumar outro lugar pra você trabalhar, com um chefe que seja bom pra você, né?

Davi mal conseguia acreditar. Foi tratado com respeito e cordialidade pelo tio mesmo após uma de suas crises. De repente, sentiu-se acolhido por pessoas que ele ouviu a vida inteira que eram duras e ignorantes, que não o tolerariam lá nem por 24 horas. Dona Marta não poderia estar mais enganada. Davi agradeceu, terminou de comer, lavou os pratos e foi se deitar um pouco.

Acordou várias vezes ao longo da noite, estava difícil pegar no sono. Levantou-se e foi até a cozinha tomar um gole d'água, mas, ao descer as escadas, conseguiu ouvir tio Figueira conversando com tia Aninha. Sua voz parecia embargada, como se ele estivesse a ponto de chorar.

– ... E foi assim, amor. Depois de dezoito anos como vendedor na Mesbla, me mandaram embora. A sorte é que vão me deixar continuar a trabalhar somente com comissões, mas tive que insistir um monte. Não sei como vai ser daqui pra frente, anjo. Realmente não sei.

Davi ficou paralisado, pensando nos momentos terríveis que estavam por vir naquela casa. Ele retornou ao quarto e decidiu que iria procurar emprego logo no dia seguinte. E assim o fez.

Naquele tempo, fim dos anos 1990, não havia em Mossoró muitas opções de trabalho na área de Davi. E ter arranjado briga com um comerciante conhecido não o ajudava em nada. Após muitos "nãos", vários deles mal-educados, Davi retornou para casa triste e abatido. Lamentava poder fazer tão pouco por aquela família. Sua maldade tão peculiar ia perdendo espaço dentro de si, tudo isso graças a um homem que nem era seu tio de sangue, que nada lhe devia. Um homem que decidiu tratá-lo com respeito e amor.

À noite, Davi conversou com Lucas sobre a conversa que ouvira, e percebeu que o assunto não era novidade. Na verdade, a Mesbla já tinha avisado os funcionários havia uns seis meses que, se não retomasse seu faturamento habitual, os empregados mais antigos seriam demitidos. E decidiram ali, os dois, que iriam procurar emprego para ajudar em casa. Lucas estava no meio do curso de Engenharia, mas já poderia estagiar. Davi, por sua vez, iria tentar outras coisas no comércio local.

Todos os dias, tio Figueira saía de casa e retornava do trabalho no mesmo horário. Sua rotina não havia mudado, e ele sempre se apresentava muito bem alinhado, trabalhando mesmo sem ter um emprego de fato. No entanto, em meio à crise financeira dos anos 1990, não conseguia vender tão bem, e, como agora vivia apenas de comissões, Davi percebeu que a cada dia as sacolas que ele trazia todo fim de tarde com bolo, pão, suco, ovos, queijo e alguma guloseima para a esposa estavam cada vez mais vazias.

Apesar do esforço, Davi não conseguia emprego. A comida tornou-se cada vez mais escassa, e mesmo assim ninguém reclamava. O que não diminuía, entretanto, era o espírito daquele pai, que sustentava uma situação daquelas com total dignidade, mantendo o bom humor e a humanidade de sempre.

Davi então percebeu que era hora de ir embora. Retornaria para Natal, infelizmente, pois não podia ficar ali como um peso para a família que o recebera tão bem. Conversou com seu primo e agradeceu demais por tudo. Falou com tia Aninha e deixou tudo pronto para viajar na manhã seguinte. Só faltava falar com o tio Figueira.

Após o jantar, Davi o chamou para conversar. A expressão triste em seu rosto denunciava o que estava por vir.

– Tio – começou ele –, vou voltar pra casa. Eu sei o que o senhor vai falar, mas tô ciente de que as coisas aqui não estão indo nada bem. Não consigo emprego aqui, tio. Tenho que tentar algo em Natal, que é cidade maior.

– Que besteira, Davi – respondeu o tio Figueira, os olhos mareados. – Você não precisa ir embora, imagina! Não quero que volte para aquele ambiente, você sabe como é por lá. Aqui você tem paz, não vai ganhar nada voltando pra lá!

Suas palavras, apesar de tocarem fundo em Davi, não foram o suficiente para dissuadi-lo. Até que o tio finalmente disse:

– E se nada disso te convencer, quero então que saiba que você é como um filho pra mim. O tio te ama, menino, não faz isso! Não quero ver você partir, já ando tão triste. Vai é despedaçar meu coração, isso sim!

Davi ficou extremamente emocionado. Jamais alguém da sua família havia demonstrado tamanho amor por ele.

– Eita, tio... Também amo o senhor. De verdade. Tá bem, beleza. Vou ficar mais um tempo e tentar achar alguma coisa. Quem sabe eu encontro, né?

– Isso, filho! Vamos ter fé! Fica com a gente. Que bom... Vou falar com uns amigos meus, ver se alguém consegue arrumar um emprego pra você. Vamos vencer isso juntos, como uma família.

Incapaz de ferir os sentimentos do tio Figueira, Davi acabou contando a ele a maior e mais dura mentira de sua vida. Tio e sobrinho então se abraçaram demoradamente.

Durante a madrugada, Davi deixou a casa dos tios às escondidas, rumo ao ônibus que o levaria de volta a Natal às três horas. Fez tudo com o maior silêncio que pôde, a fim de não acordar ninguém. Davi então se despediu daquela casa, e mal conseguiu enxergar por conta das lágrimas que escorriam de seus olhos.

Durante os poucos meses em que ali esteve, pôde experimentar a sensação de ter uma família, um pai. Como era difícil deixar tudo aquilo para trás! Mas não podia ser egoísta. Cabisbaixo, como quem caminha para a morte, Davi atravessou a avenida. Nas mãos levava sua bagagem. No peito, uma enorme dor. Entrou no ônibus, retornando ao inferno particular que ele chamava de casa. Porém, algo dentro de si havia mudado, ele não era mais o mesmo. Apesar de seguir em meio a uma confusão mental enorme, já não era mais o *monstro*. Era somente o Davi.

**Escapando do seu próprio inferno**

Foi estranho acordar e ver Natal novamente. Era tudo a mesma coisa, mas, para Davi, estava tudo diferente. Ele pensava sobre o que vivera em Mossoró, e o que poderia fazer para redirecionar suas ações daquele momento em diante.

Pela primeira vez, tinha alguma clareza acerca da vida. Havia construído uma muralha em sua mente, onde foi capaz de aprisionar todo o mal que até então dirigia suas ações. Estava ciente, no entanto, de que seu hospedeiro ainda residia dentro dele, como um prisioneiro à espera de sua soltura. Se isso acontecesse, perderia de novo o controle, e a vida desmoronaria de vez. Davi estava disposto a não permitir isso.

Chegou em casa apenas para constatar que viver ali seria um desafio enorme. Mas estava decidido a fazer com que o tio Figueira tivesse orgulho dele, e daria um jeito de ajudá-lo.

Apesar de sua hesitante convicção sobre a existência de Deus, Davi começou a frequentar a igreja local. Sabia que, se existisse, Deus não devia estar lá muito contente com ele. E, pelo pouco que conhecia do Antigo Testamento, o Senhor era deveras vingativo, e perseguia e punia quem desobedecesse a seus mandamentos.

Gostava mesmo era da figura de Jesus, um cara disposto a perdoar, que não levava em conta os pecados. Se fosse para acreditar em alguém, que fosse nele, que parecia bem mais tranquilo de seguir. Davi tinha mais dúvidas do que certezas sobre o assunto, mas ouvira que o demônio tinha medo de Jesus, então naquele local o mal que sequestrava sua alma talvez perdesse as forças.

Com o passar do tempo, Davi começou a sentir-se em paz na igreja. Gostava do estilo do padre Vilela, um senhor de voz mansa e postura impecável que trazia no rosto um semblante sério, porém amigável. Era compassivo mesmo quando não pronunciava uma única palavra.

Davi batia ponto nas missas dominicais, e procurava sentar-se nos primeiros lugares. No momento da paz, fazia questão de ir abraçar o padre, que muitas vezes era a única expressão de amor que ele tinha em toda a semana.

Na igreja, reencontrou sua antiga paixão pela música. O pessoal do grupo de canto mandava bem demais. Entoavam louvores modernos, conduzidos pelos violões, muito diferentes daquelas senhoras desafinadas entoando cânticos do início do século ou dos corais chatos – como aqueles dos quais participava quando criança no Salesiano. De tanto ficar cantarolando, já sabia as músicas de cor.

Esse momento de fé aos domingos clareava sua mente, e durante aqueles sessenta e poucos minutos de missa nenhum pensamento ruim o perturbava. Não sentia raiva nem rancor, não praguejava contra ninguém da sua família. Libertava-se pouco a pouco do mal que outrora dominava por completo sua vida.

Sempre que acabava a missa, Davi saía caminhando devagar, cantarolando o cântico da comunhão, que ele achava muito bonito.

*Louvado seja o meu Senhor. Louvado seja o meu Senhor*
*Por todas suas criaturas. Pelo Sol e pela Lua,*
*Pelas estrelas no firmamento. Pela água e pelo fogo.*
*Por aqueles que agora são felizes. Por aqueles que agora choram.*
*Por aqueles que agora nascem. Por aqueles que agora morrem.*
*O que dá sentido à vida é amar-Te e louvar-Te.*
*Para que a nossa vida*
*Seja sempre uma canção.*

Naquele domingo, ao ir para casa, Davi deparou com Fininho embriagado na calçada. A melodia em sua mente tornou-se distorcida como uma fita cassete enroscada. Incapaz de sequer elaborar uma frase, o pai caiu de cara no chão. Davi se encheu de ira, mas não perdeu o controle. Em vez de simplesmente abandonar o progenitor cachaceiro na sarjeta, decidiu levantá-lo pelo cinto e conduzi-lo sem muito jeito até o interior da residência, onde o largou na cama.

Em casa, Davi passava a maior parte do tempo calado. Assistia à TV quase o dia todo, saindo apenas para treinar jiu-jitsu, sua única interação social. Na academia, todos percebiam algo de diferente nele, que andava sempre calado e evitava qualquer tipo de confusão. Ele se mantinha indiferente às conversas sobre rixas entre as academias da cidade, cujos membros se digladiavam pelas ruas de Natal.

Apesar de bom atleta, Davi jamais competiu. Treinava somente porque gostava. Na academia, conseguia silenciar sua mente, e se fazia média participando de alguma rodinha de conversa após o treino, mal ouvia o que diziam. Agora um homem feito, passou a ser mais respeitado que antes, e sem levantar um dedo contra ninguém.

Não demorou muito, contudo, para que o novo Davi desse lugar ao velho. Com o passar do tempo, o fervor dele pela igreja foi amornando. Se há pouco tempo não perdia uma só missa no domingo de manhã, passou a ir em fins de semana alternados, depois uma vez por mês e depois simplesmente não foi mais. Que pena, não tinha mais tempo. O domingo era agora momento de encher a cara comentando a farra do sábado.

Foi o período em que ele se reaproximou do primo Nael, unicamente porque precisava driblar o tédio. Era solitário, quase não tinha amigos. Davi não falava com o primo desde o pior dia de sua vida, quando fora por ele abandonado na praia. Decidiu abandonar essa mágoa.

Descobriu que Nael estava morando em uma quitinete junto com o Simei "Kissuqui" no Vale do Pitimbu, na época um bairro bastante humilde às margens da Cidade Satélite. Não pôde deixar de imaginar como seria sair de casa e ir morar com um amigo.

As farras com os amigos de Nael começaram a se tornar constantes. Bebiam muito no Bar do Paraíba, onde se juntavam para tocar um pagode, e Davi foi se enturmando. Passou a se encontrar com eles todos os fins de semana.

– E Jesus, Davi? Brigou com ele? – caçoavam os amigos.

– Ah, ele é eterno, né? Meu domingo, não. Depois a gente se acerta – brincava Davi em resposta.

* * *

Uma casa de shows chamada Safári havia sido inaugurada recentemente no bairro, e nas noites de sábado promoviam um pagode dos bons. O lugar fazia jus ao nome, e sobreviver ali era uma tarefa realmente desafiadora graças às brigas, roubos e drogas que rolavam soltas. Davi e Nael e marcavam presença na Safári toda semana, ao lado dos novos amigos Crigor e Boneco.

Crigor tinha 19 anos, era um carioca alto e forte. Seu hobby era a musculação, mas ele não passava de uma criança grande aos olhos de Davi. De origem humilde, trabalhava entregando panfletos de supermercado para ajudar a mãe e as duas irmãs menores. O pai os abandonara quando a família ainda morava no Rio.

Já Boneco era mais parecido com Davi, e tinha sede por encrenca. Era um prodígio no vôlei, apesar de não ser muito alto. Mais velho que os demais, tinha um corpo forte e era faixa roxa no jiu-jitsu. Quando sóbrio, Boneco era muito gente boa, mas quando bebia se tornava um típico babaca.

Não demorou muito, e Davi começou a se envolver em brigas novamente. Um pessoal rival começou a querer botar banca por ali, e ele costumava intervir em favor dos amigos e para espantar os folgados. A cada confusão, seu hospedeiro queria se libertar, mas Davi aparentemente havia aprendido a mantê-lo nas rédeas.

Naquele sábado, Davi havia bebido mais do que o normal. Incapaz de permanecer de pé, os amigos o deixaram apagado na casa do Crigor e voltaram para a Safári. Ele só acordou horas depois, com um choro martelando sua cabeça como a um sino. Era a irmã do meio de Crigor.

Assustado e ainda grogue, Davi abriu a porta do quarto e deu de cara com Crigor desfigurado. Seus olhos estavam inchados, a boca cheia de pontos e o nariz quebrado. Ao seu lado estavam Nael e Daniel, outro companheiro de balada. De início, pensou que o amigo sofrera um acidente, mas logo entendeu que na verdade ele havia sido espancado. Chegara do pronto-socorro acompanhado da mãe e dos amigos.

– Caral... – Davi se conteve na frente da mãe de Crigor. – *Caramba*, o que aconteceu?

– Foram pra cima de mim e do Boneco – começou Crigor, o nariz ainda vertendo sangue por dentro do esparadrapo. – Eu nem sei por quê.

– Se você acha que o Crigor tá quebrado, precisa ver o que fizeram com o Boneco, Davi – disse Nael.

– Foi o Roberto, cara... O Boneco provocou, é verdade, mas, nossa, o cara virou o cão. Foi um outro maluco que começou a bater nele, e quando ele caiu no chão, Roberto foi pra cima, chutando a cabeça e tudo. Puta que o pariu, dá até agonia de lembrar – relatou Daniel. – Daí chegou polícia, chegou ambulância...

– Mas o Boneco tá bem? – perguntou Davi.

– Nem ferrando – disse Crigor, percebendo o olhar de reprovação da mãe. – A ambulância era pra ele.

O relato fizera Davi reviver sentimentos que mantinha enterrados em seu coração. Ele teria que fazer alguma coisa para vingar os amigos.

* * *

No início da tarde de domingo, o assunto no Bar do Paraíba não podia ser outro. Muito se especulava sobre o estado de saúde do Boneco, que nas últimas horas já havia "entrado em coma" e até "morrido", segundo os boatos que corriam soltos.

Davi e Nael já estavam lá havia algumas horas, mas o clima não era dos melhores. Nada de pagode, a cerveja não descia. No máximo uma TV sintonizava um jogo de futebol com o qual Davi não se importava.

Para a surpresa de todos, o pai de Boneco apareceu subitamente. Nunca o tinham visto por lá. Não bebia, era um homem sério, muito dedicado à família e focado no trabalho. Ao chegar, pediu ao Paraíba para dar uma palavra com os clientes.

– Olá... boa tarde... Queria um pouquinho da atenção de vocês – começou o senhor de cabelos brancos e bigode. – Vim aqui para agradecer a preocupação com o meu filho e as orações de todos vocês. Graças a Deus ele está fora de perigo.

Os presentes aplaudiram, num gesto legítimo de alívio.

– Mas... – continuou o pai, a voz grossa começando a embargar – o médico confirmou que ele vai perder os movimentos das pernas. Apanhou muito na cabeça o meu filho. A gente ainda vai saber se teve outras sequelas, mas por enquanto é isso. Meu filho era atleta, jogava vôlei... sonhava em ir pra seleção algum dia. Agora vai passar o resto da vida numa cadeira de rodas.

Todos no bar escutavam agora num silêncio sepulcral as palavras do homem. Os copos de cerveja, intocados, deixaram água condensar ao redor. Ele continuou, caindo no choro.

– Então, venho aqui pedir... *suplicar*, para que vocês abandonem o vício na bebida, nas drogas ou sei lá mais o quê *enquanto ainda há tempo*! Hoje sou eu que choro, mas amanhã pode ser o pai ou a mãe de cada um aqui sofrendo o que minha família está sofrendo agora. Meu filho é vítima, mas também tem sua parte de culpa... Pelo amor de Deus, não vão atrás de vingar ele. Eu só tenho gratidão porque ele tá vivo. Se quiserem honrar o... Boneco, é assim que vocês chamam ele, né? Se quiserem honrar o Boneco, parem de beber! Aprendam com a história dele!

Davi estava profundamente comovido, como os demais. Todos gostavam muito do Boneco. No entanto, não achava justo que só um lado da história chorasse, e estava mais do que disposto a vingar a agressão gratuita sofrida pelos amigos.

Tanto ele como os demais estavam decididos a apagar o Roberto, e o fariam naquele mesmo dia. O cretino jogava basquete toda tarde em uma quadra perto dali, e já sabiam qual era o seu carro, um Tempra azul. O plano era simples: um esperaria no veículo e outro daria o sinal quando ele estivesse saindo. Davi então apertaria o gatilho. Ele fazia questão de desempenhar esse papel.

Poucas horas depois, já estavam a postos. Davi repassou o plano em sua cabeça inúmeras vezes, prevendo falhas que pudessem pôr tudo a perder. Estava decidido a prosseguir. Já não pensava nas besteiras que havia cometido, nem no tio Figueira, tampouco em Jesus. Quem agora comandava o espetáculo era seu hospedeiro, fazendo o ódio em seu coração falar mais alto do que qualquer sentimento. Contudo, uma outra voz disputava o controle, algo mais forte que os avisos e os sonhos que tivera em outras situações de perigo no passado.

Apesar de seguir decidido, algo incomodava Davi. Mas, quando chegou o momento, ele não hesitou, e a adrenalina o tomou de assalto. Ele desceu do veículo, inspecionou a arma que tomara emprestada de um dos amigos e caminhou na direção do carro de Roberto.

O rapaz em campana sinalizou que o alvo se aproximava. A quadra de basquete ficava a uns 150 metros de onde estacionavam os carros, numa área mais baixa cercada por mato, impossível de ser avistada por quem estava na quadra. Se o alvo estivesse a sós, ninguém os veria, no máximo ouviria o estampido. E aí, Davi já estaria longe.

Caminhando a passos lentos, Davi já conseguia ver Roberto, que era um cara muito grande e forte. Ele seguiu em direção ao carro. Sem desconfiar, Roberto abriu a porta do carro, entrou e logo baixou os vidros. Num rompante, deu de cara com Davi colado à porta do passageiro, a arma em punho apontada para sua cabeça.

Davi não disparou de imediato, pois queria olhar nos olhos daquele desgraçado antes de atirar. Roberto olhou para ele e falou:

– Olha, cara, eu sei por que você está aqui. Sei o que fiz, e nada que eu disser vai mudar o que aconteceu com o Boneco. Ele não pensou antes de rachar a mandíbula do meu melhor amigo e quebrar vários dentes dele, assim como eu não pensei ao dar o troco. Não justifica, eu sei. Você é novo pelo bairro, eu pelo menos nunca te vi. Mas, sabe, eu tenho um filho, sustento minha mãe, cuido dos meus irmãos.

Davi esperou que ele terminasse de falar, os amigos aguardando que ele desse prosseguimento ao plano. O rapaz que estava de olheiro já se movimentara para dentro do carro, e seu motorista já dava sinais de que iria arrancar.

Nesse momento, Roberto olhou para Davi e baixou a cabeça. Ele conhecia aquele olhar, era o mesmo daquele sujeito no beco, o mesmo olhar do seu tio, o mesmo olhar do padre Vilela.

Davi paralisou e, pela primeira vez, questionou a si mesmo se realmente queria fazer aquilo. A brecha por onde parte do mal havia escapado começava a se fechar, dissipando seu ódio. Seu coração se despedaçava ali mesmo e, sem nada a acrescentar, Davi se limitou a dizer:

– Só vá embora, cara. Pode ir, não vou te fazer mal.

Com lágrimas nos olhos, Roberto ligou o carro e saiu vagarosamente, evitando encarar Davi. Um alívio tomou conta de seu corpo e de sua alma, e a adrenalina aos poucos cedeu espaço a uma calmaria inexplicável.

Davi caminhou até o carro no qual os amigos o esperavam e entregou a arma. Ao ser questionado sobre o porquê de ter melado o plano, ele apenas balançou a cabeça e seguiu em silêncio.

* * *

No caminho de volta à sua casa, Davi percebeu o quão perto havia chegado de trilhar o mesmo caminho que prometera abandonar. Foi por um triz. Sentia que algo precisaria mudar objetivamente em sua vida. Mas por onde começar? O que ele almejava? Lembrou-se nesse momento de que não tinha sequer concluído o primeiro grau.

Tão logo chegou em casa, Davi dirigiu-se à dona Marta e anunciou que faria um supletivo para terminar os estudos. Pediu à mãe apenas o suficiente para a passagem e uns trocados para lanchar. Estava disposto a estudar o dia todo e finalizar pelo menos essa etapa em sua vida.

( 8 )

# RECOMEÇO

"A coragem para recomeçar vem da necessidade de ter perspectivas pelas quais valha a pena viver o futuro!"

## Supletivo da vida

– Voltar a estudar de novo? – questionou dona Marta incrédula. – Davi, quantas vezes você já começou os estudos e depois largou? Você é bom mesmo de ficar pela rua bebendo o fim de semana inteiro. Tem vocação é pra vagabundo, isso sim.

Davi escutou as reclamações da mãe calado, para total surpresa dela, que certamente esperava um levante violento. Diante do silêncio do filho, no entanto, alguma coisa a sensibilizou, e ela acabou cedendo:

– Eu não sei quem é mais doido, você ou eu. Tá bem, vou ajudar. Mas é a última vez, Davi, é a última vez que invisto um centavo meu em você, nunca falei tão sério na minha vida!

Davi sentiu acender dentro de si aquele grande desejo de "reiniciar", ou melhor, de "formatar" toda a sua vida, como se faz com um computador lento e cheio de vírus. Passou os dias seguintes ocupado separando os documentos para sua nova tentativa de volta às aulas.

Optou por fazer um supletivo de formato bastante distinto na Escola Estadual Henrique Mota, em frente ao Palácio dos Esportes. O supletivo era composto de vários módulos, permitindo ao aluno estudar o material requisitado e fazer a avaliação correspondente no mesmo dia, o que tornava o processo mais dinâmico.

Dona Marta cumpriu com a palavra, e todos os dias dava ao Davi a quantia suficiente para que ele fosse e voltasse de ônibus, além de um extra para uma quentinha.

Adentrando o recinto escolar, foi impossível para Davi não se lembrar do primeiro dia de aula em sua infância, na escola católica, que começara com uma detenção, um primeiro horário perdido, um carimbo na agenda e uma carta para dona Marta.

Seguindo direto para a secretaria, ele fez a matrícula e logo saiu em busca do primeiro módulo para estudar. Tinha a intenção de cursar uma matéria por vez, a fim de manter o foco, e assim o faria até ser aprovado na sétima série. "Nossa, sétima série ainda", pensava, com uma pontada de vergonha por ter sido tão relapso com os estudos.

"Que desculpinha de vagabundo pra ganhar mais um tempo pra fazer merda nenhuma, hein, Davi?", dizia Valente em seus pensamentos num tom jocoso.

Essas foram somente algumas das palavras de desencorajamento que ele ouvira nos últimos tempos. Por mais que quisesse ignorá-las, eram um forte golpe em sua autoestima. Cheio de dúvidas a seu próprio respeito, Davi resolveu pôr em prática o lema dos Alcóolicos Anônimos, vivendo cada dia de uma vez, sem grandes planos que extrapolassem sua realidade. "Que Deus me dê forças para estudar hoje", repetia em sua mente.

Assim, ele não focava em terminar o curso, mas em cumprir pequenas metas todos os dias. Saiu então da secretaria com a ficha de provas e foi para a biblioteca da escola, onde deu início ao seu primeiro módulo. Decidiu começar com Português, matéria na qual sempre enfrentou dificuldades. Estudou por uma hora e sentiu-se pronto para fazer a avaliação correspondente. Foi para a sala e fez a prova – achou que não estava muito difícil. O professor corrigiu-a ali mesmo, na frente dele, e seu coração se encheu de alegria quando viu o "10" escrito na folha em caneta vermelha.

– Parabéns, você foi muito bem. Continue assim – disse o professor, entregando-lhe o resultado.

Davi retornou à biblioteca e, sem demora, começou a estudar um novo módulo. Uma hora depois, lá estava ele na sala fazendo outra prova. Outro dez. Outro módulo. Outro dez... Naquele dia, essa dinâmica se repetiu por cinco vezes.

Saiu para almoçar e retornou na parte da tarde para mais provas, mantendo o ritmo e também os excelentes resultados. Encafifado com tantas notas dez, o professor a essa altura ficava em pé ao seu lado, para se certificar de que ele não estava trapaceando.

No fim da jornada, Davi recompensou a si mesmo com a segunda metade do lanche do quiosque do sr. Tanaka, que ele havia guardado do almoço. Em seguida, foi embora para casa.

Ao chegar, apresentou à mãe sua ficha de presença, que continha a quantidade de provas realizadas e as notas obtidas.

– Isso aqui é de verdade ou você andou adulterando esses resultados? – perguntou Dona Marta cética.

Os dois meses que se seguiram transcorreram do mesmíssimo modo. O sr. Tanaka, simpático japonês que cuidava da barraca de lanches onde Davi almoçava todos os dias, passou a lhe oferecer um suco e um sanduíche melhor pelo mesmo preço, sensibilizado pelo esforço de Davi, que chegava à escola todos os dias cedo e de lá só saía à tardinha.

A fama do rapaz se espalhou pela escola. Uma boa fama, pela primeira vez na vida. Ao final dos dois meses, ele cumpriu todos os requisitos para concluir o primeiro grau, e seu boletim era perfeito, com dez em todas as provas. Nesse pouco tempo, havia feito o que não fizera nos últimos seis anos. Davi estava feliz com seu próprio desempenho.

Era junho, e dona Marta já não o perturbava. A essa altura, havia ganhado o benefício de fazer sua própria comida, bem como lavar e passar sua própria roupa, algo outrora impensável, porque, segundo dona Marta, somente ela sabia economizar, o que o deixava à mercê da vontade dela em realizar tais tarefas.

Orgulhoso de seu feito, Davi exibiu com orgulho o diploma de primeiro grau conquistado.

– Esse aí até eu tenho – disse Tadeu demonstrando seu menosprezo. – Dois meses? Você terminou o primeiro grau em dois meses e ainda quer ser levado a sério? Se bobear, até o cachorro da escola tem um igual.

Iara nada disse em defesa de Davi, e a mãe ainda completou:

– Não fez nada mais do que a obrigação dele. Era o mínimo do mínimo. Mas pelo menos dessa vez terminou, diferente das outras mil vezes.

"Ladrões de alegria", pensou Davi, e recolheu-se em seu canto para comemorar sozinho. Mas não haveria muito tempo para descanso, pois um desafio ainda maior o esperava: o segundo grau. Davi estava obstinado a continuar sua jornada de vencer um dia de cada vez, sem se preocupar com nada além disso.

* * *

No segundo grau, as regras eram mais amenas. Davi resolveu iniciar sua nova fase com Física, e procedeu com seu ritual habitual: estudou o módulo durante um período e já correu para fazer a prova. Após algum tempo, entregou a avaliação para o professor, um jovem tagarela de nome Daniel.

Após corrigir o exame, ele olhou para Davi e fez um sinal de reprovação com a cabeça.

– Pega a sua prova de volta e senta aí, por favor – disse Daniel discretamente. Quando todos os demais entregaram seus exames, ele se dirigiu a Davi novamente: – Sei que você é o novo queridinho da escola, mas nessa prova você tirou zero, amigo. Vamos fazer assim, dessa vez vou deixar pra lá, pra não sujar sua ficha. Mas só volte pra refazer a prova quando estiver pronto de verdade, combinado?

Aquelas palavras caíram como uma bomba para Davi. Zero? Como assim? Com que ânimo retomaria os estudos depois disso? Como sua cabeça estava agora cheia de preocupações, Davi resolveu ir para casa, estudando até entender o que fizera de errado. Apesar de chateado com a derrota, ficou grato ao professor pela chance concedida.

Poucos dias depois, abordou o professor logo que chegou à escola. Daniel era um carinha fácil de encontrar. Proprietário de um Fusca creme, era um pouco mais alto que Davi, magrelo e meio desengonçado.

Davi nunca havia estudado Física antes, então não era familiarizado com aqueles princípios e fórmulas. Pediu ajuda ao professor quanto a algumas dúvidas, foi à biblioteca para dar uma última revisada na apostila e concluiu que estava na hora de enfrentar a prova novamente, a qual respondeu com todo zelo e cuidado. Ao terminar, Davi foi até o professor, entregou a avaliação e ficou ali do lado aguardando a correção. Alguns minutos depois, o professor disse para ele com um sorriso no rosto:

– Caramba, Davi, que melhora!

Davi também sorriu ao ver a nota 8 estampada na folha de prova. Na verdade, era um 7,8, mas Daniel acabou dando uma força. “De volta aos trilhos!”, pensou Davi, celebrando seu resultado. Com os ânimos renovados, combinou com Daniel que partiria para as demais matérias, deixando Física por último. Tinha início ali uma amizade com seu jovem professor, que, além de ensinar, também gostava de uma birita pós-expediente.

Davi mantinha seu desempenho nas demais matérias do segundo grau, fazendo várias provas por dia. Às terças e quintas-feiras, passou a sair para beber com Daniel, que tinha predileção pelos bares mais obscuros nos cantos mais perigosos da cidade.

Passados três meses, Davi já havia concluído todas as matérias do segundo grau, a maioria delas com nota acima de oito. Que maravilha! Mas... quem se importava mesmo? Ora, ele se importava! Davi não cabia dentro de si de tanto orgulho.

Para celebrar em grande estilo, Daniel, seu professor e amigo, convidou-o para uma noitada numa boate perto de Capim Macio. Ele contou para Davi que tinha algumas amigas que dançavam lá na casa, e até eram clientes dele. “Clientes?”, Davi pensou. “Garota de programa fazendo aula de Física?” Contendo o riso, Davi relutou um pouco, mas acabou aceitando.

O ambiente tinha paredes exageradamente escuras que realçavam o brilho das joias nos corpos das bailarinas do local, e tilintavam conforme elas se moviam. Animado, Daniel pediu tudo de melhor que a casa tinha a oferecer, de bebidas caras a petiscos exóticos, tudo trazido de lá para cá por belas e provocantes mulheres. Davi foi no seu encalço, e sua comemoração seguiu madrugada adentro.

Daniel se mostrou íntimo da maioria das meninas, algumas perguntavam se ele estava com o "material" e ele acenava positivamente com a cabeça, fazendo um sinal com a mão em resposta indicando "depois". Davi, que estava acostumado com casas bem mais derrubadas que aquela, seguia perplexo com tanta beleza pelo salão.

De repente, uma violenta pancada atingiu o portão. O baque foi tão forte que pôde ser ouvido mesmo com a música alta no salão.

Era a polícia. Pelo que Davi pôde entender, estavam realizando uma ação para desmantelar uma rede de prostituição de menores e tráfico de drogas. Daniel empalideceu no mesmo instante. Davi, no entanto, ficou impressionado com alguns agentes que acompanhavam a polícia. Eles usavam uma roupa diferente da dos policiais, que levava a inscrição "Ministério Público" no colete. O que chamava a atenção de Davi era que até mesmo a polícia parecia obedecer àqueles agentes.

Davi foi tirado de seus devaneios por Daniel, visivelmente nervoso.

– Cara, o que foi? Por que tá tão assustado? – perguntou Davi.

– Nada, não é nada... Escuta, preciso de um favor seu. Preciso que você cuide da minha mochila um pouco, que tô sem documento nenhum aqui, tenho que ir no carro buscar – respondeu Daniel. Após alguns segundos, ele completou: – Eu também sou médico do Itep, sabe? Se pegar minha carteirinha, a polícia alivia pra gente. Cuida pra mim, que já volto, tá bem?

Sem entender muito bem a situação, Davi acabou consentindo. Seu estado alcoólico àquela hora também contribuiu para que ele concordasse em ficar com a mochila do amigo.

Daniel levantou-se e caminhou na direção de um dos PMs, que, após uma breve conversa, acabou liberando sua saída. Segundos depois, teve início uma revista geral em bolsas, carteiras e mochilas dos clientes e funcionários do recinto.

A polícia acabou apreendendo cigarros de maconha, pó, comprimidos, armas e munições, e seus portadores eram encaminhados para um local separado. A operação durou vários minutos, e Davi começou a ficar irritado com aquele show enfadonho. Por que Daniel estava demorando tanto para voltar?

Um alerta se acendeu em seu consciente. "Me lasquei", pensou ele de imediato, dando-se conta finalmente da enrascada em que havia se metido. Um nervosismo começou a lhe perturbar o estômago. E agora? Trouxe a mochila para junto de si e, tomando cuidado para não chamar a atenção, começou a vasculhar seu conteúdo.

Deu de cara com alguns papelotes de cocaína, um revólver calibre 38 sem munição, anotações dispersas, cigarros de maconha e um pouco de dinheiro trocado. "Porra, eu vou ser preso! Justo no melhor dia da minha vida. Justo hoje!", pensou Davi, começando a sentir as pernas moles.

Será que daria para ir ao banheiro? Não, sem chance, tinha polícia para todo lado. E se ele jogasse o conteúdo debaixo da mesa? "Você consegue ser menos idiota que isso", criticou-o seu próprio subconsciente.

Davi não sabia, mas nesse momento já estava sendo observado por alguém. Uma das bailarinas da casa o abordou, fazendo com que ele tomasse o maior susto, e sussurrou para ele:

– Eu resolvo, mas o que tiver dentro é meu!

Sem resposta, Davi assentiu em silêncio. Para sua sorte, os cães farejadores da polícia depararam com alguma autoridade que se negou a deixar-se revistar logo na mesa vizinha. A confusão criou o momento propício para que a moça colocasse a mochila nas costas e, sorrateiramente, entrasse no bar, que tinha saída para a cozinha e para a parte de trás do estabelecimento.

Davi olhou para os lados amedrontado, receoso de que alguém tivesse visto a jovem com a mochila. Aparentemente não. Em seguida, respirando aliviado, pensou em como Daniel, seu professor, seu amigo, armou para ele de um jeito tão frio. Davi jurou para si que iria procurá-lo, aquilo não iria ficar assim.

Retornando sua atenção para a ação, supôs que o homem na mesa vizinha devia ser autoridade das grandes mesmo. Ele estava de pé, prestes a sair, e ninguém o impedia, sequer o revistava. Em vez de se revoltar com a imunidade do homem perante a lei, Davi a invejou. "Vou ser autoridade um dia", pensou ele.

Após uns trinta minutos de bate-boca, a promotora que liderava a ação liberou o homem e todos os que já haviam sido revistados. Foi o maior furdunço. Davi aproveitou a deixa e também tentou sair no meio daquele estouro de manada.

Ao se levantar, avistou um dos policiais vindo na direção contrária com aquela mochila em mãos. Logo atrás dele estava a funcionária da casa, algemada, conduzida por outro agente. Ao passar por Davi, ela olhou para ele, e o tempo pareceu congelar. Tinha certeza de que ela o denunciaria como o verdadeiro dono da mochila, mas a moça deixou-se conduzir sem nada dizer.

Por fim, Davi conseguiu sair da boate sem pagar e sem responder por nada. Ao ver-se livre, sua reação foi apressar o passo e sair o quanto antes dali.

Se em outras épocas ele estaria às gargalhadas com o que havia ocorrido, agora não conseguia sequer sentir alívio. Não parava de pensar no que aconteceria com a garota, que devia ter uma daquelas histórias tristes que tanto partiam seu coração. Desejou ter conhecido mais sobre ela. Sempre gostou de conversar com moças como aquela. Escutava-as, dava atenção, gostava de ouvir seus dramas. É difícil dizer se ele sentia compaixão por elas ou se aquilo o fazia sentir-se mais à vontade com suas próprias mazelas. O certo é que Davi continuava sendo um ímã para gente quebrada e excluída.

* * *

Na manhã seguinte, Davi correu para mostrar o cartão de notas para dona Marta. Ela mal podia acreditar que ele tinha realmente terminado o segundo grau em apenas três meses. Empolgado, resolveu revelar à mãe um desejo que permeava seus sonhos havia algum tempo:

– Sabe, eu tava pensando em prestar vestibular.

– Ah, é? – disse dona Marta, sem dar muito crédito.

– É... A prova é bem concorrida, mas eu gostaria de tentar. Quem sabe, se a senhora pudesse depois me ajudar na mensalidade.

– Qual curso você escolheu?

– Direito!

– Olha só! – Dona Marta soou animada, mas logo voltou para seu estado natural de indiferença. – Você sabe que esses cursos são pra gente que estudou a vida inteira, né? Mesmo indo bem lá no seu supletivo, acho bom manter os pés no chão, não sair por aí achando que é supergênio. Mas... tenta, ué. Eu ajudo na mensalidade, *se* você passar, claro.

Davi mal podia acreditar. Um novo horizonte se abria diante dele. Resolveu que agarraria a chance com unhas e dentes e pôs-se a estudar imediatamente. Ninguém acreditava nele, mas não importava. Se havia chegado até ali sozinho, nada o impediria de ir muito mais longe. Matriculou-se no exame. Ao marcar a primeira opção de curso, não titubeou: Direito. Havia também espaço para uma segunda opção. E agora? Pensou durante um longo tempo e escreveu no espaço reservado: Engenharia da Computação. Deu risada ao pensar em si fazendo um curso de Exatas.

Chegado o dia do vestibular, ele partiu para "a briga", confiante como sempre. Com certeza, seria a prova mais difícil de sua vida. Davi deu o seu melhor. Para ele, era tudo inédito, já que nunca tinha participado de nenhum concurso.

Naquela época, carros de som ficavam na frente da universidade animando os candidatos durante a divulgação do gabarito do vestibular. Davi preferiu ir para casa aguardar o resultado oficial, que sairia em três longos e torturantes dias.

O grande dia demorou, mas chegou. Davi vestiu-se da melhor maneira que pôde e dirigiu-se com o coração na mão à faculdade para conferir o resultado. Lá chegando, disputou espaço com os outros candidatos que procuravam seus nomes nas folhas sulfite afixadas no mural do corredor. E procurou por si sem se encontrar, tal como fizera ao longo de toda a vida.

Após quase dez minutos, Davi foi invadido por uma grande tristeza. Seu nome não estava ali, ele não havia passado. Seus familiares tinham razão, afinal. Ele não prestava para nada. O gosto da frustração era horrível. Pensava em como seria aguentar a zombaria em casa. O "Tava na cara" de dona Marta, o "Eu já sabia" de Fininho.

Ficou ali vagando entre os murais, esperando talvez que Deus escrevesse seu nome em algum deles por acaso. Até que, ao correr o olho pela folha com os aprovados em Engenharia da Computação, estancou ao ver seu nome, que passou a brilhar como os letreiros de um filme. Leu de novo, certificando-se de que não era uma miragem. Não era. Seus olhos automaticamente se encheram de lágrimas, da mais pura e genuína felicidade que sentira na vida. Era sua segunda opção, para um curso que ele nem sabia que tinha capacidade de passar, mas não importava. Davi fez sua matrícula com toda a certeza que tinha no coração.

Foi para casa cheio de si. Tinha vencido! Seria o primeiro de sua casa a passar no vestibular, logo ele, o que não valia nada. Esperou o momento do jantar para dar a notícia.

– ... e aí, quando estava quase desistindo, vi lá o meu nome! Eu passei, gente. Em Engenharia da Computação. Eu consegui! – exclamou Davi, esperando palmas, um abraço, quem sabe um parabéns.

– E quanto é que isso vai me custar? – perguntou dona Marta imediatamente. – É bom que você saiba que vou te ajudar agora no começo, mas depois você tem que se virar, Davi.

– Ah, fica tranquila, nem dois ou três meses e esse aí já tá expulso de novo! – riu Fininho.

– Puta sorte, hein? – completou Valente. – Mas passar é o de menos, quero ver você acompanhar um curso de Engenharia. Nem eu consigo! Fala aí, Davi, quanto é *sete vezes oito* mesmo?

Davi olhou para a irmã, esperando dela, ao menos dela, seu porto seguro, uma palavra de apoio.

– Desculpa, Davi, mas o Tadeu tá certo... – disse Iara, mais preocupada com o ketchup que teimava em não sair da embalagem. – Engenharia é curso de CDF. Será que não é melhor fazer escola técnica?

Acho que tem mais a ver pra alguém que acabou de terminar um curso *supletivo*.

Davi levantou-se sem dizer nada. Pensou que, para ter uma família como a dele, talvez fosse melhor não ter ninguém mesmo. Foi para a calçada de casa e olhou para o céu. Decidiu que iria travar mais essa batalha. Jamais desistiria sem ao menos tentar. Mas, sobretudo, chegou à conclusão de que havia passado da hora de sair daquela casa.

## De volta ao trabalho

Motivado a encontrar um trabalho, Davi iniciou uma verdadeira peregrinação entregando currículos pela cidade. Era bem vergonhosa aquela profusão de registros na carteira, todos com menos de três meses. E, além de vergonhoso, aquilo dizia muito sobre quem ele era como profissional.

Davi era bom no quesito técnico, mas sempre foi um desastre em suas relações humanas, sendo tosco até para pedir emprego. Entre muitas idas e vindas, passou por diversos momentos constrangedores.

– Você tem inglês básico? – perguntou a recrutadora na entrevista de emprego.

– Sim – mentiu Davi.

– *Nice! So, please, let's have a quick conversation!* – respondeu ela em inglês.

Davi não estava esperando por aquilo, e não conseguiu formar uma única frase. Só sabia balbuciar "yes" e "no".

Tinha passado em duas fases naquela seleção, mas agora certamente seria desclassificado. Quando ele saiu da sala, a recrutadora disse em voz alta para os demais candidatos:

– Olha, gente, se for para contar mentiras, já podem ir se retirando.

Todos na sala de espera olharam automaticamente para Davi, que sentiu o rosto corando. Humilhado e tomado de raiva, ele pegou umas revistas que estavam sobre a mesa de centro e atirou na entrevistadora.

– E *fuck you*, otária. Taí seu inglês – disse ele, possesso.

Saiu de lá escoltado pelos seguranças da empresa, que ficava perto da Catedral Metropolitana. Naquela época, havia missas de cura diariamente, sempre ao meio-dia. Exausto e faminto, Davi resolveu entrar e sentar um pouquinho para aliviar a mente. Em quinze minutos, a catedral estava lotada.

Davi ficou para a missa, e até que gostou da homilia do padre. Em dado momento, o sacerdote convidou os fiéis a depositarem numa urna aos pés do altar um papel contendo os pedidos que tivessem a Deus. Davi anotou o seu e escreveu em letras maiúsculas: EMPREGO. Contudo, em vez de levar o papel até o altar, dobrou-o e o depositou no bolso.

Saiu da cerimônia sentindo-se um pouco melhor, e uma súbita paz preencheu seu coração, igual a quando frequentava as missas do padre Vilela. Cansado pelas frustrações daquele dia, seguiu até o ponto de ônibus, quando trombou com um amigo de seu irmão chamado Aldo, que sempre aparecia na assistência na época em que Davi ajudava por lá.

– Davi? – perguntou ele. – E aí, cara, tudo bem? O que anda fazendo por aí? Trabalha com o Tadeuzinho ainda?

– Opa! Tudo bem, sim. Procurando emprego nesse sol de rachar, acredita? – respondeu Davi.

– Ah, é? Caramba... Bom, não sei se você sabe, mas eu abri um negócio. Tenho minha própria assistência técnica. Quer dizer, *temos*. Somos eu, meu sócio e um chefe da equipe técnica. Não sei se você tem interesse, mas eu poderia agendar uma entrevista. Por que não vem tomar um café com a gente?

Davi mal podia acreditar naquilo, ficou até desconfiado. Era bom demais para ser verdade. Mas acabou que deu tudo certo, Aldo fez uma proposta a Davi para ganhar dois salários-mínimos por mês, e ele aceitou. Não era grande coisa, mas era mais do que a maioria dos brasileiros ganhava para sobreviver.

Feliz por aquela singela conquista, Davi comemorou e ficou muito empolgado, começando no novo emprego algum tempo depois. Ele pegava dois ônibus para ir e dois para voltar, e aos poucos foi fazendo amizade com os colegas de trabalho, com os comerciantes da cercania e com alguns clientes. Só tinha algumas rusgas com o Júnior, sócio do Aldo. Branco como o leite, alto e de cabelos encaracolados, o playboy desfilava o tempo todo com seus óculos Ray-Ban modelo aviador, imbuído de uma soberba maior do que ele. Davi o achava um boçal, especialmente pelo modo como ele tratava seus funcionários.

Em três meses, Davi conseguiu um aumento, o que lhe permitiria realizar algo com que sempre sonhara: ter um lar de verdade para chamar de seu. Planejava alugar uma casa perto de seu primo Nael e de Kissuqui, e com esse objetivo em mente passava os fins de semana com eles à procura de um canto para morar. O problema é que nessas ocasiões eles mais bebiam do que procuravam, e isso dificultava muito "juntar uma graninha".

No bar que vendia quentinhas na rua ao lado de seu serviço, Davi conheceu duas garotas que trabalhavam na noite, chamavam-se Luna e Priscila e era comum que almoçasse com elas. Preferia sua companhia à dos colegas. Sentia por essas pessoas – as excluídas, as desprezadas – uma compaixão que não sabia de onde vinha. Gostava de conversar com elas, de saber suas dificuldades, problemas, planos, sonhos.

Essa amizade com as garotas da noite não passou despercebida, e até inspirou uma ideia. Os chefes pediram a Davi que convidasse as meninas para uma "festinha" na granja do Gordinho, vizinho da assistência técnica e dono de um comércio de materiais elétricos. Ele se vestia como um jogador de basquete norte-americano e andava por todo canto com sua Dakota 98, uma caminhonete linda. Apesar de casado, gastava tudo o que ganhava com bebida, mulheres e adereços para seu carro. No total, oito garotas toparam participar da "festinha" da empresa, que ocorreu alguns dias depois.

A noite de fato começou muito bem. Havia bebidas, churrasco e belas mulheres à vontade. Todos agradeceram ao Davi por tê-las trazido, e ele estava orgulhoso de sua nova alcunha de "cara dos contatos". Sua atenção, contudo, estava voltada para uma linda morena chamada Luiza, amiga de suas amigas. De traços indígenas, seus olhinhos puxados lembravam muito a May, aquela que tanto o fizera sofrer tempos atrás.

Davi sentia-se demasiadamente atraído por Luiza, e estava ficando difícil conter sua excitação. No entanto, não queria pagar para estar com ela. Queria conquistá-la, queria que ela também o desejasse. Entre trocas de olhares e gentilezas à beira da piscina, começou a cortejá-la, e sua retribuição, entre risadas contidas e sorrisos bem calculados, fazia o sangue de Davi ferver.

No entanto, a dinâmica de sedução entre eles foi interrompida pelo Gordinho, que a pegou pela mão e cochichou algo em seu ouvido. Não foi possível saber quanto ele ofereceu, mas foi o suficiente para que a garota o acompanhasse, o que deixou Davi irado. Como ela foi de bom grado, não havia nada que ele pudesse fazer, e ficou ali se maldizendo por sua demora em chegar nela.

Nesse momento, começou um bate-boca dentro da casa, e Davi percebeu que se tratava de uma discussão entre Júnior e Luna. Ela o acusava, aos gritos e prestes a chorar, de tentar abusar dela. Ele, por sua vez, a ameaçava, xingando-a de puta e biscate. "Você foi pro quarto comigo porque quis", gritava Júnior, como se isso fizesse dela automaticamente uma propriedade sua.

A fúria tão bem conhecida tomou conta de Davi, que agora agia por impulso. Ele se colocou ao lado do chefe playboy e lhe aplicou uma queda de quadril, fazendo-o cair de cabeça no chão e apagar. Todos os presentes silenciaram e olharam assustados para Davi, inclusive a moça que ele estava defendendo. Ele limitou-se a dar de ombros, e voltou para a área da piscina. Já sabia, àquela altura, que estava lascado, e não havia nada que pudesse fazer senão beber. Aldo foi atrás dele.

– Cara, você tá louco? Tu podia ter matado o Júnior!

Davi tentou argumentar, mas foi em vão. Restou a ele ouvir em silêncio o sermão do chefe, que lhe conseguiu uma carona e o convidou a se retirar em seguida. Aldo sempre foi gente boa, mas também era um cara justo, e Davi respeitava muito isso.

Passadas vinte e quatro horas, Davi foi trabalhar, sem muita certeza de que ainda haveria um trabalho quando lá chegasse. Estava calmo, mas sabia que sairia na porrada com Júnior se ele o provocasse. Na empresa, Aldo o recebeu com um sorriso amarelo, mas disse a Davi que ele podia ficar. Entretanto, era nítido que sua permanência ali gerava um atrito entre os dois chefes.

As coisas foram se acalmando por si só e, passado um mês, Aldo cedeu a Davi uma moto da empresa para que ele pudesse ir para casa e assistir às aulas da faculdade, que teriam início em breve. O rapaz estava feliz como nunca, pois sempre sonhara com uma moto. Ainda que aquela não fosse realmente sua, ele ficava com ela até durante os finais de semana, então era como se fosse. Tudo ia bem.

Até o dia em que Davi recebeu um chamado da recepcionista dizendo que havia duas moças querendo falar com ele. Eram suas *amigas* de almoço. Ao fitá-las, Davi percebeu na hora que alguma coisa estava errada.

– Aconteceu alguma coisa, meninas? Vocês parecem tristes – ele perguntou.

– Aconteceu, sim, moço – respondeu Luna, sem conseguir encará-lo. – Sabe nossa amiga indiazinha, a Luiza, que foi com a gente pra festa?

– Sei... O que tem?

– Já tinha um tempo que ela andava muito doente, tadinha. Ela emagreceu, começou a vomitar, ter tontura o tempo todo, manchas na pele. Fomos com ela no médico, e ele achou melhor fazer um exame de HIV. Soubemos ontem que deu positivo.

Davi estancou ao ouvir aquela notícia. "Coitadinha", pensou ele, lembrando-se do brilho em seus olhos, que se apertavam quando ela sorria. Naquela época, um diagnóstico de AIDS ainda era quase uma sentença de morte, especialmente em decorrência do preconceito.

– O médico pediu que ela avisasse todos os clientes dela sobre isso, porque era importante que eles fizessem o exame também. Como um dos seus amigos teve relações com ela, bem... Não é certeza que ele tenha pegado, mas precisa... bom, você entendeu.

– Sim, vocês têm razão. Foi o Gordinho que ficou com ela. Podem deixar, eu vou falar com ele.

Davi se dirigiu imediatamente à loja de materiais elétricos, baqueado pela notícia que recebera. Divagou por todo o caminho e se lembrou de como havia desejado estar com a morena. Por um triz, poderia ser ele a estar com a pulga atrás da orelha naquele momento. Lamentou o destino infeliz da pobre moça.

Ao adentrar o estabelecimento, avistou Gordinho ao longe. Estava em cima de uma escada pegando alguma mercadoria no estoque enquanto a esposa cuidava do caixa.

– Oi, Davi! Como é que você tá? – perguntou ele de longe ao rapaz.

– Fala, Gordinho – respondeu Davi. – Viu, eh... será que a gente pode levar um papo?

– Claro, manda!

– É um assunto particular... Podemos falar *a sós?*

A mulher de Gordinho parecia distraída, mas Davi não arriscaria tratar daquele assunto tão delicado bem na frente dela. O homem então o chamou para conversarem em uma salinha a portas fechadas.

– AIDS? – perguntou Gordinho alguns minutos depois, incrédulo. Ele esperava que fosse uma piada de mau gosto, algum trote sem graça de Davi. Esperou por uma risada maliciosa, mas esta jamais aconteceu. Pelo pesar na voz do rapaz, percebeu que era sério.

– Vai correndo fazer um exame, cara. Se Deus quiser você não pegou nada, mas pelo menos tira a dúvida. Nos dias de hoje essa doença já não...

– Caralho, Davi! – ele interrompeu. – A culpa é sua, desgraçado! Como é que tu leva uma puta aidética pra geral trepar? E agora? Vai, fala pra mim, o que é que eu faço agora?

Gordinho sentiu as pernas bambas e precisou se sentar. Davi, por sua vez, ficou revoltado com a atitude do homem, deixando esvair qualquer sentimento de compaixão que experimentara até então. Por pouco, muito pouco, Davi não sentou a mão nele. Resolveu ir logo embora, antes que perdesse a cabeça com ele.

Ao abrir a porta de súbito, deu de cara com a mulher de Gordinho agachada à espreita, o ouvido colado na porta. Achou graça ao ver a cara de espanto da mulher, que certamente ouvira tudo às escondidas. Desprovido de qualquer empatia, ele disse a ela em alto e bom som:

– Tá se perguntando se ouviu errado, dona? Então te falo com todas as letras: seu marido pegou AIDS de uma puta. Boa sorte aí.

No dia seguinte, o assunto ainda reverberava nos corredores da empresa. Aldo obviamente ficou sabendo de como havia se desenrolado a conversa entre Davi e Gordinho, e ficou extremamente doído pelo amigo de longa data. Davi tentou se justificar, mas Aldo estava irremediavelmente transtornado. Se as palavras de Gordinho foram injustas com a moça, Davi havia sido igualmente insensível com a esposa daquele homem, que teve o peso do mundo inteiro depositado de uma só vez sobre suas costas.

Ao fim daquele dia, sem muita cerimônia, Aldo chamou Davi:

– Aqui estão suas contas. Me passa as chaves da moto e os documentos, por favor. Depois pode pegar suas coisas.

Davi não disse nada, e tinha plena consciência dos motivos de sua demissão. Com lágrimas nos olhos, ele se despediu do pessoal. Ao sair, deu de cara com Júnior, que não perderia a chance de rebaixá-lo mais ainda. Davi até tolerou a primeira piada. Mas não a segunda. Encaixou as duas mãos em X na gola da camisa social daquele boçal e o estrangulou até que sua cabeça ficasse roxa como uma berinjela, desvencilhando-se somente mediante intervenção dos colegas.

Posto para fora, Davi seguiu rumo ao ponto de ônibus. Havia perdido tudo de uma só vez, e um sentimento amargo de culpa tomava conta de sua mente, fazendo-o chorar copiosamente ao perceber-se ruim, nocivo e tóxico, exatamente como todos o rotulavam. Precisava dar um jeito de conter toda aquela maldade de uma vez por todas, mas não sabia como.

O ônibus parou próximo de sua casa. Davi saltou e seguiu seu caminho a passos lentos. Sentia nas costas o peso de mais uma derrota, da frustração, da culpa e da raiva por não conseguir se conter. O peito doía de pena por sua amiga, por não poder fazer nada por ela. Sentou-se em seu cantinho de sempre e ali ficou até se perder em pensamentos. Como seria dali pra frente? Não sabia, e isso o apavorava. Pegou no sono ali na rua mesmo, terminando mais um capítulo em sua vida na mesma incerteza com que o iniciara.

## Aprendendo a viver

– Acorda aí, *monstrinho*!

Davi despertou assustado, sendo chutado na rua por Valente, que àquela altura já sabia o que acontecera com ele.

– Maninho, acho que agora você finalmente conseguiu se ferrar de vez. O que foi essa cena de novela mexicana que tu aprontou, hein? Agora não vai conseguir emprego nem aqui nem na China. Vai ter que se contentar em trabalhar pra mim! – zombou Tadeu.

Mais tarde, exausto, Davi conversou com Deus, suplicando ajuda para aprisionar o mal que nele habitava. Ele orou por alguns minutos, mas logo caiu no sono.

Apesar de todos os planos frustrados, Davi despertou na manhã seguinte disposto a pôr ao menos um em prática: o de sair daquela casa. Entrou em contato com Nael e Simei "Kissuqui" e pediu para passar o fim de semana na casa deles.

Os rapazes então marcaram uma "reunião de admissão" no Bar do Bárbaro, um boteco no Vale do Pitimbu às margens da Lagoa de Captação. Nem o cheiro ruim e os mosquitos dispersavam os jovens que se encontravam ali nos fins de semana.

No bar, Davi ouviu atentamente – e um pouco incrédulo – as normas de convivência e de uso das áreas comuns do barraco exigidas pelo Simei, muito exigente nesse aspecto:

*Não pode deixar nada sujo;*

*Não pode comer sem repor a geladeira;*

*Não pode levar namorada.*

A pequena casa era constituída de uma sala exígua, onde mal cabiam a televisão e duas cadeiras de plástico; um quarto equipado com cama de casal; uma rede por cima da cama e um corredorzinho que dava para uma cozinha e um banheiro minúsculo.

Aquele ambiente foi o palco de dois meses complicados, mas que fortaleceram cada vez mais as convicções do Davi de não retornar mais para a casa de seus pais.

Durante aquelas noites quentes, os amigos se juntavam na calçada de casa para beber rum ou conhaque – para dar sono. Davi dormia com o primo na cama de casal e, por cima deles, dormia Simei na rede. E essa nem era a parte ruim. O pior era o jovem casal e o espetáculo pornô que protagonizavam todos os dias, com direito a gritinhos e gemidos de prazer.

Certo dia, cansado e bêbado, Nael estapeou a parede, imitando as palavras que ouvia do casal apaixonado em tom de deboche alto o suficiente para que todos os vizinhos ouvissem, criando uma situação bastante constrangedora.

A vizinha "barulhenta" era filha da dona dos barracos. Coincidência ou não, dias depois os rapazes foram informados de que teriam de deixar o imóvel até o fim do mês. Sair dali era um problema, pois seria muito difícil achar uma casa para alugar que fosse compatível com a situação financeira deles: dois desempregados, os três com o nome no SPC. Os três sem dinheiro.

Foram dias de angústia e noites de bebedeira até uma placa de "Aluga-se" numa casa localizada na rua de trás de onde moravam chamar a atenção de Davi. A dona era uma senhorinha divorciada chamada Joelma, que a estava alugando para garantir uma fonte de renda extra.

A senhorinha não era exatamente um bastião da lucidez, mas os cento e vinte reais que pedia de aluguel eram compatíveis com o que os rapazes podiam arcar. A casa tinha um pequeno terraço, um jardim com um grande pé de jambo no centro, duas carreiras de mosaico para estacionar o carro, muro a meia altura e portões vazados de ferro. O portão do terraço dava para uma boa sala, e a residência ainda contava com dois quartos, banheiro, cozinha e um pretenso quintal para estender roupa.

Ao olhar para seu futuro lar, Davi decidiu fechar negócio antes mesmo de consultar os companheiros. Dona Joelma disse que poderia entregar a casa dali a três dias, pois queria que o imóvel fosse pintado. Naquele mesmo dia, Davi levou Nael e Kissuqui para conhecer a casa, que era melhor do que ele poderia ter imaginado. Com tudo acertado, marcaram o dia da mudança.

E assim, com tão pouco, mas com o pensamento de que tinham tudo de que precisavam para viver, os três se mudaram, com uma felicidade que não viam em muita gente que tinha bem mais do que eles. Logo no primeiro dia conheceram dona Joelma, a quem apelidaram de Munn-rá. Ela morava com uma filha solteira, com quem passava os fins de tarde à beira da calçada tomando uma cerveja, fumando e tricotando.

Sabiam da vida de todo mundo, de quem ia e de quem vinha, do seu jeitinho simpático. Todas as noites, elas de lá e Davi e seus companheiros de cá, ficavam na calçada bebendo, e aos poucos eles foram conhecendo os moradores da rua. Davi notou que, mesmo em meio àquela vida difícil, uns cuidavam dos outros. Com o tempo, ele passou a fazer bicos dando aulas de Windows e Word, e devagar, um dia após o outro, os três rapazes foram acolhidos no seio daquela grande família.

* * *

Numa tarde, Lucas, o primo de Davi, com quem ele não tinha contato havia muito tempo, ligou para dar notícias nada animadoras sobre o tio Figueira, a quem Davi muito amava, apesar da distância. Avisou que estavam a caminho de Natal, pois o pai jazia doente. Aparentemente tinha algum problema na cabeça e sofria dores terríveis.

Davi resolveu ir à casa dos pais visitar o tio, quebrando o juramento de nunca mais pisar lá. Mas era por um bom motivo, ele ponderou. Ficou de coração partido ao ver o tio Figueira no estado em que se encontrava. Contudo, nos momentos em que a dor dava alguma trégua, era possível reconhecê-lo por sua presença de espírito, com suas piadas e histórias dos tempos passados. Em minutos, fazia todos caírem na risada. Admirava demais aquele homem.

Dias depois, após uma ressonância magnética, tio Figueira recebia o tão temido – e ao mesmo tempo nada surpreendente – diagnóstico de câncer no cérebro em estágio terminal. Àquela altura, havia pouco a ser feito, e foi sugerido que ele se submetesse a uma cirurgia paliativa para aliviar a pressão no cérebro, o que ao menos reduziria suas dores. A família achou por bem proceder com a cirurgia.

Davi visitou tio Figueira todos os dias dali em diante. Conversava com ele sobre sua vida, revelava seus planos. Contou inclusive sobre uma certificação que gostaria de fazer, algo que lhe daria uma ótima projeção profissional, e o tio ficou empolgado com a ideia.

– Você nunca deve deixar de fazer as coisas por medo da vida, meu menino. Se o tio tivesse sido mais corajoso, não teria caído numa situação financeira tão complicada. A gente tem só uma vida, Davi – disse tio Figueira em um de seus momentos de lucidez.

Na data da cirurgia, Davi ficou tão tenso que não conseguiu ir ao hospital. Dias depois, tio Figueira já estava de volta à casa de sua mãe. Graças a Deus, as dores haviam cessado, mas a essa altura o outrora altivo homem já não conseguia falar. Perdeu paulatinamente o movimento das pernas até não mais andar. Como seus membros paralisaram, passou a usar fralda, e precisava de ajuda até mesmo para tomar banho. Aquilo partia o coração de Davi em dois.

A situação foi piorando, piorando, até que a morte veio lhe buscar. Inconsolável, o rapaz não teve forças para comparecer ao velório nem ao enterro. Não aguentaria vê-lo num caixão, preferia guardar no coração a imagem do homem forte e belo que aprendera a amar como a um pai. O homem que havia ensinado a ele o que era compaixão.

Mesmo com o peito ainda cingido pela dor do luto, Davi começou a estudar em casa por conta para tirar sua certificação internacional, algo de difícil acesso à época. Isso lhe valeria reconhecimento como um profissional certificado Microsoft, companhia líder em seu ramo, requisito fundamental para ser contratado por uma grande empresa.

A despeito da falta de incentivo que recebera por parte de todas as suas amizades, que diziam que ele estava sonhando alto demais, que aquilo era impossível para alguém como ele, Davi encontrava nas palavras do tio que tanto amara todo o apoio de que necessitava. Prometera a ele que não desistiria, e cumpriu sua promessa.

Não frequentava a faculdade havia alguns meses, desde que saíra de casa após ter perdido o emprego de maneira tão idiota. Davi imaginava que não retornaria ao ensino superior, pelo menos não antes de ser capaz de bancar os estudos por conta própria, já que com certeza dona Marta não o ajudaria mais. Na verdade, queria mesmo era empreender aquela jornada sozinho. Não apenas não precisava da ajuda de ninguém, como também não queria. Sonhar tão alto acalmava sua permanente confusão mental e lhe conferia um senso de direção na vida. Decidiu que trataria aquele seu projeto com a mesma energia que havia empregado em seu esforço descomunal para concluir o segundo grau. Venceria os obstáculos um a um, como as fases de um videogame. Um dia de cada vez.

Conseguiu com Kissuqui algumas peças de computador, sucatas antigas de clientes, e dentro de algum tempo conseguiu montar um computador. Descolou com dona Nara, a vizinha, uma mesa de plástico velha e um tamborete. O monitor que utilizava era uma carroça em preto e branco, mas dava para o gasto. Não era uma máquina supermoderna, mas Davi quase pulou de alegria ao ver o logo do Windows 98 iluminando a tela monocromática, pois era tudo o que ele precisava para aquele momento.

Os meses se passaram, e Davi estava absorto em seus projetos. Estava sempre estudando, e ele quase nunca saía para beber com os amigos. Durante esse período, conquistou a simpatia de todo o pessoal da rua, que até trazia alguns mimos para ele, como um lanchinho no fim da tarde ou alguma fruta recém-colhida de sobremesa.

Davi passava ao menos doze horas diárias na frente do computador, inspirando piadinhas maldosas entre os amigos. Contudo, quanto mais o azucrinavam, mais ele focava e perseguia seus sonhos. Aquilo era um combustível para ele.

Seguro nos seus hábitos de estudo e fazendo pequenos bicos, toda noite jantava na residência do casal Nara e Eneas, um beberrão conhecido como Robocop por causa dos problemas na coluna. Aos poucos, aquelas pessoas começaram a ter importância em sua rotina. Conheceu também um casal chamado Tina e Jackson. Tina cantava na noite e Jackson trabalhava no porto. Como todos ali apreciavam uma birita, não demorou para Simei e seu primo Nael começarem a também frequentar o lar do casal. Jantavam com Davi e depois ficavam ali bebendo com os demais enquanto ele estudava.

* * *

Alguns meses transcorreram, e a disciplina de Davi começou a surtir efeito. Para surpresa de todos, ele foi aprovado nas avaliações requeridas para receber sua certificação. Se aquele era um feito admirável para qualquer pessoa, imagine para Davi, que enfrentou o desafio nas piores condições. Nem ele mesmo tinha noção da dimensão de sua conquista. De repente, toda a zoação converteu-se em admiração, e os amigos até ofereceram um churrasco para festejar.

Durante a festinha, que contou com a presença de vários vizinhos e conhecidos, Nael conheceu Mônica, "amiga de uns amigos", uma menina tímida e de pele muito branca com quem viria a se casar tempos depois. Davi também fez amizade com ela, e em poucos minutos de conversa descobriu que Mônica e outras amigas frequentavam a igreja católica ali do bairro. Até fez graça com elas para quebrar o gelo:

– Vocês são todas da igreja, é? E o que estão fazendo aqui bebendo e namorando? Eu até convidei Jesus, mas ele estava ocupado!

A notícia da certificação de Davi correu a cidade entre as pessoas do ramo. Davi atendeu ao telefone somente no último toque. Ainda bem que deu tempo de atender, porque aquela ligação mudaria sua vida. A voz do outro lado da linha era a do antigo gerente da empresa do Aldo, contando que agora trabalhava com um grande empresário importador de peças de computador vindas da China e de Miami. Estavam dando corpo a uma nova indústria no estado, e a certificação recém-conquistada – e rara – de Davi seria muito bem-vinda para que pudessem competir com as empresas multinacionais de computação.

– Está disponível para uma entrevista com nosso diretor administrativo? – quis saber o gerente.

– Sim! Sim! – respondeu Davi, sem titubear. – Posso qualquer dia, qualquer hora. Se quiser, posso até ir agora.

Dois dias após aquele contato – os mais longos de que tinha lembrança –, Davi se apresentou para a entrevista. Foi recebido pelo gerente com um sorriso no rosto, e sem muitas delongas foi encaminhado ao sr. Nelson, diretor da empresa, que tinha uma fábrica em Ilhéus e a sede em Natal. Davi ficou impressionado com toda aquela estrutura. Ao entrar na sala do sr. Nelson, Davi perguntou-se quantos anos ele deveria ter. Parecia muito jovem para ocupar aquele cargo. Educado e muito desenrolado ao falar, o sr. Nelson explicou a ele o funcionamento da empresa, quais eram seus objetivos e o que esperavam dele como profissional, suas principais entregas e responsabilidades. Davi sentia em seu íntimo que o cargo seria dele.

– E aí, alguma dúvida? – perguntou o sr. Nelson ao terminar de apresentar-lhe a empresa. Quando Davi fez que não com a cabeça, ele retomou: – Então acho que podemos falar de valores, afinal de graça ninguém trabalha, né?

Davi estava pronto para aceitar qualquer coisa que oferecessem. Queria fazer parte daquele projeto audacioso, pois não havia indústria de computadores na região, aquela seria a primeira. Quando aquelas duas palavras saíram da boca do sr. Nelson, Davi precisou conter o impulso de pular de alegria:

– Quinhentos reais.

– Topo, lógi... Eu aceito, sim, quinhentos reais está bom...

O sr. Nelson riu. Era bom sentir a empolgação de um jovem em sua primeira empreitada realmente relevante. Ele continuou:

– Não é muito, por ora, mas você pode chegar a ganhar muito mais do que isso em alguns meses, só precisa cumprir bem suas tarefas. E também ficar ciente desde já que a empresa exige exclusividade, e isso vai constar do seu contrato. Significa que você não pode prestar serviços a nenhuma outra empresa do ramo de informática. Mas, acredite, vale a pena. Com o tempo, o salário escala. Eu mesmo comecei ganhando bem menos de quinhentos, e hoje ganho mais de quatro mil...

*Quatro mil*... Davi parou de ouvir nesse instante. Não podia acreditar que uma pessoa pudesse ganhar tanto dinheiro assim. Sua mente agora se abria a um novo mundo, uma nova fase. Prometeu a si mesmo que dali a um ano estaria ganhando ao menos mil reais. Faria tudo o que fosse necessário para atingir esse número.

Ao final do primeiro mês, Davi fez o que todo pobre faz quando começa a ganhar um pouco mais: deu um grande churrasco. Convidou a rua toda e seus amigos para dois dias de festança. Agora ninguém mais ousaria caçoar dele, e as piadas deram lugar a uma liderança que pouco a pouco foi se expandindo de casa para a rua. Todos queriam saber o que ele havia feito, como havia conseguido. Diziam que ele tinha muita sorte. "Sorte é o caralho", pensava. "Foca no seu objetivo que nem um doido, como fiz por quase um ano, depois vem me falar de sorte", respondia a quem se atrevia a jogar essa carta.

Nunca mais contatara a família, a quem não via há anos – e não sentia a menor falta. Estava muito bem daquele jeito, e era até melhor não encontrar nenhum deles, vai que lhe rogassem algum azar.

Em seu segundo mês, comprou mesa, cadeiras, TV, cama e até um bom ventilador para o quarto. Começou a se vestir melhor e a fazer musculação. Logo foi a vez do carro, um Fusca 79 amarelo-ovo. Era uma caranga velha, mas tudo bem. Em breve teria dinheiro o suficiente para ter o carro que quisesse.

Davi crescia enquanto pessoa, e atingiu um nível de vida diferente dos amigos com quem convivia. Isso trouxe novos amigos, novas mulheres, novos convites e uma vida social mais agitada. Não pensava em retomar os estudos, e logo teve início uma fase de farras descontroladas. Se em um primeiro momento ganhava muito dinheiro, agora seu soldo mal dava para as contas do mês. Mas não podia decepcionar os amigos, por isso pagava tudo para todos.

Passados sete meses – um recorde de permanência num emprego –, Davi tinha mais dívidas do que quando era completamente liso.

Às vezes, o sr. Nelson invocava de querer dar conselhos a ele, pois sabia que era comum que Davi fosse trabalhar direto da farra. Mesmo que aquilo não tivesse atrapalhado seu rendimento até então, em algum momento esse comportamento o prejudicaria. Davi era impaciente no trato com as pessoas, e para desenvolver esse aspecto de sua personalidade o dono da empresa exigiu que ele atendesse pessoalmente os clientes mais ilustres. O figurão orgulhava-se em exibir Davi a esses clientes especiais, geralmente milionários. Na maioria das vezes, no entanto, sua superqualificação era requerida para tarefas banais, como instalar jogos infantis nos computadores dos ricaços – e ainda ensinar as crianças mimadas a jogar. Isso o deixava extremamente irritado, pois ele se sentia desvalorizado, e aquelas tontices não faziam parte de suas atribuições.

O sr. Nelson tratou de ajudar Davi em sua maior dificuldade: o pavio curto. Apelidou-o de "papel de enrolar prego", devido à sua grosseria costumeira, e uma de suas ações para desenvolver o emocional de Davi foi colocá-lo na linha de frente de atendimento ao cliente em determinados momentos, o que para Davi foi um terror. Ele não sabia e não queria aprender a lidar com pessoas. Ele simplesmente não gostava de gente.

## Aprisionando o mal

A amizade de Davi com Mônica, a namorada de seu primo, levou-os a frequentar sua casa. Os pais dela, Borges e Teresa, eram muito bacanas. Ele trabalhava na Rádio Rural, uma emissora de rádio de programas e músicas de cunho religioso. Já dona Teresa tinha uma pequena papelaria em um ponto comercial anexo à residência.

A casa era muito simples, ainda em seu formato original de conjunto. Não trazia forro no teto, mas tinha um quintal enorme com algumas fruteiras. A lateral era toda de areia, exceto por uma calçada de lajota para estacionar o carro. Eles participavam do encontro de casais da igreja, mas Davi até então não sabia o que isso significava.

Nael ia de mal a pior com a bebida, e já não conseguia beber sem ficar completamente embriagado, o que preocupava Mônica e sua família. Para piorar, a cada bebedeira o jovem arrumava alguma briga ou confusão. Em certa ocasião, Davi e o primo foram convocados para uma reunião na casa do Borges. Quando chegaram lá, Davi supôs que se tratasse de um convite para que Nael frequentasse algum grupo de apoio.

Quase acertou. Como Mônica e Nael haviam ficado noivos recentemente, seus pais propuseram que eles participassem de um encontro na igreja intitulado Amigos de Cristo. Davi achou graça nesse nome. “Se só pode fazer esse encontro quem for amigo de Jesus, o Nael tá lascado”, riu ele em pensamento. Borges e Teresa pontuavam o quanto aquele encontro seria especial, de como transformava a vida dos participantes.

Davi achou que era uma boa ideia, que um momento de reflexão faria bem ao primo. Mas Nael, o mestre das desculpas esfarrapadas, desvencilhava-se a todo custo de firmar aquele compromisso. Tentou dizer algumas coisas para convencê-lo.

– Vai ser bom pra você, Nael. Um momento com Deus, com Jesus. Não é pra virar padre, virar santo. Mas refletir um pouco. Poxa, quem me dera descolar um convite desses, eu iria com toda certeza. A gente reluta, reluta, mas quando vai nesses encontros, é sempre muito bom!

– Pois é, primo – respondeu Nael. – Só que infelizmente eu não vou poder dessa vez, *mas com certeza na próxima eu vou*, pode até já deixar reservado. Mas, olha, Deus escreve certo por linhas tortas, não é isso o que dizem? Já que não vou, meu convite está à disposição. Viu só, Jesus acabou de realizar seu pedido! Está decidido, Davizinho vai ao encontro!

– Nossa, é verdade! – intrometeu-se dona Teresa. – Já que Nael não vai poder, eu ficaria muito, mas muito feliz mesmo, se você fosse no lugar dele, Davi. É uma chance de ouro, esses convites são muito disputados.

Davi não podia acreditar naquele revés. Defendera tanto o encontro para o primo que agora se encontrava numa sinuca de bico. Como diria não? Atordoado, ficou sem entender como Nael fizera aquilo. No momento seguinte, todos apontavam Davi como alguém perfeito para participar dos Amigos de Cristo.

Pensou em todas as desculpas imagináveis, mas foi dissuadido pelo olhar de Borges e dona Teresa. Não queria decepcioná-los, não iria arriscar perder aquela família, gostava muito deles.

– Então... eh... tá bom. Eu vou – disse Davi, disfarçando mal o próprio desânimo.

Seriam dois dias inteiros, das 5 da manhã às 8 da noite a partir do sábado seguinte. Justo no dia da festa para a qual ele vinha se planejando havia muito tempo. "Que saco!", pensou. Mas e se ele desse um jeito de sair mais cedo no sábado e ir à festa? Podia voltar só no domingo, ou nem voltar, se estivesse chato demais.

Ao longo da semana, a zoeira foi constante. Para perturbar Davi, seus amigos diziam que ele entraria em combustão espontânea assim que pisasse na igreja ou que seria expulso pelo padre tão logo confessasse seu primeiro pecado. Quanto a isso, o rapaz até concordava. Ninguém estava preparado para ouvir o que ele já fizera de mal na vida e ficar de boa depois.

A verdade é que Davi não queria ir, mas já tinha perdido muita gente por sua ingratidão e infidelidade. Na véspera do encontro, evitou beber e mal deu ouvidos às piadas prontas dos amigos a fim de provocá-lo. Ficou deitado na calçada contemplando as estrelas. Quando Munn-rá percebeu que ele precisava de um momento sozinho, mandou os demais deixarem Davi em paz. Ninguém ousou desobedecê-la. Era incrível a influência que ela exercia sobre todos daquela rua.

(PARTE V)

# UM NOVO CAMINHO

( 9 )

# O PRIMEIRO ENCONTRO

"A sensação de quem tem os olhos abertos pela primeira vez após tanta escuridão é um pouco estranha. Ao mesmo tempo que se contempla com admiração a luz, uma saudade da escuridão sempre vem incomodar."

**Bom dia!**

Naquele sábado, o sol nem tinha se apresentado ainda e Davi já estava de pé, consumido por uma ansiedade que não conseguia explicar. Aquele encontro, que chegara até ele por puro engano, de repente tornou-se uma obsessão, dado o grau de segredo que as pessoas faziam em torno dele. Tanto Borges como Teresa não falavam nada sobre o que aconteceria lá, só ficavam soltando ideias no ar, e aquilo já estava deixando Davi ansioso.

Vestiu uma roupa e engoliu alguma coisa às pressas. Borges havia dito a ele que o encontro teria início às 5 da manhã, e, apesar de ter muitos defeitos, chegar atrasado não era um deles. Davi ligou o Bolinha de Borracha, apelido que dera ao companheiro Fusca, e dirigiu-se ao local do encontro, uma escola em Cidade Satélite. Chegando lá, estacionou o carro e avistou ao longe alguns jovens. Eram cerca de 5h15 da manhã. "Droga, atrasei", pensou Davi.

Ao descer, observou que muitos estavam lá, mas que ainda tinha gente chegando. Utilizavam crachás com dizeres desconexos, como "música", "plenário" e "limpeza", que Davi supôs serem parte de alguma dinâmica de grupo idiota. Seguiu o fluxo de pessoas entrando na escola e notou que elas já sabiam para onde deveriam se dirigir.

– Olá, bom dia – disse uma moça exageradamente alegre dirigindo-se a ele. – Você parece perdido... Qual é a sua equipe?

– Eh... Eu não sei... Pelo visto perdi a entrega dos crachás. Mas tanto faz, pode me colocar em qualquer uma – disse Davi, querendo soar simpático.

A moça riu, como se estivesse achando aquela situação muito divertida.

– Você veio para *fazer* o encontro? – ela perguntou.

– Aham – balbuciou Davi afirmativamente.

A moça puxou um rádio do bolso e disse numa voz séria:

– Atenção, temos um *encontreiro* na área das equipes, alertem todo mundo!

“Ih, pronto! O que eu fiz de errado agora?”, pensou Davi. Não deu um minuto e todas as salas estavam fechadas e o silêncio tomou conta do recinto. Do nada, quatro pessoas brotaram ao seu redor, pedindo que ele as acompanhasse para longe dali. Foram para uma quadra vazia. A moça foi junto com eles, e logo explicou o que estava acontecendo:

– Desculpa o jeito! É que você entrou pela área das pessoas que vão trabalhar no evento. Os *encontreiros*, que é como chamamos quem vai participar do encontro, vão chegar somente a partir das 7h30. Bom, pelo menos isso é o que frisamos bastante na comunicação.

– Nossa, desculpa. É que me falaram 5h!

– Sem problema, fica tranquilo. Bom, queria poder te oferecer um café da manhã, mas por enquanto a única coisa que você vai tomar vai ser um chá de cadeira! De todo modo, bem-vindo ao EJAC. Eu sou a Sílvia. Preciso ir agora, mas qualquer coisa é só me chamar.

A moça se afastou. O nome do encontro piscava na cabeça de Davi. Encontro de Jovens Amigos de Cristo. Ele certamente não era amigo de Cristo. Fazia um século que não ia à igreja – na do bairro novo, então, nunca tinha nem pisado –, não se confessava. Não tinha nada que estar ali.

Aos poucos, alguns jovens foram chegando e formando grupinhos de três ou quatro pessoas na quadra. O contraste entre os ditos *encontreiros* e o pessoal que organizava era nítido. Dava para saber pelo olhar, pelo sorriso no rosto.

De onde estava, Davi conseguia ouvir os lamentos daqueles que, como ele, tinham ido parar naquela arapuca por imposição de alguém ou por meio de um “convite irrecusável”. Conseguiu até ouvir as lamúrias de uma loira com jeito de patricinha. Ela falava alto, fazendo questão de que todos ali a escutassem:

– ... meu tio que ficou insistindo. Mas vou ficar só até o almoço, imagina se vou comer alguma coisa aqui! E outra, à tarde já tenho compromisso. É por isso que não gosto dessas coisas de igreja, querem sugar todo o tempo da gente. Dois dias de encontro? Precisa mesmo de dois dias?

As pessoas ao redor concordavam com a garota, e na verdade Davi também achava que nesse ponto ela tinha razão. Diferente dela, contudo, ele gostou muito de saber que haveria um almoço, então não custava ficar ali pelo menos até o início da tarde.

Nesse momento, Sílvia flagrou Davi sozinho em seu canto e pediu a ele que se juntasse aos demais. Na verdade, ele preferia ficar ali de longe ouvindo as conversas sem se misturar, mas ficou sem jeito de contrariar a simpática moça. Saiu de seu mundinho e foi procurar um outro lugar onde pudesse observar sem ser notado.

Já passava das 7h30, e nada de os organizadores chamarem o pessoal para o início do evento. Olhando ao redor, entretanto, Davi percebeu que todos os meninos e meninas de crachá haviam subitamente desaparecido, restando ali somente aqueles setenta e poucos jovens balbuciando seu papo de elevador.

– Bom dia! – gritou uma voz perto dele.

– Bom dia! – respondeu outra voz, do outro lado.

– Bom dia! – completou uma terceira voz, num volume mais alto que as demais.

De repente, de detrás das arquibancadas, surgem dezenas de pessoas cantando, acompanhadas de violões, tambores e pandeirolas. Entoavam uma canção muito bonita. Davi imediatamente reconheceu a melodia das missas do Padre Vilela. Foi invadido por uma emoção inexplicável e, do nada, lágrimas brotaram em seus olhos.

*Alô, bom dia.*
*Oh, como vai você?;*
*Um olhar bem amigo*

*Um alegre sorriso;*
*E um aperto de mão*
*E a gente sem saber como e por que*
*Se sente feliz e sai a cantar uma alegre canção*

*Saber dar um bom-dia cheio de bondade,*
*Dizer bom dia com sinceridade*
*É dar sempre o melhor do nosso coração,*
*Alô, bom dia, irmão!*

Davi assistiu em êxtase àquela recepção, a mais calorosa e emocionante que já recebera. Em um primeiro momento, tentou se segurar, mas logo desarmou o coração. Dois dos jovens cantores se aproximaram dele e o tomaram pelas mãos, convidando-o a cantar com eles. Traziam consigo livretos com a letra daquela e de outras músicas.

O rapaz se pegou sorrindo e cantando, a mente agora esvaziada das dúvidas e preocupações. Não estava ansioso nem nervoso, não sentia raiva nem medo. Só sentia amor em seu coração, amor genuíno e sincero. Era como se não fosse mais o velho Davi, mas um novo homem, disposto a se abrir para uma transformação e para uma vida nova que há tempos esperava por ele.

## Detox da alma

Após mais algumas canções, os jovens foram conduzidos para dentro da escola. Davi seguiu extasiado, sentindo-se vivo como nunca. Ao chegarem a uma espécie de sala de palestras, os *encontreiros* tomaram seus assentos para mais um momento de música e louvor. A primeira palestra da manhã foi ministrada por um jovem, e Davi ficou impressionado com sua sabedoria e sua maneira de se expressar. A isso seguiu-se uma apresentação teatral que tratava da busca do homem pelo poder, pelo ter, denunciando que, muitas vezes, acabamos deixando de lado o essencial: Deus, a família, os sentimentos. Facilmente nos perdemos dentro de nós mesmos em meio a tanta confusão mental.

Falavam ali de um Deus muito diferente daquele que Davi conhecera até então. Este era complacente, amigo, não autoritário, piedoso. Contudo, o rapaz sabia que toda aquela compaixão certamente estava reservada àqueles que merecessem, não a ele. Era certo que Deus, até esse mais bacana, não iria querer ter nada a ver com ele, que a essa altura da vida já tinha cometido um sem-número de pecados imperdoáveis.

De quando em quando faziam um intervalo, e durante essas pausas os participantes eram divididos em grupos para conversar com seus "padrinhos de encontro", que os conduziriam ao longo de todo o fim de semana. Davi gostou de seus padrinhos, Alberto e Ana Carla, um casal que estava junto há mais de trinta anos. "Trinta anos", pensou ele. "É mais tempo do que eu tenho de vida!". Eram pais de três filhos, todos trabalhando no encontro. Sentiu certa inveja ao pensar na sorte deles. Com um pai e uma mãe como aqueles, certamente teria sido uma pessoa muito melhor na vida.

Na hora do almoço, foram novamente conduzidos pela equipe de canto até a quadra, que havia sido transformada em refeitório, com mesas e cadeiras por todos os lados. Um banquete estava à sua espera.

Um padre estava posicionado na mesa bem ao centro, e Davi estava próximo a ele. O sacerdote fez uma oração, falou durante alguns minutos e depois abençoou os alimentos. Ele falava tão bonito! No auge de seus setenta anos, tinha uma voz grave e firme, calçava sandálias franciscanas e mantinha no rosto um sorriso doce e um olhar sereno. Concluiu seu caloroso discurso de boas-vindas dizendo:

– Senhor, dai pão a quem tem fome...

– *E fome de justiça a quem tem pão* – responderam os outros em uníssono.

À tarde, foi um turbilhão de emoções. Davi reviveu momentos difíceis, desenterrou antigas mágoas e questões mal resolvidas. Contudo, por mais doloroso que fosse, ele se sentia bem. Chorava a cada música, a cada palestra, a cada reunião com os padrinhos. Mas aquilo era estranhamente bom, como um remédio em uma ferida aberta, que no primeiro momento arde, mas logo em seguida alivia.

No fim do dia, Davi percebeu que nem a loira patricinha havia ido embora. A fisionomia dela estava diferente, e pelas marcas escuras do rímel em seu rosto era possível deduzir que havia chorado litros. Antes de encerrarem as atividades, o seu grupo foi disposto num semicírculo. Fizeram uma oração e começaram a cantar. Nesse momento, uma moça baixinha e troncuda começou a pôr a mão sobre a cabeça de cada um dos membros. Para alguns, ela orava e dizia algo em voz alta. Para outros, apenas cochichava em seus ouvidos. Davi achou aquilo bem esquisito.

– Posso ser bem sincero? – sussurrou um rapaz ao lado de Davi. – Isso aí eu já acho demais. Parece coisa de magia, adivinhação, sei lá.

– Pode crer – sussurrou Davi em resposta. – Também acho isso meio apelativo.

Todas as pessoas em quem a moça tocava acabavam chorando, e algumas até se ajoelhavam em oração. Por respeito, Davi silenciou seus comentários. Já que tinha sido tão bem tratado ali o dia todo, não custava nada deixar a moça tocar-lhe a face e fazer a oração dela. Quando finalmente chegou a sua vez, ela lhe disse ao pé do ouvido:

– Há muito tempo te espero, *Davi*. Não duvide mais de mim nem de minha presença neste local. Em mim, você encontrará uma família. Em mim, você encontrará a paz.

Aquelas palavras invadiram a mente de Davi como fogo vivo a queimar todo o seu ser. Ele sentiu as pernas vacilarem e caiu de joelhos, chorando de soluçar.

"Não pode ser comigo isso", Davi pensou. Durante todo o encontro ele *ouviu* que Deus o queria, mesmo com todos os seus pecados, mesmo ele achando que não era digno. Naquele momento, ele *sentia* isso. Queria se entregar, queria se render.

Após aquele momento extraordinário de oração e profecias, eles souberam que teriam a chance de conversar com o velho Padre Zilmar, o mesmo que fizera a oração no almoço. Padre Zilmar já era veterano naquela comunidade, pároco havia mais de 35 anos. Sério, mas de semblante suave, voz grave e melancólica, destacava-se como um grande pastor daquele rebanho.

Alberto contou a Davi sobre esse momento e da sua tremenda importância para firmar aquela ruptura entre o velho e o novo Davi, que, novamente apanhado sem ação e querendo agradar, concordou em se confessar. Apenas falou a Alberto que não estranhasse se o padre não o deixasse participar do segundo dia de encontro.

Foi coisa rápida, dois palitos, como brincou Alberto. O padre conduziu tudo como se fosse um diálogo entre amigos de longa data. Deixou Davi muito à vontade, que não descarregou tudo. Zilmar brincou com a sinceridade de Davi e afirmou que aos poucos contavam tudo.

Davi iniciou ali um longo relacionamento de amizade e respeito. O padre, com toda a sua sabedoria, enxergava em Davi um líder nato, que seria de grande valia no trabalho pastoral daquela comunidade.

Ao final daquele dia, todos iam se amontoando na mesma quadra do início, enquanto os paroquianos se confessavam; uns saíam chorando, outros rindo, o certo é que aquele ato era inexplicável para a maioria daqueles jovens.

Minutos depois, o silêncio foi quebrado pela voz de Sílvia, que lia as instruções para o dia seguinte.

– ... e queremos começar pontualmente às 7h30. – Ela deu uma olhadinha para Davi, que não conseguiu conter uma risada.

* * *

Após esse primeiro dia de encontro, a mente de Davi estava um turbilhão. No caminho de casa, era como se Bolinha de Borracha flutuasse pelas ruas. Tocara a Deus. Lamentava que seus pais e irmãos não tivessem tido acesso àquela experiência no passado, teria lhes aberto a mente para tantas coisas! Sentia como se tivesse vivido até aquele momento numa realidade paralela, e agora finalmente experimentava a vida como ela deveria ser.

Resolveu dar uma passadinha na festa, da qual por pouco não se esquecera. Nem havia pensado nela durante o dia.

– Olha lá quem chegou! O padre Davi! – zombou um dos amigos ao avistá-lo.

Davi sorriu e entrou na casa, juntando-se aos colegas. Tentou contar a eles por cima as maravilhas que havia vivenciado, mas tudo virava chacota. "De volta ao mundo real", pensou. Dispensou bebidas alcoólicas naquela noite, limitando-se a um refri sem gás e alguns pedaços de carne. Não lhe interessavam os assuntos aleatórios, por isso logo foi embora. Precisava dormir, e tinha a sensação de que aquele seria o sono mais desintoxicante de toda a sua vida.

## Perdoando a si mesmo

No domingo, Davi acordou cedo, não conseguia mais dormir. Contudo, havia sido uma das melhores noites de sua vida. Não que algo tivesse realmente mudado, mas ele se sentia em paz. Pulou da cama às 5h30 e foi a pé comprar pão na padaria, nutrindo a expectativa de que aquele dia seria ainda mais extraordinário que o anterior.

Ao aproximar-se do estabelecimento, que ficava em uma rua movimentada, mesmo àquela hora, Davi se deu conta de um carro que vinha em alta velocidade. Resolveu esperá-lo antes de atravessar, no que viu o carona pôr o braço para fora da janela. Um segundo depois, sentiu uma forte pancada na cabeça, que o fez se desequilibrar e ficar zonzo. Tinha sido atingido por uma lata de cerveja. Num impulso, correu os olhos para a placa do veículo, a fim de decorá-la. "Aquele filho da puta vai levar a maior surra de sua vida!"

No entanto, a visão turva o impediu. Davi tentava controlar a respiração, buscando se acalmar. Aquela cena lhe trazia algumas lembranças inconvenientes, como a do dia em que saíra de carro com Péricles e Alex rumo a um pagode na Rota do Sol, perto de Ponta Negra. No caminho, depararam com uma travesti e acharam que seria uma boa ideia enrolar o tapete do carro e bater nas costas dela com esse rolo improvisado. Ao atingi-la, foi uma festa dentro do carro, riam-se de sentir dor na barriga.

Davi também queria ter seu momento de farra, então pegou no chão do carro um conduíte de aço, desses utilizados em freio de bicicleta, deu duas voltas no pulso e preparou o golpe, atentando-se à estrada para escolher seu alvo. Ao avistar um rapaz que caminhava a passos lentos próximo à pista, Davi se preparou e o acertou em cheio nas costas. Ele gritou e caiu ao chão, contorcendo-se de dor. Os jovens até tentaram rir, mas a brincadeira obviamente fora longe demais, e um silêncio sepulcral se instalou. Eles não pararam. Apenas prosseguiram rumo ao seu destino, sem mais tocar no assunto.

Davi sentiu a cabeça latejando, o que prenunciava que a agressão faria crescer um galo. Já recuperado, ele resolveu deixar para lá, sentindo uma profunda vergonha por outrora ter sido ele o cara do carro.

Chegando em casa, tomou seu café da manhã, pôs gelo sobre a cabeça para conter o inchaço e se preparou para o segundo dia de encontro, tentando deixar os perrengues de lado. Num piscar de olhos, já estava novamente junto dos demais jovens à espera do magistral grupo de canto para dar início às atividades do dia.

A primeira palestra da manhã falaria sobre a importância de perdoar e de pedir perdão. Davi sempre havia achado esse papo muito bonitinho, mas era convicto de que nem todos mereciam que ele os perdoasse.

Havia um microfone no palco, e todos repararam que estava numa altura baixa demais. Será que ouviriam o testemunho de uma criança? Segundos depois, um cadeirante adentrou o palco e, visivelmente nervoso, começou seu discurso:

– Oi, pessoal... Bom dia. Eu... eu nasci numa família muito pobre. Minha mãe era depressiva e meu pai usava drogas. Quando ela engravidou, fez de tudo para que eu não nascesse, desde tomar remédios abortivos a espancar a própria barriga. Porque, como todos diziam, "aquela criança iria acabar com sua vida".

Davi sentiu os pelos dos braços arrepiados.

– Contra todas as probabilidades, nasci forte e saudável – continuou o rapaz. – Mas meu pai acabou preso e, agora sozinha, minha mãe tentou me matar, botando veneno no leite quando eu tinha só um aninho. A sorte foi que a vizinha ouviu meu choro de longe e interveio a tempo, me levando pro hospital. Minha mãe buscou tratamentos depois disso, e até melhorou. Mas, quando eu tinha quatro anos, novamente tentou me matar, agora com veneno de rato misturado à comida, que também comeu. Sobrevivi, mas minha mãe, não. Sabem... você não passa por isso e simplesmente se recupera. O que se espera de uma mãe é que ela cuide do filho, mesmo que isso lhe custe a vida. Tenho várias sequelas disso, no meu corpo e na minha alma. Comecei a ter muita dificuldade para caminhar, e só o fazia com a ajuda de muletas. Mas muito pior do que isso foi crescer sem nenhuma referência de amor.

Davi sentiu uma fisgada no estômago com essa última frase. O rapaz continuou seu relato:

– Fui morar com uns parentes, mas eles eram uns xaropes! – disse ele rindo. Alguns dos ouvintes riram também. – Até que veio a oportunidade de conhecer meu pai, que já tinha terminado de cumprir sua pena. Relutei muito, mas me abri a isso, e foi a melhor coisa que eu fiz. Aos poucos, a gente foi criando um vínculo. Nada muito meloso, comercial de margarina, sabe? Mas resolvi que não dava pra viver alimentando mágoas. Até que meu pai me chamou pra morar com ele em outra cidade, montar um negócio com ele. E eu fui. Fizemos muitas coisas juntos, até de moto a gente andava, mesmo eu tendo dificuldades nos movimentos! Até que um dia chegou o momento de termos a conversa pela qual esperei a vida toda...

O auditório ouvia aquelas palavras com toda a atenção, como se fossem as mais importantes do mundo. Era óbvio que, junto com ele, todos os presentes ali estavam passando suas próprias vidas a limpo naquele mesmíssimo instante.

– Falamos sobre minha mãe, sobre o fato de ele ter perdido toda a minha infância e adolescência, e do quanto tudo aquilo me machucava. Falei tudo o que queria e, no fim, percebi que meu pai era apenas um ser humano e que naquele momento ele estava fazendo o que podia para consertar seus erros. Pedimos perdão um ao outro e resolvemos seguir em frente. Só que naquela mesma semana nossa moto foi fechada por um carro, e batemos muito feio. Eu acordei na UTI uns dias depois. Meu pai morreu ali na rua.

Davi, que até ali tinha contido o choro, parou de resistir e se rendeu à emoção. Deu-se conta de quão pequenos eram seus próprios problemas comparados àquilo. Ao mesmo tempo, não se conformava. Por que Deus fazia uma pessoa tão boa como aquele cara passar por tanto sofrimento?

– Caí numa depressão aguda, e meu problema na perna piorou. Tive que trocar as muletas pela cadeira de rodas. Um belo dia, recebi um convite para participar de um encontro como este, e foi muito importante para mim. Foi neste lugar que consegui perdoar minha mãe e, principalmente, consegui me perdoar. Hoje sou médico psiquiatra, e minha missão é cuidar de pessoas que passam pelos mesmos problemas que meus pais enfrentaram. Ao olhar para a história deles, já não os julgo pelo que aconteceu. Pelo contrário. Tudo o que me aconteceu me trouxe até aqui, então só me resta agradecer a Deus.

Durante o testemunho do rapaz, Davi repassava tudo o que vivenciara no seio da família em que Deus o havia colocado. Seguiu nesse árduo exercício enquanto o palestrante os exortava a perdoar todos que lhes tivessem feito algum mal. Pensava sobretudo no mal que *ele* havia feito, e isso o estava matando. Concluiu que não precisava perdoar ninguém. Ele era quem precisava pedir perdão.

Nenhuma de suas desavenças estava ali, então o que restava era conversar com Deus e lhe implorar perdão em nome de todos os que ofendera ao longo da vida. Detalhe por detalhe, ação por ação. Doía-lhe o peito, e experimentava uma ansiedade difícil de explicar.

O palco deu lugar a uma nova apresentação teatral, mas Davi nem percebeu. Continuou sua oração silenciosa até ouvir de longe um som de violão, um dedilhado melódico, contemplativo, lindo de se ouvir. O doce som do instrumento conduziu o final de sua prece.

O tão proclamado amor de Deus não cabia no entendimento do rapaz. Como o Senhor poderia amá-lo depois de tudo de ruim que ele havia feito na vida? Não fazia sentido. Desistiu de entender. O fato era que aquilo tocava forte demais seu coração.

Terminadas as atividades da manhã, os participantes foram novamente reunidos na quadra para o almoço. O padre repetiu a oração do dia anterior:

– ... *E fome de justiça a quem tem pão.* – Davi respondeu junto com os outros.

Quando começaram a se servir, o sacerdote perguntou o nome dele e onde ele morava.

– Sou Davi, da Rua Serra de Macaé – ele respondeu.

O padre balançou a cabeça e recobrou seu silêncio. Davi também seguiu calado, pensando em tudo. Começava a compreender que não podia mais se culpar pelos rumos que tomara na vida, que aquilo tinha que ficar para trás. Decidiu que deixaria ali mesmo seu fardo.

**Amigo de Cristo?**

O segundo dia do encontro pareceu transcorrer mais rápido que o primeiro. Davi se aproximou muito de seus padrinhos de encontro, que já pareciam conhecidos de longa data. Quanto mais ouviam sobre a história de Davi, mais o acolhiam. Eram solidários ao seu sofrimento, à sua carência, à sua sede de carinho e afeto.

O encontro caminhava para o seu ato final. Após a missa, deu-se uma apresentação teatral que tratava da perda da identidade. Davi encontrou-se durante muito tempo naquela situação de não saber quem ele era. A apresentação o fizera se lembrar de uma passagem bíblica que dizia que Deus cuida dos órfãos e das viúvas.

Muitas coisas começaram a fazer sentido para Davi durante o encontro. Ele finalmente percebeu que faltava Deus na equação. Ele entendeu que, diferentemente do que supunha, nunca havia estado sozinho. Em todas as situações, Deus estava cuidando dele, acreditasse ele ou não.

Ao final da apresentação, o grupo de música não apareceu, o que deixou todo mundo perplexo. Em vez da alegre melodia, um silêncio tomou conta do ambiente. Então, bem baixinho, um violão começou a ser dedilhado, e logo outro passou a acompanhá-lo. Davi fechou os olhos, como que pressentindo o que viria pela frente, e a música que se seguiu o acalentou de um modo tão profundo que ele se sentiu envolto por uma bolha de paz.

Na canção, Jesus o convidava para ser seu amigo, e Davi estava disposto a merecer essa amizade. Sentia no coração a vontade de compensar todo o mal que causara, para um dia ser digno de Jesus.

Como uma surpresa final, os familiares dos *encontreiros* estavam à espera deles na arquibancada da quadra. Era uma cena linda de se ver. Tudo arrumado para a missa de encerramento; as belas músicas e palavras proferidas pelo velho padre foram emocionantes.

Ao final da cerimônia, Davi não se deu ao trabalho de procurar um rosto conhecido, pois tinha certeza de que não haveria ninguém ali. Quem da família dele teria comparecido? Dona Marta? Fininho? Tadeu? Iara? No entanto, gritou jubiloso ao reconhecer Mônica, acompanhada dos pais, Borges e Teresa. Eles foram ao encerramento do EJAC exclusivamente para mostrar seu apoio, e, ao encontrarem Davi, encheram-no de beijos e abraços, perguntando como havia sido o fim de semana.

O senhor Borges, que conhecia quase todos por ali, apresentou-se como tio de Davi, e até mesmo o padre ficou surpreso em saber aquela novidade.

– Tá brincando que você é parente do Davi da Rua Serra de Macaé? – brincou o sacerdote, e Davi ficou impressionado com a sua sagacidade.

Ao encontrar-se com seus padrinhos de encontro, Alberto e Ana Carla, foi convidado a dar continuidade àquela vivência participando de encontros semanais na casa deles e na igreja matriz a partir do domingo seguinte.

* * *

Quando Davi chegou em casa, Nael e Kissuqui já estavam dormindo. Ele tomou um banho, vestiu uma roupa fresquinha e saiu para sentar-se na calçada, como fazia sempre que queria refletir sobre a vida. Sua mente estava a mil. O EJAC havia sido a experiência mais maravilhosa de toda a sua vida. Sentia como se Jesus o tivesse carregado no colo, e, apesar de alegre, sentia muito medo do dia seguinte, quando seria certamente engolido outra vez pela normalidade. Decidiu afastar esses pensamentos. "Um dia por vez", concluiu ele.

Mesmo com uma natureza de pecador, propenso a errar a cada virada de esquina, procuraria dia após dia sua redenção, como um aprendiz alerta aos ensinamentos de Deus e da vida. Mesmo que errasse, se ergueria novamente. Lembrou-se do que ouvira no encontro: "Apesar de praticarmos o mal, nossa natureza vem de Deus, e para ele convergimos a cada instante. Porque a criatura sempre deseja seu criador". Davi desejava do fundo de seu ser render-se à plena paz.

*Sim, perfeito, sei, eu não sou também*
*Não me leve a mal, tô tentando*
*Será sempre assim, estou aprendendo a amar.*

{ 10 }

# A DOR DO CRESCIMENTO

"Crescer dói, e dói muito, mas não existe dor maior que perceber que o tempo passou e que continuamos crianças por medo de crescer."

## Autossabotagem

Davi ascendeu rapidamente na Novitech, especialmente após a experiência que tivera no encontro. Seu desempenho e seu foco melhoraram muito, e não demorou até que surgisse uma promoção. Virou a "galinha dos ovos de ouro" da organização em apenas oito meses, o que lhe garantiu um gordo aumento e uma amizade com Novinho, o dono.

A essa altura, era o gerente da assistência técnica da loja da fábrica, e seguia desenvolvendo novas certificações para os computadores ali produzidos. Entretanto, sua grosseria e desequilíbrio emocional não raramente geravam atritos entre os clientes, para descontentamento de Nelson, seu chefe, que nesses episódios punia Davi colocando-o no time dos vendedores.

Mas, para surpresa geral, Davi tirava bom proveito de seus "castigos", e se tornara um bom vendedor. Como conhecia bem a parte técnica, conseguia persuadir os clientes a fecharem negócio com ele, munindo inclusive os outros vendedores de argumentos mais convincentes.

Apesar das mancadas, o bom desempenho de Davi no trabalho sempre salvava sua pele, para desgosto dos colegas, que não recebiam o mesmo tratamento. "Pura inveja", pensava o protegido de Novinho, que adorava rir de suas histórias nos momentos de confraternização. O dono da empresa também era um homem de gestos rudes, talvez mais do que Davi. Contudo, os dois se entendiam, cada um a seu modo. O rapaz sempre atendia pessoalmente os melhores amigos do patrão, geralmente gente importante e cheia da grana.

Nessa época, Davi foi apresentado a um amigo de Nelson, conhecido pela alcunha de Manga Rosa. Alto e rechonchudo, tinha a pele muito branca, que ficava rosada quando ele ria ou perdia o fôlego. Gostava de contar piadas e era bom de papo, e rapidamente ganhou a amizade e a confiança de Davi. Sua voz estridente tornava suas lorotas ainda mais engraçadas. Manga acabara de abrir uma loja de produtos de informática, onde vendia computadores, peças de reposição e acessórios.

A amizade entre os dois começou a ficar estreita. Manga aparentava gostar muito de Davi, e sempre conversava com ele, abrindo seus olhos para uma linha profissional mais empreendedora. Almoçava com o rapaz quase todos os dias, e o relacionamento começou a se estender também para os negócios. Davi passou a atender os clientes de Manga, e o negócio prosperou rapidamente.

Manga levava Davi para almoçar nos restaurantes mais bacanas da cidade, sempre por sua conta. O rapaz, por sua vez, nunca o deixava na mão, e trabalhava noite adentro, madrugadas e até nos finais de semana, se fosse necessário.

Um dia, Manga o chamou para uma reunião em seu escritório e lhe apresentou o projeto de uma loja dos sonhos, já toda pronta para sair do papel. Davi quase caiu para trás ao perceber que seu nome constava no logotipo do projeto, junto do nome do amigo. Era a maneira dele de convidar Davi para ser seu sócio nessa empreitada.

– Sei que você gosta muito do Novinho. Eu também gosto. Mas, cara, por melhor que ele te trate, lá na empresa dele você é só mais um, não tem muito pra onde crescer. Se vier trabalhar comigo, tenho certeza que a gente vai estourar desde o primeiro dia. Olha a moral que você tem com os clientes! – explicou Manga, os olhos brilhando de entusiasmo. – Não precisa entrar com nada, só com a sua experiência.

Davi não podia negar que havia ficado empolgado com a ideia. Contudo, após pensar um pouco, declinou, para o espanto de seu interlocutor:

– Eu nem saberia como te agradecer... Mas tenho uma dívida de honra com o Novinho. Ele acabou de bancar uma nova certificação pra mim, além de ter uma puta confiança. Por enquanto é não, Manga. Não vou deixar o Novinho na mão. Mas, nossa, que legal, tu não tem ideia de como eu fiquei feliz com a proposta.

Decepcionado, Manga ainda tentou argumentar sobre os contras daquela decisão, mas Davi simplesmente não achava correto. Nelson e Novinho haviam aberto muitas portas para ele, não dava para abandoná-los *ainda*, era cedo demais.

– Ai, tá bom, corta o melodrama, se quer ficar com seus namorados, problema seu. Eu sou muito mais bonito, mas tudo bem! – brincou Manga, e ambos caíram na gargalhada. – Mas, agora é sério, admiro sua conduta. Vou deixar esse projeto aqui guardadinho, caso você mude de ideia. Só me interessa pôr isso em prática se for contigo, amigo.

"Que sujeito bacana", pensou Davi. "Que época bacana."

* * *

O fim do ano se avizinhava e, diferente de outras ocasiões, Davi decidiu que não participaria do Carnatal, para espanto de Novinho, que havia reservado um camarote para seus convidados. Para não fazer desfeita, Davi revelou a ele sua intenção de viver o período do Advento de maneira mais tranquila, agora que estava firme na igreja.

No amigo-secreto da empresa, Davi até pediu uma Bíblia, mas estranhou a demora para que chamassem seu nome durante a troca dos presentes, começando a ficar incomodado. Será que não tinham incluído o nome dele? No fim, sem presente, Davi tentava conter seu constrangimento. Até que Novinho, que assistia à brincadeira de longe, pois não estava participando, aproximou-se da roda e pediu a palavra. Entre falsas dicas e piadas de tiozão, ficou claro para Davi que o chefe estava falando dele.

– ... Por fim, meu amigo secreto – disse ele, trocando o tom zombeteiro pelo carinhoso – pediu uma *Bíblia*! E isso me tocou muito. Por isso fiz questão de comprar esse singelo presente para ele, que me contou que está passando por um momento de grande transformação. Eu não sou religioso, vocês sabem, mas, se isso é importante pra você, então é importante pra mim. Davi, meu amigo, que ela ilumine sua vida!

Comovido com o gesto do patrão brucutu, Davi pegou o pesado embrulho, abraçou Novinho com ternura e se sentou pensativo. Lembrou-se de tudo o que havia passado até chegar até ali, de como fora destratado nos demais empregos que tivera. Sentia-se feliz por fazer parte daquela empresa.

* * *

Era janeiro, e um novo ano se apresentava, com suas incertezas e expectativas, e Davi tinha várias. Depois de um tempo sumido, Manga reapareceu, retomando a rotina de almoços naqueles lugares bacanas onde gostava tanto de ir. Novinho, por sua vez, estava de viagem com a família em Miami, tradição que repetia todos os anos.

Em um dos almoços, após limpar a boca suja de molho bolonhesa, Manga adotou uma postura subitamente séria e logo começou:

– Davi... Eu te chamei aqui hoje porque tenho um assunto meio chato pra tratar contigo. Como tu deve saber, Nelson é meu amigo de infância, a gente é *brother* desde sempre. Então... Dia desses, meio bêbado, ele me contou que o Novinho tava meio bronqueado. Que tava desconfiando que você passava a perna nele. Que tava *roubando-o.*

Davi sentiu o sangue gelar.

– Fiquei bem preocupado – continuou Manga –, porque parece que ele já deixou tudo pronto pra demitir você assim que voltar da gringa. Olha... Não fica desesperado, mas já fica esperto. E, pelo amor de Deus, não conta isso pra ninguém, senão suja pra mim e pro Nelson, beleza?

Davi parou de escutar assim que ouviu a palavra “roubando”. Trincou os dentes, e seus olhos marejaram de ódio.

* * *

Naquela tarde longínqua, Davi, ainda criança, brincava na piscina do Conselho Comunitário, onde passava sábados e domingos. Um de seus vizinhos então afanou a carteira do presidente do conselho, aproveitando um momento de distração, e vazou dali. Davi tinha visto tudo, mas ficou calado.

À tardinha, aquele jovem senhor bateu à porta de dona Marta acompanhado de Tadeu, que acusara Davi sem provas, e foi tirar satisfação com ela sobre o "filho ladrão". Ela gritava como se estivesse sendo queimada viva na fogueira, e saiu em busca do filho com um pedaço de couro nas mãos. Sem dar a ele qualquer chance de defesa, dona Marta já chegou batendo no filho, perguntando pela carteira do senhor. Davi, aos prantos, revelou que não tinha sido ele e, a fim de cessar seu suplício, deu nome aos bois, contando o que vira.

Uma carreata então se dirigiu à porta da vizinha, que, após umas boas cintadas no filho trombadinha, arrancou-lhe uma confissão e recuperou a carteira. Ainda que inocentado, Davi sentia, além da dor física da agressão gratuita, o gosto amargo da humilhação e do constrangimento. Traumatizado, jurou que nunca mais permitiria que o chamassem de ladrão novamente.

* * *

Davi passou todo o fim de semana desnorteado pelas palavras de Manga. Como era possível que o patrão desconfiasse dele? E toda aquela cena na confraternização da empresa? Tudo aquilo para depois ficar falando mal dele, chamá-lo de ladrão?

Na segunda-feira, Davi foi ao trabalho determinado a pedir as contas. Ao chegar, dirigiu-se imediatamente à sala de Nelson, apertando sua mão nervosamente.

– Sabe, cara – começou ele com a voz já embargada –, eu te admiro muito, admiro pra caralho. Mas eu sou homem sério, não sou moleque, não sou ladrão. Nunca sabotaria a empresa, e não admito que falem isso de mim pelas costas!

– Mas, Davi... Do que você tá falando? – perguntou Nelson aflito.

– Tô indo embora, não fico onde não confiam em mim – respondeu Davi, a essa altura fora de controle.

– Mas quem é que tá desconfiando de você, homem? Que conversa mais sem pé nem cabeça, de onde tirou isso? Ei, Davi! Cara...

Davi já havia saído. Sem dizer mais nada, simplesmente foi embora. Como havia prometido ao Manga que não falaria nada, achou melhor sair dali antes que desse com a língua nos dentes. Quando sua mente empacava, não tinha jeito. Agia como um trem desgovernado e não ouvia mais nada.

Em casa, entregou-se à tristeza. Ao saberem do ocorrido, Nael e Kissuqui tentaram persuadi-lo a pedir desculpas, a fim de conseguir o emprego de volta, mas Davi era orgulhoso demais. Jamais o faria, especialmente porque estava convencido de que tinha razão.

Após cerca de dez dias, o telefone tocou e, algumas horas depois, Davi estava almoçando com Manga a convite deste. À mesa, discutiram o projeto da loja dos sonhos, o qual Davi outrora recusara em consideração a Novinho. Desta vez, contudo, ele topou de imediato, aceitando trabalhar no balcão da loja de Manga até que o ponto e a estrutura do novo estabelecimento saíssem do papel.

Com o passar do tempo, a grana foi ficando apertada, mas Manga justificava que ainda estava juntando dinheiro para poder inaugurar o novo empreendimento *deles*, e que era só aguardar mais um pouco. Esse "um pouco" durou bem mais do que a situação financeira de Davi era capaz de suportar. Após quatro meses, nem a reforma havia começado, e o rapaz agora ganhava menos da metade de seu salário habitual na empresa. Curiosamente, o sócio estava em uma situação bastante confortável.

Transcorrido já um semestre inteiro, nada mudara, com exceção dos almoços e convites a lugares bacanas, que estranhamente haviam cessado. Manga mal dirigia a palavra a Davi, que agora se reportava à mulher do sócio. Tinha que negociar com ela as migalhas que recebia, já que não ganhava um salário fixo. Precisava ficar mendigando, e aquilo era humilhante demais.

Após dez meses, Davi resolveu pôr um basta àquela piada, chamando Manga para conversar e colocar os pingos nos is. O homem mostrou-se extremamente ofendido, e Davi teve a impressão de que sua indignação era encenada. Já havia se dado conta de que caíra num golpe, e exigiu receber o que lhe era de direito.

– Você é um ingrato, moleque – disse Manga. – Te levei pra um monte de restaurante que tu nunca iria nem pôr os pés, porque nem deixariam você entrar, te dei a maior moral convidando você pra ser meu sócio, e tu me aparece aqui todo nervosinho exigindo as coisas. Te põe no seu lugar, cara, se enxerga.

– Sabe o que você faz com a comida chique? – respondeu Davi inflamado. – Pois é, enfia *lá* mesmo!

A discussão se tornou um bate-boca do mais baixo nível, e as ofensas mútuas prosseguiram até um cliente adentrar o estabelecimento, visivelmente consternado. Davi, que por pouco não arrebentara a cara de Manga, saiu dali soltando fogo pelas ventas, mas não sem antes dirigir-se ao cliente aos berros:

– Senhor, toma muito cuidado com esse trambiqueiro, falso e mentiroso. Quer um conselho? Fica longe dessa joça! É o que eu vou fazer pelo menos.

Davi então se dirigiu a Manga antes de sair:

– E se tu não me pagar o que me deve, venho e taco fogo aqui com você e a vagabunda da sua mulher dentro, entendeu?

As ameaças foram em vão. Manga já tinha um plano engendrado de fugir para Cuiabá. Semanas mais tarde, na surdina, ele tirou tudo da loja e se mandou, deixando na mão vários clientes e empresas parceiras. Originalmente, sua intenção era passar a empresa para o nome de Davi e botar a culpa nele.

Davi se sentia um palhaço. Era óbvio que o imbecil do Manga havia inventado aquela história de que Novinho desconfiava dele. Como fora idiota! De uma vez só havia deixado para trás o melhor emprego que tivera até então e virado a cara para uma pessoa que tanto gostava dele sem ao menos oferecer-lhe uma chance de esclarecer as coisas. Envergonhado, sabia que devia desculpas a Nelson e Novinho, por isso não tardou a marcar uma reunião com seu ex-diretor, que aceitou conversar com ele dois dias depois.

Na sala de Nelson, Davi relatou tudo o que havia acontecido, como havia caído no conto do vigário de Manga.

– Eu sinto muito, Davi. Você saiu daqui atropelando meio mundo, não disse o que estava acontecendo, ninguém entendeu. O Novinho ficou extremamente chateado – disse o diretor. – Ele não quer te ver, pelo menos não por ora, e, desculpa dizer, mas ele tem razão. Sua vaga está aberta ainda, mas não vai ser você a ocupá-la. Mas, se precisar de alguma coisa, de alguma indicação, sei lá, pode contar comigo.

Davi assentiu e despediu-se de Nelson, a quem abraçou com uma ternura legítima. No caminho até o ponto de ônibus, pensou em como deixou-se levar por uma pessoa tão maquiavélica quanto Manga, cujo charme bonachão o pusera em maus lençóis.

Revirou-se na cama a noite toda, sentindo a angústia de todos aqueles que dariam tudo o que tivessem para poder voltar no tempo. A raiva de Manga era grande, mas sentia por si mesmo algo muito mais incômodo. "Eu sou o meu maior inimigo!"

Algumas semanas depois recebeu uma ligação de Nelson. Novinho havia sofrido um grave acidente de carro retornando de uma viagem a João Pessoa. Davi bem sabia que ele gostava de voar baixo a bordo da sua Mercedes. Ele morreu na hora. Um silêncio inquietante interrompeu aquela ligação por alguns segundos. Nelson passou o local e a hora dos ritos funerários e enterro, mas Davi não foi, não conseguiu ir. Culpa e remorso foram seus companheiros pelos próximos dias. "Vá em paz, meu querido amigo, um dia nos encontraremos."

## Alma gêmea

Após a dura conversa que tivera com Nelson e de várias noites insones e da tristeza profunda que o dominou por dias, Davi decidiu passar um tempo no interior, para desanuviar os pensamentos. Em breve, começaria a temporada de vaquejada, e ele adorava as festas de apartação. Animou-se ao saber da participação de Alcimar Monteiro, que ele muito admirava por sua fidelidade às tradições do sertão. Apesar de ligado à tecnologia, Davi apreciava muito esse lado mais simples da vida que a cultura sertaneja representava.

Após as festividades, dirigiu-se para Jucurutu, onde seus primos e amigos adoravam ir. Sempre ficavam na casa do seu tio Raimundo, mais conhecido como Raimundo de Jucurutu, um sujeito boa-praça parente de sua mãe e que gostava muito de Davi.

À noite, frequentavam um clube local que tinha ligação com um grande banco. Naquela ocasião, o rapaz mandou tudo às favas, dançando e bebendo como há muito não fazia. Sua intenção, contudo, era chegar em uma garota baixinha de cabelos muito escuros e belos olhos verdes. Ela tinha o sorriso mais bonito que Davi já vira. Trazia na boca um pirulito e, para fazer charme, Davi fez menção de afanar-lhe o doce ao se apresentar. Como ela não reagiu, ele prosseguiu, tirou-lhe o pirulito, pôs na boca e chamou outra menina para dançar, dando início a um flerte envolvendo olhares e sorrisinhos.

Davi e a garota não paravam de se olhar, mas ele não conseguia mais chegar perto dela. Foi tomado por uma estranha timidez, e chegou até a cogitar que estava apaixonado, amor à primeira vista, mas logo deixou de lado aquela ideia boba.

Mais tarde, para sua surpresa, uma mão lhe tocou o ombro. Ao olhar para ver quem era, o coração de Davi disparou ao perceber que era sua baixinha. Ambos de pé, nada disseram um ao outro e beijaram-se demoradamente, o primeiro de uma série de carícias longas e envolventes e uma dança que se estenderia pelo resto da noite.

– Como você se chama? – perguntou ele, colado a ela no ritmo lento da canção.

– Helena, e você? – respondeu ela, tão baixinho que ele quase precisou colar sua orelha aos lábios dela para poder escutar.

– Sou Davi.

* * *

Nos dias seguintes, Davi não viu mais Helena. O máximo que fizeram foi trocar um breve telefonema. No primeiro momento, ele achou que a garota havia perdido o interesse, mas Helena explicou que o problema era seu pai, que não aceitaria que ela "namorasse qualquer um", nas palavras dele.

Aquilo foi como uma facada no coração de Davi. Ele não era um "qualquer um". Ora, era trabalhador, lutara a vida toda para conquistar seu espaço. Não ser de família rica não fazia dele um zé-ninguém. Revoltado, combinou com os primos de voltar a Jucurutu. Queria encontrar-se com Helena pessoalmente mais uma vez.

Davi contou o ocorrido ao tio Raimundo, que era amigo do Francis, pai de Helena. Sensibilizado pela história do rapaz, Raimundo se ofereceu para intervir. Conversaria com ele na festa que aconteceria na noite daquele sábado.

Francis era um senhor gordo, alto e forte. Tinha um jeitão bruto de ser, enfatizado pelo andar firme, que mais parecia uma marcha, e pela voz grave e seca. Tio Raimundo aproximou-se dele durante a festa, e ficaram a sós conversando à mesa por um tempo. Poucas vezes na vida Davi sentiu-se tão intimidado pela presença de uma pessoa.

Terminada a conversa, tio Raimundo levantou-se e caminhou na direção de Davi. O pai de Helena permaneceu sentado.

– Levantei a sua bola do melhor jeito que pude. Acho que domei a fera – disse ele.

– Sério? – perguntou Davi, o coração saindo pela boca.

– Sim. Quer dizer, não... bem, mais ou menos. Ele quer falar contigo, tá bem ressabiado. A menina é a princesinha dele. Mas vai lá, usa seu charme.

Davi aproximou-se e pediu para se sentar. Francis limitou-se a assentir com a cabeça, o farto bigode passeando pelo rosto robusto, camuflando o bico de desconfiança. Olhando firme nos olhos de Davi, ele começou seu discurso:

– A filha é *minha*. Quem manda sou *eu*. Por isso, sou eu que decido se ela namora ou não alguém. Mas Raimundo fez uma boa propaganda a seu respeito. Bom sujeito, o Raimundo.

A fera deu um leve sorriso de canto. Depois encheu dois copos de cerveja, um para si e um para Davi, e deu sequência a seu monólogo:

– Como você é da família do Raimundo, a quem tenho apreço, conheço há muitos anos, vou deixar você namorar com a Helena. Ela já está perto de completar dezoito anos e é uma boa menina, mas se você fizer mal a ela vai se ver comigo.

Davi assentiu, e ambos selaram seu acordo com um forte aperto de mão.

Por meses, a relação de Davi e Helena evoluiu para um grande amor. Sempre viajavam com a família dela, fosse para a casa de praia ou para a fazenda. Aos poucos Davi foi conquistando toda a família de sua amada.

Quando não estavam juntos, cansavam de falar por telefone; era um relacionamento intenso demais para o pouco tempo que tinham.

Chegou a festa de formatura do ensino médio de Helena, que aconteceria no clube da cidade com toda a pompa e circunstância. Aos olhos das pessoas das grandes metrópoles, esse tipo de evento hoje poderia até soar cafona, mas em Jucurutu era um dos grandes acontecimentos da cidade. Cada mesa continha um pôster do seu respectivo formando para que os convidados assinassem sua presença.

A valsa começou logo depois das apresentações e dos desfiles. Cada formando dançava a valsa primeiramente com seu pai ou mãe, depois avós, tios, irmãos e assim por diante. Helena estava lindíssima, Davi não conseguia se conter de orgulho.

Ao terminar o primeiro ato da valsa, Davi prendeu a respiração quando o pai de Helena a conduziu em direção à mesa onde estava. Foi como se todos os presentes parassem para observar o que aconteceria em seguida.

– Você provou que realmente gosta da Helena. Eu não ia com sua cara no começo, mas hoje fico feliz em ver vocês juntos, vá dançar com ela.

Feliz, Davi tomou-a pela mão, e juntos dançaram a valsa. Seu coração transbordava de felicidade. Olhou para sua baixinha e perguntou:

– E aí, posso te beijar?

– Não precisa pedir. Pode roubar, assim como fez com o pirulito – respondeu Helena, brincando com ele.

E aquela noite foi maravilhosa. No final Davi roubou Helena só para ele, pelo menos por algumas horas. Aquela noite ficaria eternamente gravada na memória deles.

**Insistindo no erro**

Davi cada vez mais se aproximava da família de Helena. Sua mãe, dona Katia, era uma bela mulher de meia-idade. Assim como dona Marta, ela trabalhava do nascer ao pôr do sol. Andava sempre muito bem-cuidada e elegante, tentando esconder sua real condição emocional e as situações de violência pelas quais passava.

Meses convivendo nos bastidores daquela família foram suficientes para que Davi entendesse que pouco se diferenciava da sua. Não havia gritarias todos os dias, as brigas e os escândalos eram mais reservados e pontuais, mas eram tão intensos como na sua casa.

Davi se incomodava muito com aquilo; há tempos tinha trauma de toda aquela situação. Na casa de praia do irmão do seu sogro, presenciou-o algumas vezes agredindo a esposa verbalmente e até fisicamente após um dia de bebedeiras.

Davi sentia um medo genuíno de acabar se metendo em uma daquelas confusões e acabar prejudicando seu próprio namoro; em contrapartida, odiava ver a sua baixinha sofrer. Quanto mais próximo de dona Katia, mais lhe custava só observar de longe sem intervir naquela situação.

Certo dia, em uma festa de rua, Davi marcou de se encontrar com Helena e seus familiares. Há tempos esperavam por uma festa animada pela banda Brasas do Forró, uma febre na época; por onde passavam, era sinal de que a festa seria boa.

Como sempre, Davi e Helena ficaram um longo tempo dançando, como se o resto do mundo não existisse para eles. Após quase uma hora bailando ao ritmo do espetacular acordeom do Didi, resolveram voltar à mesa e molhar um pouco a garganta.

De longe, perceberam que algo estava errado, e, ao se aproximarem, perceberam Francis alterado, ameaçando alguém com uma cadeira e gritando descontroladamente, mal parando em pé de tão bêbado.

Davi, que já acendera o alerta, acelerou o passo. Helena tentou contê-lo, mas não conseguiu segurá-lo. Ela ficou assustada, pois nunca tinha presenciado seu namorado em um desses momentos de fúria.

A princípio, Davi queria defender seu sogro, mas, ao chegar ao local, deparou com dona Katia sendo socorrida por alguns familiares. Olhou para o sogro e viu que ele tentava agredir o irmão. Só então entendeu tudo: Francis agredira a esposa, provavelmente por ciúmes, e agora ameaçava o irmão que tentava contê-lo.

A primeira reação de Davi foi congelar. Hesitou sobre o que fazer, apesar de estar bem propenso a acertar as contas com aquele desgraçado metido a macho. Onde já se viu, bater em mulher? Helena, ao ver a mãe naquela situação, gritou com o pai, que impetuosamente respondeu com grosseria, ameaçando-a caso não se colocasse no seu lugar.

O que se seguiu foi mais um show de horrores. Davi se superou em violência e não poupou Francis nem quem tentou contê-lo, incluindo a sua amada Helena, que levou uma cotovelada ao tentar segurar o monstro.

De certo modo, essa foi a salvação de Francis. Davi, ao ver Helena sangrando com o nariz quebrado, tentou lhe ajudar, mas foi rejeitado por ela e pelos familiares que também foram agredidos por ele. A segurança chegou ao local e convidou Davi a se retirar, de modo pouco cordial, mas ele, a essa altura, nem reagiu, só tentou entender como ele passou tão rápido de defensor a vilão.

Como uma ostra, Helena se fechou para ele. Não houve conversa, não conseguiu ficar com ela a sós. Apesar do apoio velado de dona Katia, a moça se esquivava de qualquer tentativa de Davi, que ainda tinha que enfrentar a relação completamente estremecida com Francis. Dias se transformaram em semanas, meses, anos; em vários momentos se via rezando pedindo a Deus por mais uma chance, mas a vida nem sempre oferece segundas chances.

Davi nunca mais se esqueceu dela, e a tristeza que o acometeu quase o fez cair em depressão. Helena fora o maior fracasso de sua vida, e jamais conseguiu de fato superar essa perda. Davi seria para sempre assombrado pela fantasia de como teria sido se tivesse ficado com sua baixinha. Aquele "e se" que assombra todos nós.

Davi nunca mais se esqueceu dela, e a tristeza que o acometeu quase o [illegible] depressão. Helena fora o amor [illegible] vida, e [illegible] de [illegible] Davi seria para sempre assombrado pela fantasia de [illegible] do com sua [illegible] "aquele" [illegible] quase sombrio [illegible]

(PARTE VI)

# ENFRENTANDO OS PROCESSOS

( 11 )

# PASSANDO DE FASE

"Sempre que passamos de fase fica tudo mais difícil durante um certo período, e essa dificuldade, quando mal interpretada, nos leva ao fracasso!"

**Um novo começo**

Passados alguns meses...

Davi, Nael e Simei estavam na calçada de casa conversando e bebendo, como sempre faziam. De repente, tal qual um furacão, a filha de dona Nara e Enéas chegou correndo e entrou na casa deles. Os três se entreolharam, tentando entender o que teria sido aquilo. Logo em seguida, surgiu a própria dona Nara, aos prantos, e também entrou na residência atrás da filha.

– Vocês também viram duas pessoas entrando na nossa casa ou será que eu bebi demais? – perguntou Nael, incrédulo com aquela cena insólita. Ele se levantou e entrou para ver o que estava acontecendo.

Segundos depois, chegou o sr. Enéas, o Robocop, perguntando pela esposa e pela filha, e entrou na casa dos rapazes sem nem pedir licença. Davi, que tinha aguçado faro para treta, ficou em estado de alerta, e logo em seguida começou uma gritaria vinda de seu quarto. Ele saiu correndo para ver o que estava acontecendo e deu de cara com o homem agredindo a esposa com chutes nas costas. Do outro lado do quarto, Nael segurava a menina, a fim de protegê-la.

Ao ver aquilo, Davi transformou-se imediatamente, e aplicou no agressor um murro de Trivela, acertando-o em cheio no queixo. O sr. Robocop desabou no chão, desacordado, e Davi começou a esmurrá-lo e a arrastá-lo para fora de casa pelos pés. Ao acordar, o homem passou a se debater, na tentativa de se desvencilhar de Davi e retornar ao quarto. Sem paciência, Davi então lhe aplicou um cataguruma,* atirando-o em cima de um vaso de plantas feito de cimento e ferragem.

O sr. Robocop ficou ali estatelado, aos gritos. Clamava por socorro, pois não conseguia se levantar. A alcunha de Robocop se dava justamente pelas várias hérnias de disco que ele tinha na coluna. A essa altura, Munn-rá e tio Beto assistiam à cena, e pediram a Davi que não tocasse mais no homem machucado, chamando a ambulância em seguida.

O motivo de toda aquela confusão teria sido uma briga doméstica motivada por ciúme. Descontrolado e com a cabeça cheia de cachaça, Robocop partiu para cima de dona Nara. Contudo, não foi isso o relatado no hospital, e os médicos tiveram que se contentar com a velha história do bêbado que escorregou e caiu.

Aventava-se na vizinhança que o homem poderia não mais andar depois da surra que levara, e uma parte da rua se voltou contra Davi. Enéas era muito querido por todos, e muitos possivelmente nem imaginavam como ele se comportava dentro de casa. Houve inclusive quem lhe desse razão, acreditando num boato infundado de que Davi tivesse um caso com dona Nara.

Por fim, o sr. Robocop precisou de uma cadeira de rodas por algum tempo, mas não teve maiores sequelas. Mesmo assim, Davi ficou transtornado. Fazia muito tempo que ele não batia em ninguém, e perdera o controle daquele jeito num estalar de dedos. Esse fato, somado aos seus compromissos na igreja e a sua vida amorosa, fez com que Davi concretizasse antigos planos de ir morar sozinho, pois já não estava tão à vontade em ficar ali.

Encontrou uma casa para alugar na esquina da rua da igreja, e pensou que melhor lugar não haveria. Depois de alguns dias mudou-se para lá, e logo seu novo lar virou o ponto de encontro dos jovens da igreja, local de ensaio e de reuniões do ministério de canto,

* Golpe de judô que consiste em levantar o oponente com as duas mãos acima da cabeça e atirá-lo ao chão em seguida.

do qual Davi fazia parte. O pessoal se reunia por lá mesmo quando Davi não estava em casa.

Do outro lado da rua havia um boteco cuja proprietária, a dona Penha, era uma senhora muito simpática. Davi sempre parava por lá para comprar uma Coca-Cola gelada. Dona Penha frequentemente recebia ajuda de um senhor de aparência descuidada, barba malfeita, baixinho e magrelo. Seu nome era Pedro, mas o pessoal o chamava de Carniça. Ele trabalhava nas redondezas coletando entulho e cortando grama. À noite, dormia ao relento ou em seu carrinho de mão, provavelmente seu único pertence.

Certo dia, Davi convidou Carniça para remover o mato ao redor de sua casa nova. Desde então, ficou amigo dele, e não demorou para que o convidasse para pernoitar no quartinho de despejo que ficava no quintal. Em poucos meses, ali virou a moradia do Carniça. Policial militar afastado por conta do alcoolismo, o coitado havia sido posto para fora de casa pela família, que se apropriou de sua aposentadoria. Desde então passava os dias vagando a esmo, sobrevivendo de pequenos bicos.

Não foi preciso muito tempo para que Davi se adaptasse à sua nova realidade. Sempre tinha alguém em sua casa, especialmente o pessoal da igreja, que marcava reuniões ali por conta da comodidade – o imóvel era muito perto. Ele gostava daquela movimentação toda, e até tinha esperança de que Carniça talvez se convertesse de tanto ouvir a Palavra, direta ou indiretamente.

Aquela nova rotina fazia muito bem ao rapaz, que conseguia manter sua mente em paz. Nada lhe faltava, e a galera até brincava com isso, dizendo que Davi juntava tanta gente lá que Deus multiplicava o pão. Nos fins de semana, quando o pessoal não tinha um pagode ou evento para ir, a festa acontecia ali mesmo, muitas vezes começando no sábado e se estendendo até o domingo. Teve vezes em que Davi saía da farra, tocava com seu ministério no domingo e depois retornava, o que era um pouco estranho. Não era raro que as pessoas até levassem uma troca de roupa: quando a reza terminava, logo começava a gandaia.

Certa vez, após uma noite de bebedeira que se estendeu madrugada adentro, Davi foi deixar um pessoal em casa no Bolinha de Borracha. Chovia de leve, mas, como o assoalho do carro era todo enferrujado, molhava muito quando passava nas poças d'água. Ao retornar para casa, Davi deu de cara com uma blitz no prolongamento da Prudente de Morais. Instado pelo policial a apresentar seus documentos e a carteira, Davi entregou as chaves. Quando o agente público perguntou o porquê daquilo, ele respondeu que o que devia ao Detran era muito mais do que o valor do carro, então seria melhor que simplesmente levassem o veículo!

* * *

Aos poucos, os exageros cometidos nas reuniões foram ficando cada vez mais evidentes. Na verdade, tudo o que acontecia "no mundo" também acontecia ali: traições, mentiras, fofocas, perseguições. Nos encontros, eram cada vez mais raros os casos de verdadeira conversão. Ficar em cima do muro, como Davi sabia bem, era bem mais confortável, e ele até tentou se levantar contra isso, mas quase não recebeu apoio. Do contrário, começou a ser vítima de toda sorte de falácias e maldizeres.

Davi decidiu então se afastar dos encontros, permanecendo somente na única atividade que lhe fazia bem, o amado ministério de música. Cortou relações íntimas com todos os demais, criando uma "casca" ao redor de si. Fazia questão apenas de estar com os eternos padrinhos Alberto e Ana Carla, cujo amor lhe era inestimável.

Foi uma época de grande escassez financeira, pois Davi não conseguia emprego, e seu orgulho o impedia de pedir ajuda à família ou a quem quer que fosse. Seguiu com alguns bicos e foi dando seus pulos, sobrevivendo da maneira que dava.

## Uma vida nova

Naquela tarde, como fazia corriqueiramente, Davi parou no boteco da dona Penha para comprar sua Coca-Cola gelada. Quando chegou, deu de cara com uma moça cujos traços logo reconheceu. A morena trazia um bebê nos braços, e dona Penha, nada discreta, disse algo que fez as pernas dele bambearem imediatamente:

– Chegue aqui para conhecer sua filha!

* * *

Davi costumava brincar o carnaval em Santana, sempre no mesmo bloco. Daquela vez, contudo, resolveu aceitar o convite de uns amigos da igreja e passar alguns dias em Macau. Seria uma experiência diferente. Ficaram hospedados na casa de João Grandão, sujeito que devia ter mais de dois metros de altura e pesar uns cento e vinte quilos, camarada do grupo de encontro. A família de João era metida com a política de Macau, e seu irmão mais velho era diretor do hospital local.

Desde o momento em que chegaram, passaram o dia bebendo na calçada em frente à casa do Grandão, preparando-se para irem à farra ao cair da noite. Nem bem se juntaram aos blocos e logo começaram os amassos, como é típico das festas de carnaval. Davi era mais contido entre os amigos, e havia passado um bom tempo sem álcool em decorrência do Advento, mas estava pronto para quebrar seu jejum – o qual seria retomado após a Quarta-feira de Cinzas.

E seguiram noite adentro curtindo a folia carnavalesca, entre latas de cerveja quente e alguns beijos sem muito critério. Na madrugada, os rapazes fizeram amizade com umas meninas, e Davi se encantou particularmente por uma morena de lindo sorriso e corpo esbelto, porém voluptuoso. Seu nome era Vilma. Por fim, tomados de desejo após provocarem-se mutuamente, renderam-se ao calor do momento e acabaram passando a noite juntos.

Davi e Vilma conversaram muito, antes e depois de se entregarem um ao outro. Por mais que a atração de ambos possivelmente não passasse de uma paixonite de carnaval, gostaram muito de viver aquele momento juntos. Despediram-se pouco depois de o sol nascer e combinaram de repetir a dose à noite – e manhãs, e tardes, e em qualquer brecha possível... e não se viram mais. Assim como todo carnaval tem seu fim, amores de carnaval também tendem a ter.

* * *

Retomando seus pensamentos, Davi tirou os óculos escuros e, olhando com mais atenção, logo se lembrou daquela morena, a quem não via e com quem não falava fazia muito tempo. E agora ela estava ali, com uma criança no colo.

– É a sua cara, Davi. Nem adianta ir no *Ratinho*! – intrometeu-se dona Penha, fazendo-o corar.

Davi aproximou-se, meio desajeitado, e observou com mais atenção aquela bolinha cor-de-rosa que dormia tranquilamente. Era uma bebê gordinha, com os braços cheios de dobrinhas.

– É isso mesmo o que estou pensando? Ela é mesmo *minha*? – perguntou Davi.

Vilma sorriu, afastando os paninhos do rosto da filha.

– Tem alguma dúvida? – perguntou ela sorridente.

– Como é o nome dela?

– É Maria.

Davi as abrigou em sua casa, e ele e Vilma conversaram ao longo de toda aquela noite. O rapaz ainda estava em choque, e não sabia o que pensar sobre o turbilhão que o pegara tão desprevenido. Deixou mãe e filha dormindo em seu quarto e deitou-se em uma rede no dormitório comunitário, pensando nas mudanças que teria de empreender em sua vida dali para frente. Não tinha emprego, e só comia graças ao dinheiro do seguro e de pequenos bicos. Precisaria consertar sua vida, e tinha que ser "para ontem".

Naquela mesma semana, Davi tratou de registrar a pequena Maria. Arrumou um berço e pediu à Vilma que sempre a levasse para ficar com ele. Apesar de nunca mais terem tido qualquer contato físico, ela era a mãe de sua filha, com quem tinha todo o interesse de manter uma boa amizade.

Não demorou para que Maria se tornasse a mascote do ministério de canto da igreja. Quando ela estava em casa, Davi recebia muitas visitas, e mal precisava se preocupar em cuidar dela, pois as pessoas praticamente disputavam para cobri-la de mimos e paparicos.

Maria ficava alguns meses com a mãe, e sempre vinha para Natal ficar alguns dias com Davi. A essa altura, ele resolveu apresentar a menina a sua família, que a princípio não reagiu muito bem. Dona Marta ficara estarrecida, e "louco irresponsável" era o adjetivo mais suave que podia atribuir ao filho. "Espero que ele ao menos seja inteligente de pedir um DNA", falavam alguns familiares seus, obviamente nunca na frente de Davi, que não se incomodava com o que achavam ou deixavam de achar. Seguiu se encontrando com sua Maria de tempos em tempos.

## Fim da linha

Era ano de Copa do Mundo, e o Brasil inteiro se encontrava no corre para acompanhar os jogos da Seleção Canarinho, que disputava o mundial no Japão e na Coreia do Sul. Por causa do fuso horário, o torneio acontecia de madrugada, o que levou todo o país a alterar sua rotina.

Davi sonhava com dias melhores, mas sua vida estava ficando cada vez mais vazia. Desempregado, pai, solteiro e solitário. No entanto, de certo modo, aquele mês de Copa serviu para que ele deixasse os problemas um pouco de lado.

Nesse período, Davi começou a namorar Joyce, uma amiga que conhecera tempos antes nos encontros da igreja. Era uma moça bonita e simpática, sempre agradável com todos. Aquele relacionamento, contudo, não poderia ter acontecido em momento pior. Davi até gostava dela, mas o que queria mesmo era uma pessoa que o ajudasse a carregar seus fardos, e isso também valia para ela.

Naquele 2002, o Brasil venceu a Copa e foi pentacampeão mundial. A alegria invadia as ruas do país, mas, passadas as festividades da comemoração, a vida real bateu à porta. Davi começou a se desesperar, pois os bicos que fazia já não rendiam o suficiente para que ele se alimentasse. Muitas vezes Joyce o convidava para um café da tarde, e ele aproveitava e ficava até o jantar, e aquelas eram as duas únicas refeições que tinha no dia.

A situação se arrastou por meses a fio, e mesmo assim Davi não era capaz de quebrar seu orgulho e pedir a ajuda da família, fechado como uma ostra. Um dia, estava na casa da namorada, e a sogra acabou o chamando para uma conversa nada agradável. Segundo ela, o filho, irmão de Joyce, não estava nada satisfeito com ele indo comer todos os dias ali, onerando a feira que ele fazia. Davi sentiu-se como um cão sarnento.

Como havia chegado àquele ponto? Há pouco tempo tivera tudo nas mãos, e agora se encontrava sem condições de ter nem mesmo o que comer! Foi para casa chorando, e começou a brigar com Deus, falando em voz alta, como se estivesse alienado da realidade.

– Pai, pode mandar o que for, qualquer coisa, que eu aguento. O Senhor pode me testar, pode me castigar... Só não me deixa passar fome, senão vou ter que roubar. Me livra disso! O Senhor sempre disse que estaria perto de mim... Cadê? O que é que eu faço?

Depois de dois dias sem comer, Davi foi ao mercado sabe Deus pra quê. Algo o movia, talvez fosse a fome. Pegou um pacote de pão, algumas salsichas e um pote de margarina e se dirigiu ao caixa. Abriu a carteira vazia e tentou passar a compra no cartão de crédito, como se um milagre fosse acontecer.

– Deu "Não autorizado" – disse a moça do caixa. – Quer tentar de novo?

Davi negou com a cabeça.

– Eu... acho que esqueci a senha – disse ele constrangido, voltando-se para devolver as mercadorias.

Chegou a cogitar sair correndo com os produtos, mas sabia que acabaria preso se assim fizesse. Ao notar sua desolação, um funcionário bem-vestido, um senhor que Davi conhecia da igreja, aproximou-se dele e pediu que voltasse ao caixa, dizendo à atendente em seguida:

– Pode anotar essa compra na caderneta. Sempre que esse moço "esquecer a senha", pode marcar pra ele, vou deixar autorizado.

Davi olhou para aquele senhor sem saber como agradecer, mas, antes que pudesse dizer qualquer coisa, seu benfeitor apenas sorriu e saiu, voltando ao seu lugar. Ele foi para casa o mais rápido que pôde, a fim de aliviar o estômago que havia muito protestava de fome.

E assim seguiu sua rotina durante semanas. Toda tarde passava no mercado e pedia para anotar na caderneta alguns pães e um pouco de mortadela. Já não tinha gás em casa, e quando precisava cozinhar alguma coisa que ganhava, improvisava um fogareiro com uma lata de leite em pó, papel higiênico e um pouco de óleo. Passado algum tempo, cortaram a água, depois a energia elétrica. Quando alguém lhe oferecia ajuda, costumava dizer que estava para receber bastante dinheiro, e tudo então se ajeitaria. Mas isso era mentira.

Semanalmente, checava sua caixa de e-mail na casa de algum amigo, para ver se havia alguma resposta quanto aos processos seletivos dos quais participava. Em uma tarde, voltando de um bico de assistência técnica, deu com Carniça tentando violar um cadeado em seu portão.

– Que diabos é isso? – perguntou Davi.

– Foi o dono da casa, moço! Veio aqui todo brabo falando que num tava recebendo o aluguel, que não ia esperar mais. Daí trancou a casa e falou que ia te despejar, aquele porco! – respondeu Carniça esbaforido lutando contra o cadeado.

Davi ficou muito envergonhado, e pensou até mesmo em desistir da vida. Lembrou-se, contudo, de sua filha, de suas preces a Deus. Apesar de tudo, fome ele não tinha. Em algum momento aquela tempestade tinha que passar. Lembrou-se de uma máxima que ouvira em algum lugar: "Não há mal que dure para sempre nem bem que nunca acabe". Por fim, o velho conseguiu quebrar o cadeado, e foi para seu canto balbuciando xingamentos. Davi entrou, sentou-se e chorou.

Quase não compareceu ao ensaio de seu ministério de canto, pois seu corpo protestava e sua mente não conseguia manter o foco. Mas assim mesmo foi, movido por algo mais forte. Chegando lá, pediu para verificar seu e-mail, como fazia de praxe. No topo dos e-mails, entre propagandas e notificações, Davi notou uma mensagem não lida, com o assunto em negrito. Era de uma indústria de Recife chamando-o para uma entrevista na quinta-feira próxima.

Não era possível expressar em palavras o que se passou no coração de Davi. Ele nem sequer havia trocado e-mail com aquela empresa! Foi uma felicidade arrebatadora. Tanto que ele nem percebeu de pronto que não tinha dinheiro para ir a Recife. Não tinha escolha a não ser engolir o orgulho e pedir para dona Marta. Era como levar um chute no saco, mas, na falta de uma ideia melhor, resolveu tentar a sorte.

* * *

Davi chegou à casa da mãe exausto, a testa pingando de suor. Havia caminhado por quase duas horas. Economizou nas palavras com dona Marta, falando apenas o necessário. Contou a ela sobre a oportunidade, disse o quanto precisava para ir e voltar e se alimentar. Ela ficou em silêncio, fitando-o com um olhar indiferente.

– Não sou rica, sabe... – começou ela. – Pensava que a essa hora você fosse rico, já que se acha tão inteligente. Só me procura quando precisa de algo. Meu filho, por que você não faz como todo mundo e arranja um emprego em Natal mesmo, que pague um salário-mínimo? Você tem mania de grandeza, só quer um salário maior que o normal, um trabalho diferente... Eu trabalho de noite e de dia pra dar conta dessa casa, ninguém me ajuda em nada.

Como sempre, palavras duras. Mas dona Marta, para além do espírito de barulho e murmuração, era uma mulher muito previsível. Ralhou, xingou, desabafou, mas, por fim, resolveu dar a ele o dinheiro. Nenhum centavo a mais do que ele pediu. Gostava, afinal, da sensação de o filho ingrato dever-lhe agora um grande favor.

– Boa sorte, Davi. É o que posso fazer por você. Cuide-se e, se não for muito incômodo, nos informe de vez em quando que está vivo, se puder. E se não puder... Bom, problema seu. Só não ache que eu vou estar sempre aqui, eu não sou de ferro.

Davi se despediu dela, pegou uma banana na fruteira e enfrentou a longa caminhada de volta para casa. Saiu à noite rumo à rodoviária. Pegaria o ônibus da meia-noite. Desembarcaria no TIP, de onde seguiria para Imbiribeira, local da entrevista. Dava para pegar um trem, descer mais ou menos perto da empresa e terminar o percurso a pé. Todas as suas esperanças residiam naquela entrevista, mas ele lutava para não criar expectativas. Na verdade, começava a já não mais acreditar em si mesmo.

Quando o ônibus deixou a rodoviária, Davi deu uma boa olhada em Natal. Era como se a cidade não mais o quisesse ali. E alguém mais queria? Ao parar em Goianinha, embarcou um rapaz vendendo salgados, e Davi salivou ao olhar para as coxinhas, que exalavam um cheiro delicioso. Seu estômago roncou de fome, e ele contou o dinheiro disponível, guardando-o em seguida. "Dá pra segurar até a volta, daí eu como", pensou ele, fechando os olhos para tentar dormir.

(PARTE VII)

# PERDIDO NO DESERTO

( 12 )

# RECIFE E SEUS ENCANTOS MIL

"O conhecimento nunca é perdido, mesmo que as experiências sejam negativas, não ignore o poder que elas têm de instruir e evitar novos erros."

**Vida fácil?**

Davi acordara animado. Naquele dia, faria um *tour* com o Samir em suas duas casas noturnas. Ele dava manutenção nos computadores, e sempre tinha alguma moça que precisava de ajuda para configurar alguma coisa no celular. Nessas saídas, Davi não ficava com nenhuma delas. Curtia mesmo era observar o movimento, ver a galera cair na farra. Gostava de Samir e admirava o modo respeitoso como ele tratava "suas filhas".

A história de Samir e de seus empreendimentos adultos era interessante. Quando jovem, ele frequentava ambas as casas às sextas-feiras com os amigos para prestigiar os shows noturnos. Anos depois, já estabelecido e dono de um escritório de engenharia bem-sucedido, Samir resolveu ir visitar aquelas casas, em nome dos velhos tempos, e as encontrou em grave estado de abandono, a ponto de encerrarem suas atividades. Viu nisso uma oportunidade de negócios e resolveu comprá-las, reformando-as e reinaugurando-as.

Durante o tempo em que estava com Samir, Davi jamais o vira tocar em qualquer uma das moças, apesar das brincadeiras e noitadas envolvendo altas doses de bebida. Davi sentia compaixão por aquelas mulheres, por tudo a que se submetiam em sua "vida fácil". O preço que pagavam era alto demais, e muitas delas sequer alimentavam qualquer sonho ou a esperança de um dia poder sair daquela situação.

Terminado o *tour* com o amigo, resolveram ir comer algo antes de ir embora. Por fim, Samir deixou Davi no apartamento onde morava, localizado em Boa Viagem. Cansado, ele contemplava as luzes da cidade do alto, pensativo, lembrando do primeiro dia em que chegara a Recife em busca de trabalho, os bolsos vazios e um cheiro apetitoso de coxinha impregnando o ônibus e fazendo seu estômago roncar alto de tanta fome.

* * *

O barulho da freada brusca fez metade do ônibus acordar num pulo. Davi ouviu os gritos do cobrador anunciando que haviam chegado à Estação Macaxeira, e a próxima parada seria o TIP. "Graças a Deus", pensou ele. O relógio marcava três e meia da madrugada. Sua entrevista de emprego seria às nove, na rua Mascarenhas de Moraes, em Imbiribeira.

Era pouco mais de quatro horas da manhã quando Davi desembarcou pela primeira vez no TIP. Meio perdido, tomou um café no primeiro local que encontrou e seguiu até a estação de metrô. Levava consigo apenas uma mochila de costas e uma troca de roupa para a volta. Estava um pouco ressabiado com aquele lugar, pois não faltou gente para alertá-lo de que Recife era perigoso.

O metrô saiu pontualmente, e Davi ficou muito impressionado com aquele transporte. Pena que não tinha nada parecido em Natal... Era muito prático, nem precisaria de carro. Atentou-se ao nome de cada estação, vendo-as se aproximar e se afastar pela janela: Curado, Alto do Céu, Barro, Mangueira, Afogados.

Quando chegou à estação Recife, pediu informação e se tocou de que teria de caminhar mais de cinco quilômetros. Não reclamou, contudo. Estava muito adiantado, precisava fazer algo para matar o tempo. Passou por um vendedor de caldo de cana e mandou para dentro um copão, acompanhado de um pedaço de bolo de rolo, iguaria local que Davi nunca tinha experimentado e da qual não gostou muito.

Chegando finalmente à TechComp, Davi estava um pouco suado. Apresentou-se na recepção e disse que tinha hora marcada com o sr. Gurgel. Uma vez liberada sua entrada, ele foi ao banheiro para tentar dar um tapa na aparência. Não adiantou muito, mas ele não se importou. Estava pronto!

Em poucos minutos já questionavam quando ele poderia iniciar. Davi não conseguia mensurar o real valor do que tinha em mãos; o que ele fazia era uma exigência editalícia. Nenhum órgão fecharia contrato se a indústria não tivesse aquela certificação que Davi produzia, e ele era um dos poucos no Brasil com aquela habilitação. Logo, para vender para o governo, qualquer indústria de tecnologia nacional necessitava de alguém com a certificação de Davi.

Davi nem pestanejou, e afirmou que poderia começar imediatamente, se assim quisessem. Para sua alegria, o sr. Gurgel fez uma proposta, e Davi topou trabalhar pelos novecentos reais oferecidos; nenhuma fortuna, mas ainda assim eram mais de três salários-mínimos.

Davi explicou sua situação deplorável ao recrutador, e este concordou em adiantar um salário, descontando o valor ao longo dos dois meses seguintes. Davi topou, não teria escolha mesmo. Iniciaria o novo trabalho no dia seguinte, uma quarta-feira. Saiu da empresa com a missão de arrumar um canto para si em Recife. Naquele mesmo fim de semana, teria de voltar a Natal para pegar suas roupas.

Por indicação de um colega que acabara de conhecer, Davi correu para procurar um quarto como mensalista em uma pousada nas proximidades da Conselheiro Aguiar, onde poderia ficar provisoriamente. Antes disso, no entanto, assim que saiu da empresa, Davi foi para um restaurante e comeu com gosto tudo o que teve vontade, como há muito tempo não fazia. "Tudo fica melhor quando a gente tá de barriga cheia", pensava.

Não muito tempo depois, encontrou uma pousada razoável. Fechou um pacote mensal que não incluía café da manhã, e mesmo assim foi uma pequena fortuna que abocanharia quase metade de seu salário, o que deixava bem pouco para o resto.

Decidiu ainda manter sua casa em Natal, pois estava determinado a ir para lá a cada duas semanas. Não queria dividir moradia com mais ninguém, e lá tinha o ministério de música e também sua namorada, bem como o Carniça, que habitava no quintal.

Após alguns dias na pousada, Davi percebeu que estava morando no olho do furacão da zona de prostituição e de bares do Recife, e aquela pousada era utilizada como uma espécie de motel. Além de a grana ser bem apertada, aquele lugar à noite era pavoroso. Só se sentia realmente em casa quando voltava para Natal. Lá tinha sua rotina, ensaiava, visitava Joyce, brincava com sua filha... Isso sem mencionar as farras, que sugavam o pouco dinheiro que ele tinha, o que o impedia de colocar as contas em dia. Não demorou para a situação começar a apertar novamente.

Passados alguns meses, a empresa de Recife revelou estar passando por sérios problemas financeiros, e precisou reajustar os salários. Davi foi impactado severamente, e com aquela redução já não poderia visitar Natal com tanta regularidade. A grana também não era mais suficiente para três refeições, então Davi resolveu sacrificar o almoço, que era a mais cara delas. Comprava um pacote de bolachas Maria e almoçava isso junto de um gole de café para apaziguar a fome. Agoniado com sua nova situação de penúria, já ensaiava retornar para Natal. Se era para passar aperto, pelo menos que fosse em casa.

Certo dia, Davi atendeu a um senhor esbelto, de cavanhaque todo falho. Simpático, ele se apresentou como Samir, e estava um pouco nervoso porque não conseguia mais acessar o AutoCAD* em seu computador, software essencial para desempenhar seu trabalho. Davi deu entrada na assistência técnica e pediu ao senhor que esperasse, pois resolveria o problema e devolveria o computador ainda naquela tarde.

Samir sorriu um pouco desconfiado, porém contente. E disse a Davi que, se ele cumprisse a promessa, ganharia um jantar em agradecimento. Após uma hora, o problema estava resolvido.

---

* Software utilizado por engenheiros e arquitetos em projetos e plantas arquitetônicas.

– Ah, que maravilha! – disse Samir. – Sem esse programa eu não tenho profissão, meu amigo. Promessa é promessa. Você cumpriu a sua, vou cumprir a minha. Que horas você sai?

Davi respondeu um pouco constrangido:

– Imagine, fica tranquilo. Só fiz o meu trabalho, está tudo bem.

– Não, não! – exclamou o outro. – Eu insisto! Venha jantar comigo, você vai gostar, eu garanto. Minha mulher e filha vão também, e já tem muito tempo que estou em dívida com elas. Meu motorista passa pra te pegar às seis, tá bem?

Sem saber como se esquivar da proposta, Davi assentiu com a cabeça. "Motorista?", pensou ele. "Só acredito vendo." E ele viu. Ao final do expediente, Marcos, o motorista, também conhecido como Marquinhos, estava na recepção à sua espera. Ele tinha baixa estatura, cabelos encaracolados e barba por fazer. Davi simpatizou de cara com ele, não exatamente pela carona até o jantar, mas por livrar-lhe do ônibus lotadíssimo que teria que enfrentar até chegar à Conselheiro!

* * *

Durante o jantar, Davi pôde conhecer um pouco do sr. Samir. Além de humilde e muito gente boa, o empresário do ramo de empreiteiras era, aos olhos do rapaz, genial. Ambos compartilharam brevemente suas histórias, e, ao saber dos perrengues de Davi em Recife, Samir ofereceu a ele que ficasse em um apartamento em Boa Viagem, sede de seu escritório de arquitetura. Se topasse manter funcionando os oito computadores, as impressoras e a rede do estabelecimento, poderia ficar num dos quartos. O outro era ocupado pelo Marquinhos, o motorista faz-tudo da empresa.

Havia, no entanto, uma condição: de segunda a sexta-feira, a partir das seis da manhã, Davi deveria manter o quarto arrumado, já que era um escritório, podendo dele usufruir somente após as dezenove horas. Nesse ínterim, Davi não poderia tomar banho nem trocar de roupa. Eventualmente, poderiam precisar do escritório também aos sábados. Fora isso, Davi poderia utilizar a cozinha e o que lá tivesse, bem como acessar a internet e ligar o ar-condicionado.

Apesar de um pouco encucado em ter que dividir um apartamento com um desconhecido, Davi considerou suas opções e acabou topando, abrindo um largo sorriso. Tão logo seu contrato com a pousada venceu, mudou-se para o apartamento-escritório, com a ajuda de Marquinhos, com quem coabitaria naquele espaço.

Sem o peso do custo da moradia, Davi pôde regularizar a questão de sua alimentação, e agora podia almoçar e jantar com dignidade. O pouco que sobrava Davi mandava para Vilma, a fim de auxiliar nas despesas com Maria, com quem ficava durante suas idas cada vez mais frequentes a Natal.

Sempre que viajava, Davi fazia questão de se deliciar com uma daquelas coxinhas do ambulante que vendia salgados no ônibus, mesmo que não estivesse com fome. Para ele, era uma vitória poder se dar aquele singelo luxo. E assim estabeleceu uma rotina que se estendeu por anos, viajando entre Recife e Natal, para onde sonhava voltar algum dia. Era uma rotina pesada, mas não o bastante para que Davi se desse conta de que precisava escolher entre um local e outro.

* * *

Às sextas-feiras, Davi saía um pouco mais cedo e Marquinhos o deixava na rodoviária. Em uma dessas ocasiões, o motorista revelou sua história, e Davi, comparado a ele, chegou à conclusão de que era um cara muito calmo e moderado. Marquinhos fora PM em sua terra, mas acabou expulso da corporação graças ao mau temperamento, indo trabalhar como taxista em Recife. Nos momentos livres, fazia bico como *matador de aluguel*...

Davi quase pulou do banco do carona ao ouvir aquilo, surpreso com a naturalidade com que o sujeito falava uma coisa daquelas. Marquinhos contou ainda que certa vez havia sido sequestrado e torturado e, em um revés da situação, encontrou seus algozes e deu cabo neles – entre eles, uma mulher que acabara de dar à luz. Davi chegou até a esperar que o outro desse risada, revelando que não passava de uma brincadeira, mas o fato era que ele estava falando muito sério.

Marquinhos conhecera Samir quando este morava na França e estava montando o escritório em Boa Viagem. Samir vinha ao Brasil quinzenalmente, e Marquinhos era incumbido de suas idas e vindas ao aeroporto. Ao retornar de vez, convidou-o para ser seu motorista oficial e braço direito, trabalhando diretamente com ele. Tornou-se então seu homem de confiança.

– Segue firme, rapaz, que uma hora o Samir também vai te contratar. Aliás, ele gosta bastante de você. Só não pisa na bola – disse Marquinhos, manobrando para entrar na rua do TIP.

O coração do ser humano é facilmente tomado pela escuridão, e Davi sabia que precisava se policiar o tempo todo, pois não queria acabar como seu amigo. Enquanto narrava suas desventuras, Marquinhos não sorriu uma vez sequer, e era nítido que ainda carregava uma raiva enorme por tudo o que lhe acontecera. Nenhum remorso, entretanto.

Davi despediu-se de Marquinhos e, pensativo, embarcou rumo à sua peregrinação quinzenal. Por todo o caminho, as histórias de Marquinhos martelaram na cabeça de Davi, e um conflito brotou em seu coração. Quem realmente seriam aquelas pessoas? Quais eram as atribuições do motorista faz-tudo enquanto braço direito do Samir? Davi completou aquelas quatro horas e meia de percurso sem pregar os olhos.

## Um retirante em Boa Viagem

O momento mais difícil das viagens a Natal era o retorno. Davi precisava pegar um ônibus que saía às três da manhã – algum bendito havia cancelado o da meia-noite, o que tornou a vida do rapaz ainda mais miserável.

Todo domingo, Davi pegava a linha 31 para a rodoviária, cujo último horário era às nove da noite, e precisava ficar ali até às três da madrugada, isso quando tinha sorte. Às vezes, se houvesse grande escassez de passageiros, o ônibus só saía às cinco e meia. Era uma prova de resistência mental, que ficava cada vez mais difícil. Quando cochilava, Davi precisava abraçar-se à mala para não ser roubado. Naquela época, a rodoviária era suja e escura, tomada de trombadinhas e viciados por todo lado.

Quando via aquelas pessoas, Davi se perguntava como era possível viver daquele jeito. Em que ponto da vida um ser humano "virava a chave" e se desligava do mundo? E até onde seguiria assim, qual era o limite? Que tipo de desespero ou angústia é capaz de fazer com que alguém se metamorfoseie num morto-vivo ambulante? Os transeuntes iam e vinham sem notar essas pessoas aos farrapos. Quando notavam, reagiam com medo ou espanto, afastando-se delas imediatamente. Inclusive Davi, que fora ensinado a ignorar esse tipo de gente. Mas sentia agora compaixão por elas – além de medo. Temia um dia desligar-se da vida e ficar por aí como aqueles homens, mulheres e crianças que vagavam pelos corredores.

A vida por si só já era difícil, e essa epopeia semanal de Davi só piorava tudo. Não obstante, ele não conseguia fazer novos amigos, criar uma rotina ou até mesmo dormir em paz, sempre pensando em como retornar a Natal, o que o deixava cada vez mais calado e solitário. Não se conectava com ninguém, chegava na segunda-feira e sua mente só pensava em como faria para conseguir viajar na sexta.

Começou até a calcular quanto ficaria sua rescisão, bem como a contatar outras empresas, bolando um plano para retornar de vez à sua terra. Passava boa parte do tempo pensando nisso, o que ajudou sua mente a abstrair toda aquela situação em que vivia. Apesar de ser muito grato pela oportunidade, já não aguentava mais. Enquanto tinha gente trabalhando no escritório, ele não podia dormir. Pela manhã, ao chegar um funcionário ou cliente, tinha que se levantar e guardar tudo, e sua roupa vivia constantemente numa mala fechada. Até a simples atividade de lavar a roupa era restritiva, e só podia ser feita aos fins de semana, quando ninguém estivesse trabalhando. Como não tinha onde estender, secava tudo a ferro e guardava na mala, e a essa altura muitas de suas peças de roupa já cheiravam a queimado.

A gota d'água aconteceu numa manhã de segunda-feira. Ao chegar de viagem, Davi deparou com um rosto novo no apartamento. Era um rapaz aparentemente mais velho do que ele, cabelo parafinado e um cavanhaque malfeito. Fazia bem o estereótipo de canalha, todo cheio de gírias e metido a esperto. Lembrava o Samir, mas, diferente do amigo, Davi de cara já não gostou dele.

– Quem é o retirante? – perguntou o protótipo de surfista ao Marquinhos. Olhando agora diretamente para Davi, completou: – Deus que me perdoe, *brother*, vai tomar um banho, porque parece que entrou um bode aqui!

Marquinhos pôs a mão sobre o ombro de Davi e cochichou:

– Amigo, nem responde, deixa quieto. Esse é o Sander, irmão do Samir.

Davi esforçou-se para não jogar aquele projeto de marginal pela janela e seguiu para tomar banho. Apesar de tudo, o cretino não estava errado: ele de fato fedia. À noite, enquanto conversavam em frente ao prédio, Marquinhos contou que o "surfista" seria o novo morador do apartamento. Segundo ele, era fera no AutoCAD e também exímio bolador de cigarros de maconha. Samir o resgatara a pedido da mãe e o colocara lá sob os cuidados de seu cão de guarda. Para piorar, o Surfista se apoderou do quarto de Davi e de suas coisas. Tomado de raiva, Davi decidiu que iria falar com Samir, mas logo se lembrou de que estava ali de favor.

De acordo com Marquinhos, o rapaz tivera uma vida abastada, estudara nas melhores escolas do Recife e era formado em Engenharia Civil. Entretanto, as más companhias e os diversos vícios nunca permitiram que ele se desenvolvesse plenamente. Após a graduação, ganhou algum dinheiro e decidiu ir morar na Praia da Pipa com alguns amigos, pegar ondas e viver de bico. Estava sempre drogado, e a dependência o levou a praticar pequenos delitos, até ser pego com a boca na botija, o que lhe rendeu alguns anos de cana. Fora solto naquela semana.

Mesmo contrariado, Samir obedeceu à mãe e acolheu o irmão em seu apartamento, sob a condição de que ele não se envolvesse com drogas, ou seria expulso.

– Hmmm. Então tem uma boa chance do Surfista vazar daqui logo – pensou Davi em voz alta, arrependendo-se do vacilo em seguida.

Para sua surpresa, Marquinhos caiu na risada, o que não era nada habitual. Ele completou quase aos sussurros, para que as paredes não ouvissem:

– Pra piorar, o cara se acha uma estrela de cinema porque já foi preso bêbado. E ainda vai ganhar salário, imagina. Aposto que mais alto do que o dos outros engenheiros. Fala muito esse aí.

E, assim, logo nas primeiras horas, Surfista tornou-se o mais novo inimigo de Davi e, ao que parecia, o sentimento era mútuo, especialmente quando ele percebeu que Samir era mais simpático com o "retirante" do que com ele. Com o passar dos dias, aquela animosidade somente cresceu.

Certo fim de semana, Davi teria de ficar sozinho com Surfista no apartamento. Para evitar maiores dissabores, fez questão de passar o domingo todo no cinema, voltando para casa somente depois das dezenove horas. Chegou cansado e, assim que entrou, deu com Surfista e a vizinha fumando um baseado em pleno sofá, além do chão melecado por causa do rastro de cerveja. O local exalava um odor acre de suor.

Ao entrar, Davi deu um boa-noite seco e foi direto para seu quarto. Mas parou quando a mulher de repente lhe dirigiu a palavra:

– Moço, moço! Meu filho tá aí jogando no computador, viu?

Incrédulo, Davi parou e fuzilou Surfista com os olhos. "E agora essa", pensou. Ao abrir a porta, deparou com um garoto de uns sete anos sentado ao computador.

– Está com fome? – Davi perguntou.

A criança respondeu afirmativamente com um aceno de cabeça, e Davi lhe ofereceu um sanduíche. Ele saiu do quarto em direção ao banheiro para tomar um banho. Antes, dirigiu-se ao Surfista, de um modo seco e direto:

– Arruma um sanduíche e um suco pra esse moleque agora. E apaga essa porra desse cigarro, senão denuncio vocês pra polícia.

Ao retornar do banho, Davi percebeu que a mãe do garoto tentava vestir sua roupa sem muito êxito. Surfista então disse a ele:

– Já pedimos a comida, *papai*, pode desfazer essa carranca. A gente cuida muito bem do garoto, fica tranquilo. Não tem necessidade de chamar ninguém.

Davi o ignorou e foi para o quarto, onde tentou conversar com o menino. Jogou um pouco com ele, conquistando rapidamente sua admiração. Não conseguia parar de pensar em Maria, e em como ficaria se isso acontecesse com ela. Estava com muita raiva daqueles dois, mas buscava manter o controle.

– Desde que horas você está aqui? – perguntou Davi ao menino.

– Num sei, faz muito tempo – ele respondeu. – Minha mãe falou pra eu ficar aqui, e eu nem quis sair. O cheiro tá muito ruim, faz doer a cabeça. Falei pra minha mãe que tava com fome, mas ela não respondeu. Teve uma hora que eu saí, mas minha mãe e aquele cara tavam fazendo umas *coisas*. Ele percebeu que eu tinha visto e ficou com muita raiva. Até correu atrás de mim. Ele tava pelado! – O garoto não conseguiu segurar a risada ao dizer isso, mas logo ficou sério novamente. – Depois me empurrou e bateu em mim com uma sandália. Falou que, se eu aparecesse ali de novo, ia apanhar mais, então não saí.

Davi sentia o sangue fervendo ao ouvir o relato inocente do garotinho e não se conteve. Ligou para a polícia e se trancou no quarto com ele. Não demorou muito e os policiais chegaram. Curiosamente, não agiram com sua rispidez característica. Bateram à porta e se identificaram.

Quando Davi finalmente saiu do quarto, avistou a mulher aos prantos, com um cobertor nos ombros. Surfista tentava justificar que não estava fazendo nada de mais, apenas fumava um baseado. O escritório-apartamento era de seu irmão, ele poderia até ligar para ele para confirmar.

Ao conversar com a polícia, Davi relatou tudo o que ouvira, e a criança confirmou sua versão. Ao ser instado pelos agentes, o menino inclusive mostrou a marca das pancadas que levara. Naquele momento, foi como se uma "chavinha" tivesse sido movida, e os policiais deixaram toda a delicadeza de lado no trato com Surfista. Aparentemente, os policiais não tinham a menor intenção de aliviar para agressores de crianças, e conduziram todos à delegacia.

Horas mais tarde, Samir e seu advogado conseguiram a liberação do Surfista e da moça. No carro, de volta ao apartamento, ele não trocou uma única palavra com Davi, e visivelmente reprovava sua atitude de ter recorrido à polícia antes de tentar contato com ele. Contudo, estava indignado mesmo era com o irmão, a quem disse em uma voz carregada de indiferença:

– Sobe, pega tuas coisas e desce. Vou ficar te esperando aqui embaixo.

Em menos de quinze minutos, Surfista se aprontava para sair. Marquinhos, já ciente do ocorrido, estava à sua espera. O irmão de Samir então olhou para Davi e lhe apontou o dedo próximo ao rosto.

– Você não sabe como são as coisas em Recife, *brother*. Tu ainda vai se foder por aqui, e, quando menos esperar, vou estar por perto pra me vingar do que você aprontou hoje.

Aquele foi um basta para Davi, que em seu coração decidiu que começaria a planejar seu retorno para Natal. Seu namoro com Joyce avançava, e não aguentava mais aquela rotina de viagens, estava muito cansado já daquilo tudo.

Negociou com o sr. Gurgel para receber bem menos do que recebia para certificar seus equipamentos mesmo a distância. Eles enviariam o hardware, Davi faria seu serviço e devolveria o equipamento ao final do processo de homologação. E também acertou que eles dariam as contas a ele, ficando muito bom o acerto para ambas as partes.

Nas semanas que se seguiram, Davi foi colocando seu plano de retornar a Natal em ação. Durante esse período, evitava sair com

Samir; além de não gostar de despedidas, tinha medo de que ele o convencesse a continuar ali, e seu espírito o impelia a ir embora.

## Adeus, Recife

Era 24 de julho. Aquela não era só mais uma viagem, mas a última viagem. Pelo menos, foi isso o que Davi prometeu a si mesmo. Gostava muito do Samir, e seria eternamente grato por todo o bem que ele o fizera. Mas a situação com Surfista se tornara insustentável. Apesar dos pesares, aquele homem nunca havia lhe virado as costas, e, mesmo depois da confusão envolvendo seu irmão, não exigiu que Davi deixasse o apartamento. Também sentiria falta de Marquinhos, apesar do frio na barriga quando aquele bichinho enfezado contava suas histórias macabras. Ele foi sua companhia e sua segurança. Davi jurava ter visto seus olhos marejarem ao deixá-lo no TIP aquela última vez.

Davi se sentia diferente, e apreciou a vista de um modo como nunca fizera. Estava muito animado com o retorno a Natal. O ônibus deixou a rodoviária e contornou o Jardim Botânico, passando pelo Colégio Militar, pela UFPE, pelo Parque de Exposições, Iputinga e Casa Amarela. Quando passou pelo terminal da Macaxeira, um saudosismo invadiu-lhe o coração. Quantas vezes descera ali de madrugada! Conhecia tão bem aquela praça e o ponto dos taxistas.

Relaxou a mente e procurou aproveitar o percurso. No ponto de parada da Viação Progresso subiu o vendedor de salgados, e Davi pediu uma coxinha e uma Coca-Cola. Era realmente uma despedida completa. Ao chegar a Parnamirim, o rapaz sentia-se em casa. Parou ali mesmo na passarela de Neópolis. Como sempre, não havia ninguém para recebê-lo, mas isso não era nenhuma novidade. Tão logo desembarcou, ligou para Joyce, anunciando sua chegada.

Ao deixar aquela fase para trás, Davi queria, naquele momento, focar o futuro.

Adentrou a casa em Natal e ligou a televisão enquanto punha algumas salsichas para ferver. Durante anos, Davi acompanhou *A grande família* todas as quintas-feiras, que o fazia rir às gargalhadas.

No entanto, em vez de risos, pegou-se chorando ao saber da morte de Rogério Cardoso, que interpretava o Seu Flor no seriado. Era seu personagem favorito. Com certeza, Davi jamais se esqueceria daquele 24 de julho, data de chegadas e partidas. Da sala, podia ouvir um sambinha vindo da TV:

*– Essa família é muito unida, e também muito ouriçada... Brigam por qualquer razão...*

( 13 )

# AH, QUE BOM QUE VOCÊ CHEGOU...

"Quando a ignorância não permite que aprendamos com nossos próprios erros, somos conduzidos a uma experiência cíclica de problemas; todos contêm a mesma lição não aprendida."

## Caindo no marketing multinível

Em sua primeira semana em Natal, Davi mudou-se para um quarto e sala um pouco mais distante da igreja. Gostava de morar ali, mas não queria continuar naquela casa, pois lhe trazia péssimas lembranças. Com o dinheiro da rescisão, somado à quantia que o Samir lhe deu, decidiu comprar uma motoca, uma CG 125 ES vermelha, com a qual passou a trabalhar prestando serviços de assistência técnica enquanto não juntava o suficiente para abrir seu próprio empreendimento. De uma coisa estava certo: não iria mais trabalhar para ninguém.

Davi conseguira um acordo com os ex-empregadores de Recife para continuar certificando seus equipamentos a distância. Com isso, tornou-se representante da empresa no estado e, ao mesmo tempo, atendia aos seus próprios clientes entre um trabalho e outro, garantindo assim uma renda extra.

Tudo estava indo bem. Davi sempre havia sonhado em constituir uma família, e pretendia em breve trazer Maria, sua filha, para morar mais perto dele. Nessa época, decidiu noivar com Joyce e conseguiu retomar os ensaios com o ministério de música. No entanto, retomou um gosto antigo por jogos eletrônicos, e não demorou para que aquilo se tornasse um vício. Davi passava dias, noites e madrugadas jogando. A febre da época era o *massive multiplayer online*, que envolvia um grande número de desafiantes simultâneos. Um amigo de banda de Davi montara uma lan house no bairro, e a galera se reunia para jogar entre dez da noite e cinco da manhã.

Com o tempo, o que deveria ser apenas um hobby tornou-se praticamente a razão de viver do rapaz, em detrimento de todas as suas responsabilidades como funcionário, namorado e pai. Davi agora jogava a maior parte do tempo e trabalhava nas horas livres. Enquanto se tornava uma celebridade no mundo on-line, na vida real passou a ser omisso com seus compromissos, perdia prazos, era relapso nos atendimentos, enrolava para entregar as certificações.

Joyce não gostava nem um pouco de ser deixada de lado dessa maneira. Davi, que já havia passado tanto tempo longe dela, ainda que agora estivesse fisicamente perto, tornava-se mais e mais distante. Para contornar a situação, chegou a propor a ela que entrasse na jogatina. Poderiam namorar enquanto faziam isso! Obviamente, a moça achou a ideia ridícula, mas acabou se submetendo, adentrando um universo completamente diferente do seu para agradar o noivo.

Inconsequente, Davi acabou perdendo o carro-chefe de sua renda, a representação da empresa no estado. Sobraram-lhe apenas os bicos e as certificações, mas estas eram esporádicas. Mesmo assim, quanto mais severa ficava sua situação financeira, mais ele se dedicava ao mundo on-line, sua dose diária de fuga.

* * *

Certo dia, um parceiro da lan house convidou Davi para participar de uma reunião. Queria lhe apresentar uma proposta de sociedade. Se desse certo, eles seriam donos do próprio negócio! Davi ficou muito relutante, cético que era quanto a essas oportunidades de ganhar dinheiro fácil, mas acabou aceitando participar. Afinal, não tinha nada a perder.

O negócio se tratava de comprar produtos cosméticos e ganhar dinheiro na revenda, o chamado marketing multinível, novidade na época. Todas as hierarquias, ou níveis, ganhavam em cada venda uma comissão, e assim movimentavam o negócio. “Que legal... Já posso ir embora?”, pensou o rapaz, ouvindo toda aquela ladainha. O colega então o convidou para um evento que aconteceria no próximo fim de semana num hotel bacana à beira-mar. Davi pensou em mil desculpas para não ir. Queria mesmo era curtir o sabadão jogando o dia todo, mas ficou sem jeito de dizer não.

O evento parecia mais uma discoteca meio brega, porém hipnotizante. Tinha muita luz, música alta e gente que falava gritando. Mas os palestrantes eram excelentes – e convincentes. Era difícil não ficar impressionado com aquilo tudo, e Davi começou a se sentir atraído, especialmente quando os participantes mais antigos exibiam orgulhosos seus extratos bancários e seus ganhos, a maioria acima de cinco dígitos, piscando em painéis de neon que pairavam pelos estandes.

Era uma gritaria só. Parecia mais um encontro da Assembleia de Deus num domingo à tarde lá em Santana do Matos. Ao final do primeiro dia, Davi já havia deixado de lado a maioria de suas objeções. Aquilo tudo na verdade era bastante *plausível*. Empolgado, começou a entender um pouco mais sobre os cosméticos e sobre como poderia ganhar *royalties* com suas vendas.

No segundo dia, apresentaram-se ali palestrantes famosos no cenário nacional, todos com seus comprovantes mensais e uma coleção de zeros saltitantes. Davi achava tudo surreal. Aquele povo falando de ganhar dez mil reais como se fosse troco de bala. O plano de negócios era apresentado de maneira incontestável. Não tinha erro, era fazer e ganhar! E aquilo foi penetrando a mente de Davi, que terminou o evento absolutamente convencido de que queria fazer parte do negócio. Era a chance de sua vida.

Como ele já era de um perfil mais elevado – foi isso o que disseram a ele sorridentemente –, Davi já poderia iniciar com ganhos bem acima do padrão de um bom emprego no mercado de trabalho local. Só que, para isso, teria também que desembolsar, ou melhor, *investir*, um valor *um pouquinho maior*. A essa altura, Davi já não se perguntava se iria entrar naquele esquema, mas como faria para já começar no nível de gerência, esse sim adequado ao seu perfil.

A solução bateu à sua porta logo na manhã do dia seguinte. O amigo que lhe falara sobre o evento tinha um primo que representava uma *factoring*, empresa especializada em trocar cheques para outras empresas em troca de uma pequena fatia do valor a título de juros. Se Davi conseguisse dez cheques, o primo conversaria com o pessoal para trocar os cheques dele a uma taxinha de oito por cento ao mês.

"Porra, oito por cento?", pensou Davi, um pouco assustado. Mas logo seu amigo repetiu os jargões e frases feitas que ouviram ao longo de todo o fim de semana, fazendo com que ele novamente embarcasse no navio do entusiasmo daquela oportunidade mágica. Em dois meses (menos, com certeza!), resgatariam todos aqueles cheques.

Davi acabou consentindo, e o amigo solicitou a ele um cheque a mais, a fim de cobrir as despesas de passagens e hospedagem para uma convenção nacional em São Paulo. "O que é um peido pra quem tá todo cagado?", pensou Davi, e foi no embalo. Trocados os cheques, os companheiros depositaram a pequena fortuna resultante na conta da empresa, e logo foram empossados como seus representantes gerenciais, estando aptos a recrutar vendedores para trabalhar para si.

Dois dias após o evento de São Paulo, Davi descobriu que Recife, ali pertinho, sediaria o mesmo evento, e que o amigo sabia disso, e mesmo assim o fez despender um valor alto para bancar sua viagem. "Filho da puta!", ele pensou.

Passados os primeiros meses, entendeu que o "negócio mágico", na prática, não funcionava tão bem quanto aquelas centenas de pessoas garantiram. Era impossível vender os cosméticos na velocidade que a empresa desejava, e Davi enfrentava dificuldades até para receber o pouco que havia negociado. Os cheques então retornaram um a um. Depois do terceiro, Davi começou a receber visitas do representante da *factoring*.

Seis meses depois, Davi estava praticamente morando com sua noiva, e decidiram se casar. O momento não foi dos melhores. Ele descobrira que a *factoring*, na verdade, era fachada para uma atividade de agiotagem, e sua dívida só crescia. Pagara o primeiro cheque, mas cinco estavam atrasados, a juros galopantes. Para piorar, o amigo que lhe apresentou aquela maravilha de negócio – e que lhe devia metade do valor – simplesmente sumiu, mudando de cidade assim que chegou a primeira cobrança. Desde então, Davi nunca mais o viu.

O primeiro bem que Davi perdeu para o agiota foi seu computador. "Da próxima vez, vai ser a moto", dissera-lhe o cobrador, cujos assédios escalavam cada vez mais, importunando sua sogra, cunhado, irmãos e até mesmo sua mãe, fazendo Davi entrar em um estado semidepressivo.

Para completar, Joyce acabou perdendo o emprego, o que afetou ainda mais a péssima saúde financeira do casal. O lado bom é que ela recebeu uma boa quantia graças ao seguro-desemprego e FGTS, então daria para segurar as pontas durante um tempo. Resolveram vender a moto e, com o dinheiro da rescisão de Joyce, compraram um Tempra azul-marinho de um amigo de Davi, que se ofereceu para manter o carro recém-adquirido em seu nome, escapando, assim, das garras do agiota.

Davi imaginava que agora que tinha um carro ficaria mais fácil vender os produtos ou mesmo recrutar novos vendedores. Mas o fato era que, mesmo que conseguisse vender tudo o que tinha, não seria o suficiente para quitar o débito com o agiota, que corria a juros compostos extremamente agressivos. Não obstante, mais da metade de seus clientes reclamava da qualidade dos produtos e acabava não pagando. Como as vendas a prazo eram informais, o prejuízo foi só aumentando.

A pressão era quase diária, e poderia acontecer em qualquer lugar e a qualquer momento. Os mensageiros seguiam Davi, que sempre pagava o que podia, mas a conta só aumentava. Completado um ano, mal tinha quitado três dos dez cheques.

Até que um dia, ao ser abordado com ameaças na saída do consultório de um de seus clientes, Davi não pôde mais se conter e reagiu de maneira agressiva:

– É o seguinte, seu arrombado, eu não tenho mais dinheiro! Se vai me matar, saca logo essa porra dessa arma e me mata! Ou então vaza daqui. Não dá mais, parceiro, não tem como viver assim. Vai, me mata! Depois você que se vire pra pagar a dívida, pra mim tanto faz, vou estar morto mesmo! Agora, se for pra ficar de ameacinha, se prepara, porque, se eu começar, não vou parar até que um de nós esteja no caixão!

Davi gritava como um cão raivoso, e partiu para cima do homem, que mudou de postura após tomar a primeira bordoada no nariz.

– Beleza, beleza, calma aê – disse o capanga. – Fica calmo, rapaz, eu, hein? Sou apenas um cobrador, tô obedecendo ordens. Amigo, se pega emprestado e não paga, o bicho come. Só que é assim, hoje vão pra cima de você; amanhã, escolhem alguém da sua família, teu cachorro, periquito e por aí vai. Mas não vão te deixar em paz enquanto tu não pagar. Sei lá, conversa, faz alguma coisa. Eu tô é picando minha mula.

Recompondo-se, Davi resolveu ir conversar com o dono da *factoring* pessoalmente. Ligou para seu primo Lucas, pedindo que este o acompanhasse, e foi naquele mesmo momento negociar suas dívidas.

* * *

Davi e Lucas chegaram ao local cerca de uma hora depois. A sede da empresa parecia mais um ninho de gângsters. Após se apresentar na recepção, Davi foi instado a esperar para ser atendido.

– Fica quietinho, Lucas, não se envolve, beleza? – disse ele ao primo. – Qualquer coisa, você é o meu advogado. Se te perguntarem alguma coisa, só responde que "sim" ou "não" com a cabeça.

Após um chá de cadeira, foram finalmente chamados à sala do proprietário da financeira de fachada, onde foram revistados. O dono, um senhor quase sem pescoço, logo assumiu a palavra:

– Sabe, filho, é bem difícil administrar um negócio como este, pois a gente sempre tem que lidar com gente desonesta. É por isso que às vezes precisamos ser um pouco mais... *enérgicos*... nas cobranças. Não fosse isso, o povo não pagaria de jeito nenhum. Fiquei sabendo que você ficou um pouco chateado, que agrediu meu funcionário. Mas você me deve, certo? Tem muito cheque seu ainda aqui. Meu negócio é honesto, preciso apenas receber de volta aquilo que invisto.

Davi contou detalhadamente tudo o que havia ocorrido e como aquelas cobranças todas o estavam deixando doente. Por fim, disse ao homem sem pescoço:

– Eu quero pagar, mas não tenho como. O problema são esses juros, eles fazem a dívida ficar infinita...

– Verdade? – perguntou o homem, irônico. – É assim que juros funcionam, rapaz. Você não é criança, não sabia disso antes de assinar um contrato e assumir o que não poderia honrar?

– Eu não vou mais pagar juros! – disse Davi, agoniado. – Tô disposto a pagar o que devo, mas um valor justo, parcelado sem juros, nem um real a mais. E *não posso* arcar com mais do que isso.

E assim Davi colocou sua vida nas mãos do "empresário", mantendo a voz mansa a duras penas. Após fitar-lhe por uns instantes, o agiota deu seu veredito:

– Admito que tem que ter coragem pra chegar aqui e me peitar desse jeito. Você vai sair e esperar na antessala. Vou fazer contas. Aproveita e reza. Talvez seu choramingo dê certo, talvez não, vamos ver.

Após alguns minutos, surgiu uma senhora com algumas páginas na mão contendo a relação de prestações abertas e seu valor fixo. Ao todo, seriam mais três anos pagando, mas pelo menos os juros haviam sido abatidos, e as parcelas tinham um valor que Davi poderia assumir sem maiores problemas.

Após deixar o local, Davi entrou em choque e começou a chorar como criança, sendo amparado pelo primo, de quem se despediu alguns minutos depois, dirigindo sem rumo por aí. Pensou em como poderia estar morto àquela hora. Enquanto vagava, observou uma praça calma, bonita, bem-cuidada. Decidiu ficar ali por um tempo enquanto acalmava o coração.

Pensativo, Davi formulou um plano de contingência. Precisaria sair de Natal novamente, estava perdendo a sanidade ali. Faria contato com algumas empresas que conhecera em Ilhéus, na Bahia, enquanto trabalhava em Recife. Não mais faria parte do barco furado em que se enfiara e não venderia mais nenhum daqueles produtos. Pedia a Deus um direcionamento para sair do caos em que se encontrava.

## Bem-vindo a Salvador

Foram semanas de conversa até que ambas as partes finalmente chegassem a um acordo. Davi mal podia acreditar. Tinha conseguido fechar um salário de três mil e quinhentos reais, mais que o dobro do que ganhava em Recife. Ele se mudaria para Salvador, e seu coração estava em festa. Nova cidade, novas pessoas, novas perspectivas.

Aproximando-se da divisa entre os estados da Bahia e Sergipe, decidiu seguir pela Linha Verde. Era um trecho com pedágios, mas a estrada era melhor, e Davi ainda poderia ver praias maravilhosas. Alugara um apartamento na Pituba, bairro central de Salvador próximo ao seu local de trabalho, em Caminho das Árvores.

Após dirigir direto por mais de dez horas, finalmente chegou ao seu destino. Esperava encontrar um apartamento estilo "estúdio", com quarto e sala conjugados, cozinha americana, todo mobiliado. No entanto, o que encontrou não era nada parecido com as fotos do anúncio. Os móveis pareciam ter mais de vinte anos, especialmente a geladeira velha. Tudo era muito sujo e empoeirado, e Davi teve uma crise alérgica logo na primeira noite. Para piorar, o calor estava insuportável e o ar-condicionado não funcionava.

Ainda que frustrado, Davi apagou, pois estava exausto. Ao acordar, tratou de ligar para o locatário para reclamar, mas este desvencilhou-se de todas as críticas, diminuindo a gravidade da situação. Segundo ele, bastavam lençóis e utensílios novos e uma boa faxina e o apartamento ficaria igualzinho ao da foto. Sem opção, Davi aceitou que não adiantaria ficar discutindo com aquele cara, e o jeito era dar um tapa naquele lugar para que ao menos ficasse mais confortável.

O relógio marcava 7h30 da manhã quando ele desceu em busca de uma padaria para tomar café. Tão logo embarcou no carro, deparou com outro veículo trancando sua garagem, o que o impedia de sair. Avistou um senhor colocando as cadeiras de seu comércio para fora e perguntou se ele sabia de quem era aquele carro.

– Olha, moço – respondeu ele pacientemente –, eu acho que deve ser de algum funcionário do banco. Eles que sempre estacionam ali... Só abrem depois das dez, mas tem gente que chega mais cedo.

Davi anotou a placa do carro e dirigiu-se ao banco, solicitando ajuda ao segurança. Por sorte, ele conhecia a dona do carro, uma mulher que trabalhava no caixa. Davi agradeceu e avisou que estaria à espera dela em frente à garagem.

Vinte minutos se passaram, e nada. Davi retornou ao banco algumas vezes, falando com o segurança e, mais tarde, até com o gerente, e nada de a mulher sair para tirar o carro. Irritado, ele subiu e pegou uma faca de cozinha, descendo em seguida. Agachou-se perto do carro da folgada e rasgou o primeiro pneu, depois o segundo. Quando estava para rasgar o terceiro, a dona do veículo apareceu resmungando. Ao perceber a faca na mão de Davi e ver o que ele havia feito, a mulher, agora chocada, começou a gritar e a chorar. Entrou no carro às pressas e disse, olhando brava e aflita para o rapaz:

– Eu vou chamar a polícia, seu delinquente!

– Isso é para a senhora aprender a não ser folgada! Tenho horário, dona, é meu primeiro dia de trabalho e estou atrasado por culpa sua! – ele se justificou.

– Pois então vai ter que furar o pneu de todos os carros da rua, porque todo mundo aqui faz isso! Ah, pelo amor de Deus! Deve ser um jacu. Você vai pagar por isso, *marginal*. Vou mandar a conta pra você!

Apesar de sentir-se muito bem com o que tinha feito, Davi sabia que teria que pagar, ainda que tivesse sua parcela de razão. Para evitar que aquela idiota tornasse a lhe perturbar a vida, decidiu que a partir da manhã seguinte acordaria bem mais cedo e tiraria o carro antes de ela chegar. Pronto, problema resolvido.

* * *

Pelo fato de ter de madrugar todos os dias, Davi chegava ao trabalho antes das sete. Estacionava o carro sempre no mesmo lugar, do outro lado da rua, em frente a uma mansão de parede de pedra perto da empresa, o que também acabou sendo uma vantagem. Era impossível encontrar um local para estacionar naquela região durante o horário comercial.

O novo local de trabalho era muito bacana, e as pessoas eram, em sua maioria, gente boa. Davi só não foi com a cara do chefe, um tal de Marcus Motta, o Marmota, seu apelido horrível. Apesar de ser um tampinha, olhava para todos de cima a baixo. Disseram que era playboy, mulherengo e metido a surfista. Já o diretor da empresa, o homem que havia contratado Davi, esse sim era um cara legal.

Quando chegava para trabalhar, dona Manu já estava preparando aquele café delicioso que o ajudava a enfrentar o dia. Baiana genuína, tinha um sorriso que chegava cinco segundos antes dela em qualquer lugar.

Junto com Davi trabalhava ainda um cara chamado Luiz, o Gaúcho, que ele supôs que fosse albino de tão branco. Grandalhão, devia ter quase dois metros de altura. Era muito solícito, metido a ativista. Aos poucos foi se afeiçoando a ele e ganhando sua confiança e admiração.

Gaúcho sofria de um problema sério de autoestima. Vinha de dois casamentos fracassados, tendo sido traído nas duas ocasiões. Humilhado, resolveu deixar Porto Alegre e tentar a vida em Salvador, mas, em suas conversas com Davi, revelava grande receio de uma nova traição, agora pela esposa atual, uma linda moça muito dedicada aos estudos, que sonhava em ser militar de carreira e, por isso, evitava filhos.

Davi não curtia muito aquele choramingo depressivo de seu amigo, mas Gaúcho não o deixava em paz um dia sequer. Ele queria ser presente, oferecer a Davi todo o suporte que não tivera ao chegar à cidade, ensinar-lhe tudo, mas aquela atenção toda o sufocava. O rapaz sempre fora um lobo solitário.

Certo dia, quando Davi chegou em casa do trabalho, percebeu algo estranho em seu apartamento. Alguém havia estado ali. Detalhista que era, logo percebeu que o lençol da cama não estava do jeito certo, e isso o deixou encafifado. Decidiu investigar, buscando mais evidências, e quanto mais procurava, mais óbvio ficava que alguém estivera ali.

Não dormiu direito à noite, receoso de que fosse algo relacionado à mulher do banco. Achou por bem quebrar um copo de vidro e espalhar os cacos perto da porta, no corredor, assim como faziam nos filmes. Se alguém tentasse entrar ali, ele escutaria o barulho dos cacos ao serem pisados.

No andar de cima, morava um casal um pouco estranho. A mulher sempre perambulava pelo prédio à noite de pijama, e costumava discutir com o marido. Estavam sempre a beber, e não raramente recebiam visitas na madrugada.

Ainda que apavorado, Davi acabou pegando no sono.

* * *

– Mas que porra, quem espalhou essa porra toda aqui? – gritou uma voz urrando de dor.

Davi acordou de um pulo. Ainda que estivesse morrendo de medo, caíra no sono durante a noite, despertando ao ouvir o palavrão proferido em plenos pulmões pela vizinha.

Espiando pelo olho mágico da porta, percebeu que ela e mais alguém haviam pisado em sua armadilha, tropeçando no vidro na escuridão. Não entendeu por que aquelas pessoas estavam descalças de madrugada na escadaria do prédio, mas limitou-se a ficar imóvel. Nem respirava direito a fim de não ser notado. Em pouco tempo, outras pessoas que também haviam se assustado com o barulho se avolumaram para acudir a mulher.

Como tinha gente acordada pastorando a entrada da sua moradia, Davi se deu por satisfeito e foi dormir, desta vez despertando somente pela manhã, quando agiu como se nada tivesse acontecido.

Ao entrar no carro para ir ao trabalho, percebeu, contudo, que alguém havia estado ali durante a noite. O freio de mão não estava do mesmo jeito e o retrovisor havia sido cuidadosamente alterado. Davi tinha agora certeza de que alguém estava fazendo algo contra ele.

Ao chegar ao trabalho, ficou ainda alguns minutos dentro do veículo para se certificar de que ninguém o seguira. Durante todo aquele dia não conseguiu trabalhar direito. Estava desconfiado, sobretudo do Marmota. Será que ele queria achar algum material referente às suas certificações, sabotá-lo de alguma maneira? E se tivesse sido o Gaúcho? Talvez ele estivesse desconfiado de um caso entre Davi e sua esposa...

Assim transcorreram os dias seguintes. Davi agora andava sempre desconfiado de alguém, e parava no trânsito, pegava rotas alternativas, entrava no shopping para sair nos outros estacionamentos, despistava os colegas de trabalho quanto aos locais que frequentava... e aquilo foi virando uma obsessão.

Até o dia em que fizeram de novo. Entraram outra vez em seu apartamento, Davi tinha certeza. Dessa vez, mexeram em seu computador. Ele passou horas analisando logs do Windows, e descobriu um programa espião. Pensou em deletar o quanto antes, mas declinou da ideia. Melhor mesmo seria achar a origem daquele programa e descobrir quem estava fazendo aquilo.

Davi passou a andar sempre com uma faca, pois tinha certeza de que devia ser algum de seus inimigos do passado querendo matá-lo. Insone por um longo período, ele estava a ponto de perder a sanidade. Precisava descobrir quem estava fazendo aquilo com ele ou acabaria enlouquecendo. Seu comportamento obsessivo começava a afetar o trabalho, e não tinha sossego mesmo em Natal, para onde viajava todo fim de semana.

Ao vê-lo em tão angustiante situação, Gaúcho convidou Davi para passar uns dias com ele em sua casa, para que pudesse ao menos dormir. Davi normalmente não aceitaria, mas, tomado de desespero que estava, quase a ponto de ter crises de pânico no meio da rua, achou por bem engolir o orgulho e aquiescer a sugestão. Conseguiu então alguns dias de paz.

Certa manhã, quando saíram de casa para o trabalho, Gaúcho pôde constatar que as neuras do rapaz tinham fundamento: de fato, alguém havia entrado no carro dele. Por mais amedrontador que fosse, Davi respirou aliviado. Ao menos tinha uma prova de que não estava ficando louco. Em breve voltou para sua própria casa, enfrentando os protestos de Gaúcho. Mas, afinal de contas, de nada adiantava ficar exilado ali. Onde quer que estivesse, a ameaça estaria à espreita. Trabalhou sua mente para esperar pelo pior a qualquer momento.

**Paixão repentina**

Em Salvador, Davi raramente saía, tampouco com gente de quem não gostava. Todavia, movido tanto pela solidão quanto pelo medo que o rondava constantemente, aceitou o convite para tomar uns drinques com o Marmota e duas amigas dele.

As moças eram Míriam e Belinha, ambas funcionárias do Departamento de Marketing da empresa. Davi nunca tinha conversado com elas, e as achou muito simpáticas. Foi uma noite agradável, mas Davi, desconfiado, estranhou a atenção e a gentileza a ele dispensadas pelo chefe. Contudo, não tinha energia mental para ficar matutando sobre isso, então apenas se rendeu e evitou maquinar mais teorias conspiratórias, ao menos por algumas horas.

Àquela altura, seu relacionamento não andava muito bem. Joyce, presa a Natal como uma árvore fincada ao solo, recusava-se a se mudar para Salvador para ficar com ele. Por um tempo ele se importou, mas cada vez mais se desligava da esposa, tanto física quanto emocionalmente, e a distância entre eles aumentava cada vez mais.

– Acho que ela tá caidinha por você, Davi. Não para de te olhar. Se tu estala o dedo, ela cai na sua cama na hora! – sussurrou Marmota a Davi, tirando-o de seus pensamentos.

Estranhamente, Marmota passara o tempo todo soltando frases como essa, instigando Davi a investir na moça. Contudo, pelo que podia sentir, ela estava mesmo era interessada no Marmota, não nele. Intrigava-lhe essa insistência, bem como o total desinteresse de Míriam por ele, contrariando o que o chefe insinuava.

Marmota não era de ficar empurrando mulher para cima de ninguém. Apesar de casado e com filhos, não perdoava nem para pagar promessa. Davi bem que gostaria que aquela moça estivesse mesmo a fim dele. Além de linda, era rica, vinha de uma família tradicional de políticos. Morava no metro quadrado mais caro de Salvador. "Deve trabalhar só pra não morrer de tédio", pensava Davi.

Ao final daquela noite esquisita, Marcos pediu a Davi que desse uma carona a Míriam. Ele, por sua vez, daria carona a Belinha, já que era caminho para ele. Davi ficou pensativo. Apesar de simpática, Belinha era reta como um bambu, parecia um cano de PVC. Não fazia sentido. Mas ele resolveu apenas seguir as orientações.

Davi notou que Míriam estava muito constrangida com aquele fim de noite. No caminho para casa, ela pediu para pararem no acarajé da Dinha, e ficaram ali sentados batendo papo enquanto ela saboreava a iguaria. Não parecia exatamente faminta... Davi então percebeu que ela queria desabafar.

– Eu não devia te contar, mas... acho que vou explodir se não o fizer. O Marcus e eu... A gente tem um caso há muito tempo.

Davi ficou estático ouvindo Míriam falar. Ela mal havia tocado o acarajé. Então continuou:

– Acontece que a esposa dele meio que descobriu, sabe? Quer dizer, ela não descobriu, mas tá muito desconfiada. Então ele teve a ideia de me jogar pra cima de você, pra ter um álibi e desviar a atenção dela. Daí a gente teria um namoro de fachada e ele poderia ficar comigo às escondidas.

É óbvio que Davi não gostou nada daquele joguinho envolvendo seu nome.

– Olha, Mír... moça – começou ele, visivelmente decepcionado –, acho melhor você mandar embrulhar aí seu acarajé e a gente ir logo embora. Desculpa, mas não dá pra eu ficar no meio de intriguinhas de casais.

– Você tem toda a razão. Eu confesso que tinha aceitado a ideia. Gosto muito dele, não vou negar. Quando a gente ama, fica tonta. Mas, conversando com você ao longo da noite, te achei um cara muito massa. Em cinco minutos de conversa eu já tava decidida a não levar aquilo pra frente...

A conversa entre os dois se estendeu madrugada adentro. Por fim, Davi deixou Míriam em casa, conforme o prometido. Pouco antes de sair do carro, despediram-se:

– Gostei muito de conhecer você, Davi. E super acho que a gente precisa sair de novo! Mas dessa vez só nós dois!

Ela desembarcou, e já ia esquecendo o acarajé, quase intocado, ainda embrulhado num papel branco no banco do carona.

– Não esquece o seu quitute! Dá azar deixar pro outro dia. Ou dá azia, sei lá – disse Davi.

– Ah, pode ficar pra você. Beijo! – Míriam respondeu, risonha.

Davi não gostava de acarajé.

* * *

Assim teve início a relação mais esquisita que Davi tivera na vida. Começaram a se encontrar quase todos os dias, e a amizade entre eles foi se solidificando, dentro e fora do trabalho. Faziam de tudo juntos, mas, mesmo depois de vários meses, nem sequer um beijo havia rolado entre eles. Davi se viu completamente envolvido por aquela moça, mas não sabia ao certo o que ela realmente sentia por ele.

Faziam de tudo juntos, mas sempre que ela se jogava, Davi recuava, mesmo sem saber por quê. A verdade era que estava completamente apaixonado por ela, mas na hora H não conseguia seguir em frente, ficava travado. Quando tentava conversar com Míriam sobre os sentimentos dela por Marmota, ela desconversava, não queria tocar no assunto. E assim ele seguia na dúvida. Será que ela gostava dele ou estava simplesmente fazendo o jogo do amante?

Numa madrugada, o telefone tocou, e era Míriam, completamente bêbada. Com a voz manhosa de choro, ela exigia a presença de Davi naquele instante, e disse que, se ele não fosse, ficaria com o primeiro que encontrasse. Davi foi ao encontro dela, mas apenas para vê-la aos beijos com outro. Não teve coragem de se apresentar. Ela obviamente o estava usando, e se deleitava ao exercer esse poder sobre ele.

Davi decidiu afastar-se um pouco, porque já não parava mais de pensar nela nem por um segundo. Não resistiu por muito tempo. Míriam, estranhando sua ausência, queria convencê-lo de que Marcus era parte de seu passado, e implorou para marcarem um encontro. Os dois jantaram, depois seguiram para um pub. Tudo indicava que acabariam juntos. No entanto, o celular da moça tocou, e Davi pôde ver o nome de Marcus piscando ao lado de um coração na tela do aparelho. Ela disfarçou, guardando o celular como se nada tivesse acontecido, mas Davi travou novamente. Sua reação era inexplicável. Ele queria, mas ao mesmo tempo não conseguia agir.

Seguiram por meses nesse chove não molha. Havia uma tensão sexual enorme entre os dois, mas ela era minada por orgulho e insegurança de ambas as partes. Quando Davi ia para Natal, Míriam sempre fazia sua chantagenzinha, pois sabia que a situação dele com a esposa era delicada. Davi e Joyce não haviam se separado oficialmente, e travavam uma guerra silenciosa nos poucos momentos que ele passava em casa. Ele tampouco conseguia abrir o jogo para ela, e fingiam um para o outro que estava sempre tudo bem. Tudo *indo*.

Quando em Salvador, Míriam estava com ele aonde quer que fosse. A amizade deles tornava-se cada vez mais intensa, e eram cúmplices e confidentes. Mas Míriam não era o tipo de garota que se contentaria com isso. Direta ou indiretamente, insinuava que, se ele não tomasse uma atitude, ela iria procurar outro. Não iria ser para sempre a melhor amiga de um cubo de gelo. Acossado, Davi pensava nela o tempo todo, mas não queria só curtir um caso, uma transa que durasse uma única noite. Não podia ser de qualquer jeito, nem ao custo do sofrimento de Joyce.

No trabalho, vários boatos sobre um caso entre os dois chegaram aos ouvidos de Marmota, que não gostou nem um pouco daquilo.

Míriam o evitava já havia algum tempo, mas ele continuava insinuando para Davi que aquilo era parte do plano deles, do joguinho que haviam combinado, o que perturbava demais a mente do rapaz, que não podia fazer nada contra o chefe sem arriscar o emprego.

* * *

Gaúcho faria aniversário dentro de alguns dias, e a comemoração seria em um dos restaurantes mais chiques da cidade, uma churrascaria badalada que ficava no Dique Tororó, às margens de um lago artificial bem no meio de Salvador, perto do estádio da Fonte Nova. Marmota iria com a esposa e, a fim de evitar um barraco, Gaúcho pediu a Davi que não levasse Míriam. Ela ficou chateada, mas por fim pareceu compreender a situação.

No dia da festa, havia mais gente do que Davi esperava. Algum tempo depois, Míriam chegou de surpresa. Estava mais linda do que nunca, o corpo escultural modelado pelo vestido justo, o andar elegante demarcado pelo toc-toc dos saltos de grife. Não tinha uma pessoa, homem ou mulher, que não parasse para admirá-la enquanto caminhava até a mesa.

Fulminava Davi com os olhos, e sentou-se o mais longe que pôde dele, mas acolhia a todos os demais com seu sorriso largo cor de cereja. Estranhamente, Marmota não apareceu. Tornava-se óbvio que nunca pretendera comparecer, apenas queria infernizar Davi e Míriam.

Engolindo o orgulho, o rapaz se aproximou de sua paixão e a chamou para conversar, mas ela não queria papo. Fez questão de dançar com todos os amigos de Gaúcho, e Davi se afundava na cadeira de tanta raiva. Após vários drinques, Míriam parecia fora de si. Davi então se levantou e foi até as margens do dique, observando os casais que passeavam de pedalinho no lago. Gaúcho, ao flagrá-lo ali sozinho, tentou levantar seu moral:

– Não sou a melhor pessoa pra dar conselhos amorosos, Davi... Já apanhei muito da vida. Mas, amigo, não dá pra gente viver sempre com medo, pulando de um "e se" para outro. Dá uma chance pra ela, dá uma chance pra vocês. O que de tão ruim pode acontecer? Dar errado? Dar errado é pior do que o que vocês estão vivendo agora? – disse o grandalhão, os fios de cabelo loiro arrebitados pela brisa da noite.

Nesse momento, viram Míriam vindo na direção deles. Gaúcho deu um tapa no ombro de Davi e saiu à francesa. Quando ela chegou, Davi segurou seu rosto com todo o carinho e disse:

– Você tá muito linda. É a mulher mais linda do mundo. Mas tá muito bêbada!

Ambos riram.

– Vem, vou cuidar de você. Te deixo em casa.

Davi beijou Míriam na testa com todo amor e a pegou pela mão. Ainda que grogue pela ação dos drinques, ela aceitou ir com ele, deixando-se guiar até o carro. Seguiram emudecidos durante todo o percurso, ela recostada em seu ombro enquanto ele dirigia. Davi a levou até um canto especial da Barra, de frente para o mar. Estacionou, e Míriam sentou-se em seu colo. Ficaram por ali algum tempo ouvindo as belas canções que Davi guardava num pen drive no carro. A Lua estava muito bonita. Eles se abraçaram para contemplá-la.

Davi guardaria para sempre com carinho as lembranças daquela noite. Ainda que não tivessem se tocado fisicamente, jamais fora tão íntimo de alguém.

* * *

Certa noite, Míriam chamou Davi para jantarem no apartamento de uma amiga. Alguns minutos depois de terem chegado, a amiga deu uma desculpa qualquer de que precisava sair rapidinho para resolver uma urgência e deixou os dois ali sozinhos. Uma parte de Davi celebrava a oportunidade. A outra parte acendia um alerta: lá vinha Míriam com seus joguinhos de sedução.

Quando a amiga saiu, um silêncio tomou conta do ambiente. Ao ficarem a sós, no entanto, Davi de pronto percebeu um clima estranho. O semblante de Míriam, alegre por natureza, trazia uma expressão aflita. Ela pediu a Davi que se sentasse no sofá.

– Aconteceu alguma coisa? – Davi perguntou. – Você tá meio estranha.

Míriam não respondeu. Pegou sua bolsinha e dela tirou um envelope que já havia sido aberto. O envelope continha a insígnia do que Davi supôs que fosse um laboratório. Era um exame. Com lágrimas nos olhos, Míriam o entregou a Davi, que o abriu no mesmo momento, angustiado de tanta ansiedade. Entre palavras e mais palavras estranhas, o rapaz compreendeu que se tratava de um exame de gravidez, e que o resultado era positivo.

– Dois meses – disse Míriam, enxugando as lágrimas.

Nesse momento, Davi sentiu-se em queda livre. O estômago embrulhou e uma descarga de adrenalina inundou-lhe a mente. Ficou em silêncio por alguns momentos, depois segurou as mãos de Míriam entre as suas.

– É do Marcus?

Míriam confirmou com um aceno de cabeça.

– Ele vai assumir o bebê, certo? Vai ser homem e te ajudar, *certo?*

Míriam não disse nada, o que confirmava as suspeitas de Davi. Revoltado, ele tentou argumentar, mas a moça logo o interrompeu:

– Eu não preciso de nada que venha dele, Davi. Eu não quero nada dele. Muito menos essa criança.

A última frase atingiu Davi com a violência de uma pancada.

– Escuta, Míriam, eu não acho que tirar a criança seja uma solução, e também não acho justo. É um inocente, não tem culpa de nada.

– Ah, por favor, sem lição de moral! Injusto, Davi, é botar mais gente no mundo apenas pra sofrer. Nunca quis ter filhos, muito menos desse jeito, muito menos desse cara! É muita humilhação pra mim. Minha família vai ficar louca, vão dizer que sou vagabunda!

Davi pensou em Maria. Nem nos momentos de maior dificuldade questionou se não seria melhor que ela não tivesse nascido. Ela era um dos maiores motivos para que ele não desistisse da vida. As insinuações de Míriam, que, bem ou mal, tinha todas as condições de responsabilizar-se por seus erros, partiam seu coração.

– Diz que o filho é meu – respondeu Davi. – Cuido dele com todo o carinho, viro o pai dele. Mas esquece esse aborto. Se não quiser ficar comigo, não tem problema. Tem muita mãe solteira, pai solteiro, sei lá. Mas não faça isso... é drástico demais. É injusto.

Ao ouvir as próprias palavras, Davi se emocionou e começou a chorar. Havia declarado aquilo de todo o coração. Estava realmente disposto a ser o pai de um filho que não era seu. Ou melhor, disposto a amá-lo tanto quanto se fosse seu. Míriam também se emocionou, o coração acalentado por aquela demonstração de afeto. Era uma mulher cobiçada, desejada, mas nunca havia se sentido tão acolhida, tão amada. Os dois se abraçaram e se beijaram em seguida, despejando um no outro aquela paixão há tanto tempo reprimida.

Míriam chorou um pranto vazio de esperança. Davi não conseguiu entender. Ele continuou:

– O que foi? Eu estou falando sério! Olha pra mim, vai ficar tudo bem.

Míriam retirou da bolsa uma cartela de comprimidos. Havia alguns espaços vazios nela, o que indicava que ela já consumira alguns. Davi foi tomado de assalto pela triste realidade. Míriam já havia tomado sua decisão. Se dentro dela há alguns dias pulsava outro coração, nesse momento já não pulsava mais.

Davi não conseguia acreditar. Sentia-se impotente, cúmplice. Tinha fortes crenças de que aquilo era um crime irreparável, e não conseguia lidar com a situação. Queria ter tido a chance de convencê-la do contrário enquanto havia tempo. Queria que aquela criança tivesse tido uma chance.

Sem ter mais o que dizer, Davi se levantou aos soluços.

– Eu... preciso ir. A gente vai se falando, tá bem? – Foi tudo o que ele conseguiu dizer.

E então foi embora.

## Fim do mistério

Davi e Míriam "não foram se falando". Ele já tinha seus próprios demônios, e sabia que não seria capaz de lidar também com os dela. Seguiu então sozinho em Salvador, cidade que para ele perdera todo o brilho. Estava ali apenas para ganhar dinheiro e ir embora. Resolveu focar nessas duas coisas, investindo nelas seu esforço e capacidade. Tinha a ambição de conquistar mais uma certificação, esta difícil e complexa de acessar, mas muito cobiçada por seu ramo de atuação.

Quando decidiu encarar o desafio, foi desencorajado por seu chefe, o Marmota, que alegava que ele não teria capacidade técnica para tanto. Por sua influência, Davi acabou não recebendo o apoio da empresa, então lhe restou capacitar-se por conta própria nas horas livres, o que lhe tomou mais de seis meses. No fim desse período, contudo, Davi foi bem-sucedido, e conseguiu classificar-se no órgão internacional que administrava a certificação.

Contudo, ainda restavam as provas finais, e estas deveriam ser feitas fora do país, na Suíça e na Inglaterra, respectivamente. Os resultados que obtivera até o momento impressionaram os grandões de sua empresa, que cresceram os olhos para os benefícios que poderiam ter caso Davi de fato conseguisse bons resultados nas provas. Assim, finalmente, concordaram em bancar a viagem. Se Davi tivesse êxito, receberia um polpudo aumento.

Uma viagem internacional! Era um sonho que finalmente se tornava realidade.

* * *

Davi embarcou primeiro para Zurique, na Suíça. Teve um voo tranquilo, mas sentiu algum desconforto. Era a primeira vez que voava, e logo para tão longe. Focado como estava, entretanto, pouco se importou com turismo e quase não aproveitou sua estadia naquela cidade fantástica. Hospedou-se no Opera Hotel, às margens de um belo lago. Tinha grande dificuldade para se comunicar, já que mal falava inglês – e as pessoas em Zurique também não, ou fingiam que não sabiam. Para evitar pagar mico, Davi preferiu não se arriscar em experiências gastronômicas diferentes, comendo essencialmente em restaurantes *fast-food* que já conhecia do Brasil.

A organização responsável pela certificação ficou intrigada com Davi. Ele era o único brasileiro presente, e as pessoas tentavam puxar papo sobre questões ecológicas e governamentais. Ele, acuado, respondia como podia. À noite, saiu para caminhar às margens do Lago de Zurique e ficou pelas proximidades da Casa de Ópera, que devia estar apresentando um espetáculo maravilhoso, mas Davi só pôde apreciar do lado de fora. Passava o maior frio de sua vida, mas isso não tirava a beleza daquele céu estrelado, que lhe remetia aos tempos de infância.

No dia seguinte, Davi fez as provas, das quais saiu bastante atordoado. Tinha a impressão de ter levado uma verdadeira sova. Terminada essa etapa, foi organizado um passeio por uma região animada de Zurique chamada Niederdorf, cheia de bares movimentados e restaurantes. Na turma havia um inglês, que era o mais animado – e beberrão – de todos. Para cada cerveja que Davi tomou, o súdito da rainha deve ter tomado umas três.

Apesar da alegria desses momentos, de nada valeria se Davi não fosse aprovado. Mas ele foi! Por pouco, mas foi. Algumas semanas depois, após uma breve temporada em casa, em Salvador, Davi partiu para sua segunda viagem, Inglaterra, desembarcando no aeroporto Londres-Heathrow.

Se pudesse, Davi jamais teria retornado ao Brasil. Apaixonou-se por aquela terra antes mesmo de deixar o aeroporto. Embarcou num dos clássicos táxis londrinos, os *black cabs*, e parecia uma criança da roça quando visita a capital pela primeira vez, os olhos fixos nas construções, nas pessoas, nas paisagens, nos carros. Ele não queria perder nada, pois não sabia se teria aquela oportunidade outra vez.

O hotel ficava próximo à Victoria St., em Westminster, perto da abadia onde Lady Di e o príncipe Charles se casaram. Davi caminhou por aquela avenida de cima a baixo mais de uma vez, até o cair da noite. Ele também foi dar uma volta na London Eye, a famosa roda-gigante às margens do rio Tâmisa. Do alto era possível enxergar toda a beleza da capital inglesa.

No dia seguinte, Davi seguiu para o local das provas, uma agência governamental ali mesmo na Victoria St. Seriam dois rounds de aplicação, um pela manhã e outro à tarde. Davi soube de sua aprovação naquele mesmo dia e, diferentemente da prova em Zurique, dessa vez ele tinha ido muito bem.

Chovia muito em Londres quando Davi finalmente partiu, jurando a si mesmo que retornaria um dia. A viagem de volta foi diferente, algo havia mudado dentro de Davi. Sua mente e suas ideias o projetavam para além de onde estava, como se de repente não coubesse mais em Salvador, tampouco fazendo o que fazia. Sonhava agora em ser um auditor externo do órgão de certificações que conhecera, e para isso teria que se preparar. Imaginou-se viajando mundo afora, e essa ideia fazia seus olhos brilharem.

* * *

De volta à realidade, Davi chegou cedo ao trabalho naquela manhã, estacionando exatamente no mesmo lugar de sempre, em frente à bela mansão de pedras incrustradas. Ao desligar o carro, notou que alguém estacionara bem atrás dele, e ninguém desembarcou. Olhando pelo retrovisor com mais atenção, observou um carro também à sua frente.

Quando Davi desceu, três homens armados com fuzis e semiautomáticas pularam do carro da frente. Ao olhar para trás, seu veículo já estava cercado. Os homens vestiam colete à prova de balas, todos armados até os dentes. Por um instante, Davi supôs que estivesse no meio de uma guerra de gangues rivais, mas logo entendeu que era ele o alvo ali. Foi então escoltado pelo cano de um fuzil 556, sem entender bulhufas. A princípio, a voz lhe faltou, e ele não conseguia responder nada do que lhe perguntavam. Quatro homens ficaram com Davi em sua mira ali no meio da rua, escorado no carro.

Outros carros pararam e ao menos uma dezena de homens invadiu a mansão. Tratava-se de uma ação conjunta entre a Polícia Civil e a Federal. Davi conseguiu relaxar mais e destravar a língua, sabia que pelo menos não iriam matá-lo.

Um tempo depois, encostaram por ali também um ônibus e um carro do Itep, o Instituto Técnico-Científico de Perícia. Não demorou muito e dois corpos foram removidos, crivados de bala por toda sua extensão.

A casa se tratava de um local de tráfico de mulheres para a Europa, onde eram recrutadas para serem "vendedoras de seguro de vida a pessoas de altíssimo padrão". Depois de alguns meses, as meninas recebiam uma oferta de especialização na Europa, iam para lá e nunca mais retornavam. Era um grupo perigoso, também envolvido com tráfico internacional de drogas.

– Tá, mas o que eu tenho a ver com esse rolo? – perguntou Davi, mais curioso do que aflito.

– O senhor será conduzido para a Polícia Federal. Lá vão te fazer algumas perguntas – respondeu um dos agentes com um olhar de peixe morto.

Como não poderia deixar de ser, foi duramente agredido, depois algemado e conduzido numa das viaturas. Sobre ele pesava a suspeita de fazer parte do esquema da quadrilha, o que ele negou desde o primeiro momento, seguro de que aquilo era um grande mal-entendido.

Ao chegar à delegacia, Davi aguardou na triagem para ser ouvido. Tinha o direito de ligar para um advogado, mas ele recusou, e somente perto do meio-dia foi chamado para a coleta de seu depoimento.

Em cima da mesa do advogado, Davi pôde observar fotos dele e de seu carro; fotos dele entrando e saindo daquela casa; fotos dele com uma ex-colega de trabalho que aparentemente fazia parte do esquema na empresa de seguros.

– Gostaria de saber o que o senhor fazia sempre naquele local, qual sua ligação com aquelas pessoas e, finalmente, o que foi fazer na Europa duas vezes em pouco mais de um mês.

Quando ouviu aquilo, Davi teve vontade de rir, mas se conteve. Na sala estavam presentes, além do delegado, alguns dos agentes que participaram da ação e também um senhor sério, sentado do outro lado da mesa, que observava atentamente.

Davi explicou que trabalhava na empresa de computadores havia mais de um ano, descreveu sua função lá em detalhes, por que chegava tão cedo e por que estacionava sempre no mesmo local. Eles puderam confirmar seu envolvimento com Míriam graças a algumas fotos salvas em seu celular, e que a outra moça, de quem ele nem lembrava o nome, o levara àquele local uma única vez, a fim de que ele consertasse alguns computadores. Explicou também os motivos de suas viagens, o que poderia ser facilmente confirmado pela empresa.

Enquanto depunha, Davi percebeu que o olhar daquele senhor presente na sala, mudo até então, enchia-se de ira ao fitar os agentes e o delegado. Continuou então seu relato:

– ... Cheguei a ter várias crises de pânico, porque sabia que estavam sempre entrando no meu apartamento e no meu carro. Por isso, quando estacionava, eu saía como um doido, andando pra cima e pra baixo, e tentava sempre fazer um caminho diferente, porque não sabia quem é que estava me seguindo. Hoje mesmo achei que ia morrer! Vocês me abordaram do nada, não se identificaram. Qualquer pessoa, inocente ou culpada, teria arrancado e saído o mais rápido possível. Só não fiz isso porque não deu.

Enquanto ouvia, o delegado se afundava cada vez mais na cadeira, deixando de lado a postura altiva, que agora mais parecia denunciar-lhe o embaraçamento. O senhor então deu uma leve pancada em cima da mesa e ordenou que os homens tirassem as algemas de Davi e o soltassem. Davi supôs que esse senhor deveria ser o promotor local que conduzia o caso.

A Polícia Federal havia assumido a investigação porque, no meio dos trabalhos, então a cargo da Polícia Civil, tudo apontava para tráfico internacional de pessoas e de drogas. Erraram feio ao não analisarem corretamente os dados, e temiam que Davi pudesse fazer acusações formais em decorrência do assédio que sofrera. O rapaz, contudo, solicitou apenas uma carta de retratação para levar à empresa, já que fora algemado no meio da rua.

"Essas coisas só acontecem comigo!", pensava Davi, que, passado o susto, agora só conseguia rir da situação. No fim do dia, estava exausto. O corpo implorava por descanso. A alma, por paz. Decidiu que era hora de voltar para sua cidade, já estava farto. Tinha medo de sofrer alguma retaliação por parte da quadrilha, bem como de que a polícia continuasse encasquetada com ele por algum motivo.

Ainda naquela semana Davi conseguiu autorização para trabalhar remotamente, mesmo que isso significasse uma redução de salário. Ao sair da empresa, Davi despediu-se de apenas uma pessoa, dona Manu, que era sorridente até para dizer adeus. E, calado, ele se foi.

(PARTE VIII)

# ENTENDENDO O PROCESSO

( 14 )

# DE VOLTA AO INÍCIO

"Cair sempre nos mesmos problemas é indicativo da incapacidade do ser humano de aprender com os próprios erros."

## Andando em círculos?

Esse novo retorno de Davi a Natal foi diferente das outras vezes. Sentia-se mais confiante, seu currículo adquirira mais sustância. Trabalhando de casa, ganharia um pouco menos do que em Salvador, mas era o suficiente para que pudesse retomar os estudos, alugar uma boa casa e, quem sabe, até trazer sua filha para morar com ele. O rapaz trazia consigo muitos planos, e sua situação nunca fora tão favorável.

Davi ainda morava de aluguel com Joyce, e de vez em quando aparecia na igreja. Contudo, àquela altura abandonara de vez todo o serviço ministerial. Passados alguns meses, Davi finalmente quitou seu Tempra, o que para ele foi uma grande conquista. Era um bem de considerável valor. Pensou em vendê-lo e comprar um carro melhor, ou quem sabe uma casinha simples. No entanto, antes de tomar qualquer iniciativa, precisaria falar com Hebert, o amigo de quem comprara o carro, pois estava no nome dele, favor prestado para evitar que Davi perdesse o veículo nas mãos de agiotas.

Davi marcou um encontro na lan house para acertar os trâmites de transferência. Uma vez assinado o recibo, o veículo seria finalmente seu. Hebert chegou alguns minutos depois do horário acertado. Era grandalhão, e tinha sempre um sorrisinho cínico nos lábios. Davi ficou contente em vê-lo, era uma companhia sempre muito debochada e divertida.

Acharam melhor conversar do lado de fora, a fim de terem mais privacidade. O Tempra estava estacionado ao lado deles. Davi trazia o comprovante de quitação em mãos, o que certificava que os pagamentos estavam em ordem.

– Que reviravolta, cara. Quantas voltas o mundo dá, não é? – Davi filosofava. – Há algum tempo eu tava morrendo de medo de me tirarem a moto, o que ia me ferrar de verde e amarelo. E agora tô aqui quitando o carro. Eu não tenho como te agradecer.

Quando começaram a falar, o semblante de Hebert logo se alterou, e era possível notar nele um preocupante tom de arrogância.

– Pois é, Davi – respondeu Hebert. – A gente fica até tonto. Quem diria que você conseguiria quitar o carro, né? E quem diria que o dono do seu carro é irmão de uma pessoa que você matou, não é? O mundo dá muitas voltas mesmo.

Davi não sabia do que ele estava falando, mas seus instintos automaticamente entraram em estado de alerta.

– Nem lembra, né? Deve ter batido em um monte de gente, matado um monte. O Davi bravinho. O Davi fodão. Você acabou com a vida do meu irmão Roberto por causa dessas suas tretas de marginal.

Roberto... Claro que se lembrava. Nossa, aquilo parecia ter acontecido em uma outra vida. Do jeito que o amigo falava, parecia que Davi havia brigado com um santo, com o papa em pessoa, e não com um sujeito violento que havia deixado o Boneco preso para sempre numa cadeira de rodas.

– Meu irmão ficou muito mal depois que você o abordou no carro. Não sei o que você falou pra ele, filho da puta, mas o coitado caiu em depressão. Perdeu o emprego, falava o tempo todo que queria morrer, tinha visões de você entrando na casa dele dizendo que mudou de ideia, fazendo mal pra família dele – continuou Hebert. – Até o dia em que ele se matou.

Davi não podia acreditar que um fantasma do passado havia aparecido para confrontá-lo na figura de seu amigo bonachão. Ele não tinha ideia. Não sabia o que dizer.

– Sabia quem você era desde o início e, como a gente se deu bem, vi uma oportunidade de tirar algo de você. E é muito pouco, se quer saber. Não é nada comparado ao que você tirou da gente. Um irmão, um pai, um marido. Então, Davi, tu tem vinte e quatro horas pra devolver o *meu* carro. E não inventa de fazer graça, porque tem policial na minha família que vai *adorar* ter um motivo pra moer a tua fuça se fizer alguma coisa comigo.

Davi ficou atônito. Como um cara poderia ser tão maquiavélico? Deixar seu ódio em banho-maria até chegar o momento certo do bote? Sentindo as têmporas pulsando de raiva, Davi começou a falar, tropeçando nas palavras:

– Tu não vai ficar com o meu carro, seu bosta. Vai assinar essa porra desse documento nem que seja com o sangue que vou arrancar dessa sua cara de pau!

– Isso! Faz isso! E daí eu vou na delegacia logo em seguida e falo que fui roubado e agredido. O que você acha? O carro tá no meu nome, trouxa. *Marginal.*

Ao ouvir aquela palavra, Davi puxou uma faca da cintura, fazendo o outro rapaz recuar assustado. Davi então avançou, mas sobre o Tempra estacionado, dando estocadas com a arma na lataria do carro, capô e pneus, arrebentando o veículo num acesso de raiva. O amigo se limitou a observar, tremendo. Tinha receio de que Davi fizesse com ele a mesma coisa.

– Taí seu carro, *Hebert*. Completo. Fodido por completo. Pode ir, estamos quites.

* * *

Depois daquele dia, Davi passou a enfrentar severas crises de ansiedade. Descontara sua raiva no carro, mas queria mesmo era sentir a faca entrando no estômago daquele desgraçado, sentir o sangue espesso e quente escorrendo por suas mãos... “Não!”, pensava ele, afastando esses pensamentos. Quanto mais os alimentava, mais vívidos ficavam. Não podia dar trela ao mal que residia dentro dele. Podia, no entanto, ferir pessoas feitas de pixels e se deliciar com seus gritos fictícios. Assim, entregou-se novamente aos jogos eletrônicos, e passava o dia inteiro em lan houses, deixando esposa e filha sempre em segundo plano.

Sem saber como reagir, Joyce passava a maior parte do tempo na casa da mãe, que morava perto dela. A rotina de jogatina mais uma vez se interpunha entre eles enquanto casal. Eram dois corpos sem vida morando juntos, partilhando nada além de mágoas e ressentimentos. Davi só trabalhava quando vinham demandas de Salvador, estas cada vez mais escassas. Com a volta dos jogos, voltaram também as bebedeiras, as festas, os amigos de birita. As discussões em casa eram diárias, mas foram diminuindo, diminuindo, até cessar. Cada um ficava no seu canto, e aquilo era uma droga. Mas pelo menos era silencioso.

A quietude engoliu os planos e os sonhos de Davi, que não se esforçava mais em nada, nem mesmo estudava. Apenas levava a vida, preenchendo dias e mais dias de puro vazio. Afastara-se completamente de Deus, e sua vida financeira novamente começou a apertar. Após quatro meses de atraso no aluguel, quase foram despejados, mas, depois de muitas desavenças com os proprietários, acabaram ganhando trinta dias para desocupar o imóvel. A solução a curto prazo seria morarem com a mãe de Joyce, junto daquela família maravilhosa em que até o cachorro era bem-sucedido.

Naquela mesma semana, Davi recebeu um e-mail de seu empregador em Salvador dizendo que precisariam reduzir seu salário, a menos que ele voltasse a trabalhar presencialmente, pois precisariam contratar uma pessoa para fazer algumas tarefas que ele poderia desempenhar caso estivesse ali. O e-mail – e, certamente, toda aquela situação chata – trazia a assinatura do querido Marmota. No entanto, nada faria Davi voltar a Salvador, ainda que ele não pudesse oferecer serviços semelhantes ao que oferecia à empresa soteropolitana, por conta de seu contrato de exclusividade.

Encurralado, Davi decidiu engolir o orgulho e pedir ajuda à mãe. Era um sapo difícil de engolir, mas não tão ruim quanto permanecer indefinidamente na casa da sogra. Para sua surpresa, dona Marta concordou em ajudá-los a comprar uma casa na Cohab, num local tão afastado e de difícil acesso que seus moradores o apelidavam de Nárnia. Era um conjunto habitacional recentemente construído via cooperativa.

Decerto ninguém queria morar ali; a rua era estreita, eram raríssimos os comércios, a igreja ainda estava em construção, havia apenas uma padaria para atender todo o recém-formado bairro, e quase metade dos que haviam sido contemplados pelo habitacional colocava seu imóvel à venda por meros trocados, assumindo as intermináveis prestações, que eram até mais baratas que qualquer aluguel de dois quartos onde Davi havia morado. "Não vai vingar!", diziam.

Davi não gostava nem um pouco daquele lugar, era longe demais, parecia uma casa de pombo, pequena e feia. Depois das oito da noite, só era possível entrar ou sair das redondezas de carro, porque o transporte público era limitado.

Certa noite, após percorrer mais de sete quilômetros a pé porque a van simplesmente resolveu não passar, Davi chegou em casa e recebeu de Joyce uma notícia que impactaria sua vida: ela estava grávida. Pego de surpresa, ele chorou de desespero. Como criaria uma criança ali naquela situação?

Sentado na calçada à porta de casa, Davi passou algumas horas pensativo, olhando para o céu. Que tipo de pai seria para aquela criança? O mesmo que estava sendo para Maria? Como teria ido de profissional de sucesso a pé-rapado? Algo precisava mudar, e agora de uma vez por todas. Naquela noite, Davi teve uma conversa com Deus, profunda e sincera.

## Caindo em si

Júnior, assim como o pai, logo cedo começou a trabalhar com manutenção de computadores e notebooks. Ele tinha grande capacidade de raciocínio e aprendizado, e muitos diziam que superava o seu pai em tudo, até mesmo na ruindade. Com o pai sempre por aí a beber e jogar, Júnior cresceu amparado sobretudo pela mãe, que também não era lá muito boa da cabeça, haja vista o que enfrentara em seu casamento infernal.

Júnior, diferente do pai, não apanhava, pelo menos não da mãe. O pai dificilmente o interrogava ou se incomodava com o que acontecia ou deixava de acontecer com ele, e com isso ele teve toda a liberdade para se aprimorar nas artes da malandragem. Aos doze anos de idade, o moleque foi pego vendendo bilhetes de jogo do bicho, e também comprava fiado em tudo que era mercado, boteco e padaria e botava escondido no nome do pai ou da mãe.

A única regra era não aparecer no bar onde seu pai estivesse bebendo, e a pena para isso era um safanão na orelha de quase arrancar. Às vezes, contudo, a atenção valia a agressão. Era a única maneira de fazer com que o pai o notasse. Era novo, mas já havia sido expulso de tudo quanto era escola da cidade.

Aos quinze anos, Júnior começou a fazer bicos pela região onde morava, àquela altura dominada por edifícios de luxo cercados por muros altos e cercas elétricas. Carismático e simpático, sempre conseguia bons clientes, e aproveitava as deixas daqueles ricaços estúpidos para praticar pequenos furtos, tanto de pequenas quantias dando sopa pela casa quanto de joias e tudo mais que pudesse estimar o valor. Quando dava manutenção, sempre reparava nos pais brincando com os filhos, e sentia certa inveja. Seu pai não passava de um cara grosso, beberrão e mulherengo.

Um dia, quando já era maior de idade, sua cobiça lhe fez botar os pés pelas mãos, e ele foi pego. Mesmo se julgando muito esperto, os mais de quatorze mil reais que afanara de uma casa resultaram em sua detenção. Quando chegaram à delegacia, os pais de Júnior foram informados de que uma tragédia havia acontecido. Ele havia se enforcado nas grades da cela com o cordão da bermuda.

* * *

Davi não conseguia abrir os olhos nem pronunciar uma única palavra, por mais que se esforçasse. Era como se algo o prendesse, e foi a maior angústia que sentiu em toda a sua vida. Quando finalmente despertou, não conseguia mexer o braço esquerdo, que estava dormente e formigava. Pediu socorro a Joyce, que, acompanhada do vizinho, o acudiu e o levou ao posto de saúde mais próximo.

Davi sofrera um pequeno infarte. Precisou ficar internado durante um tempo, pois sentia dores no peito e pontadas no estômago. A mente, contudo, estava mais perturbada por aquele pesadelo terrível do que pela sua condição de saúde. Era um choque de realidade aterrorizante. Teria sido apenas um pesadelo ou era prenúncio da completa tragédia que seria seu futuro caso não corrigisse o percurso?

Enquanto convalescia, Davi pensava no tipo de pai que gostaria de ser. Imaginava essa figura idealizada em todos os pormenores, especulando sobre como seria a sensação de um dia poder sentir orgulho de si mesmo, ou, melhor ainda, que os filhos tivessem orgulho dele. Passou dias atormentado pela chocante cena do rebento morto em seus sonhos, mas fez dela combustível para criar coragem de tornar-se para os filhos tudo aquilo que gostaria que Fininho tivesse sido para ele. Elencou seus pontos fracos e fortes e identificou um padrão em sua vida: sempre que se dedicava a estudar e dava o melhor de si, coisas boas aconteciam. Entendeu que esse talvez fosse o melhor caminho para mudar sua realidade.

* * *

Em uma tarde de chuva nasceu Aquiles. Era um menino lindo e, graças a Deus, saudável. Ao vê-lo, Davi sabia que aquele pingo de gente seria seu amuleto da sorte. Faria tudo por ele e por Maria. Eram seu maior motivo para seguir em frente.

Enquanto ficaram no hospital, Davi não conseguiu desgrudar do bebê. Agia como um leão protegendo o filho, e chegou até a virar motivo de piada no plantão. Gostava de observar o bebê dormindo sereno no seu colo.

Passado algum tempo, Davi retomou os estudos numa universidade particular. Em vez de Engenharia, cursaria agora Ciência da Computação. Precisaria ter foco e se formar o quanto antes, pois, com a grana fraca e sem novas oportunidades de trabalho no horizonte para além da empresa de Salvador, corria o sério risco de fazer sua família passar por dificuldades em breve, e estava decidido a não permitir isso.

Focado em seu projeto de tornar-se pai admirável pelos seus filhos, Davi iniciou seus estudos. Ele frequentava a faculdade pela manhã, trabalhava à tarde e adiantava algumas matérias à noite como podia. Durante esse período, parou de sair, de beber e de desperdiçar noites de sono à toa. Sem se dar conta, havia criado um propósito maior do que si próprio, e investiu nisso todos os seus melhores esforços. Na faculdade, participava de todas as feiras, mostras e eventos científicos locais, fazendo questão de ganhar todo ponto extra que pudesse.

Durante a semana, seus dias eram muito bem planejados. Davi se convenceu de que não teria tempo a perder, abusara demais da sorte, e para ele não restava opção senão a de radicalizar sua rotina.

Foi uma das melhores épocas de Davi. Estava apaixonado pelo filho caçula, e essa nova experiência de paternidade fez com que ele se aproximasse cada vez mais de Maria, sua primogênita.

Ao final daquele semestre, Davi descobriu um programa de intercâmbio internacional do governo chamado Ciência sem Fronteiras, que naquela época ainda não aceitava a inscrição de alunos oriundos de faculdades particulares. Davi logo tornou-se obcecado por fazer parte daquele programa: caso fosse bem-sucedido, poderia conquistar dois diplomas e, de quebra, morar no Canadá. Viver fora do Brasil, ainda que por um tempo, era um sonho antigo. Poderia arranjar um emprego por lá e levar sua família tão logo estivesse estabelecido.

Obstinado, Davi plantou aquela ideia e cultivou-a todos os dias. Precisaria manter as boas notas e melhorar seu inglês para poder se candidatar a uma vaga no programa pela Universidade de Ottawa, instituição por ele escolhida. Como nada na vida é fácil, enfrentou severa objeção da família de Joyce, que afirmava que ele estava querendo fugir do país para abandonar suas responsabilidades. Contudo, mesmo sem apoio, ele não desistiu, fazendo-se de surdo para seus detratores. Confiava em si e mantinha-se fiel ao seu lema. "Só por hoje", pensava ele, e resolvia apenas os desafios referentes ao dia em questão, deixando o passado no passado e o futuro para o futuro. Talvez essa tenha sido a grande lição que aprendeu na vida.

E assim, vencendo um obstáculo de cada vez, vieram a aprovação no TOEFL, a carta de recomendação da reitoria da universidade, a validação de sua inscrição pelo MEC – ainda que esta não estivesse elencada na lista das instituições credenciadas – e, finalmente, o aceite do governo federal.

* * *

Davi acordou no meio da noite tremendo de frio. Sentou-se na borda da cama e apertou os olhos para acostumar a vista, mas estava muito escuro. Podia enxergar as grades da cela onde estava dormindo. Eram grossas, quadradas, velhas e enferrujadas. Não tinha jeito, sua única opção agora era conviver com aquelas grades, ao menos por um tempo.

**Em busca de um sonho**

Joyce, Maria e o pequeno Aquiles acompanharam Davi ao aeroporto no dia do voo. Ao entrar na área de embarque, observou que sua pequena princesa chorava, enquanto o caçulinha babava ao olhar curioso para aquela movimentação toda que o cercava. Quanto mais se aproximava o momento da despedida, mais Davi sentia o peito apertando. Nem tinha ido ainda e já estava morrendo de saudade. Sentia por eles todo o amor do mundo. Naquele momento, Davi se dava conta de que sua família ficaria para trás. Aquele sacrifício todo tinha que valer a pena.

O voo de Natal a Fortaleza até que foi ligeiro. Agora, teria de esperar por sete horas no aeroporto cearense até o próximo voo, que pousaria em Chicago, de onde embarcaria finalmente para Ottawa. Não dormiu durante quase toda a viagem, mas, quando finalmente deixou o solo norte-americano, foi vencido pelo cansaço, e não viu nem dez minutos do filme que demorara mais de meia hora para escolher. Embalado pelas nuvens, que ficavam para trás como se fossem uma estrada de algodão doce, finalmente adormeceu.

Quando finalmente chegou a Ottawa, havia uma recepção esperando por ele e pelos demais novos alunos. Ali, Davi conheceu vários rapazes e moças que, assim como ele, estavam vivendo aquele sonho. Ele era, obviamente, o mais velho de todos, e sabia que não ia demorar para que se tornasse o tiozão da galera.

Do aeroporto, dirigiram-se a um ônibus escolar que os aguardava. Davi tinha reservado um hotel perto da universidade enquanto não achava um local para si e um *roommate* para dividir o aluguel. No entanto, ao chegar ao hotel, foi informado de que a reserva era para o dia seguinte: ele havia se enganado quanto à data.

Aflito, Davi tentou uma vaga nos hotéis da região, mas todas as suas tentativas foram frustradas. Em vários deles, deparava-se com a plaquinha de "Sold Out" antes mesmo de entrar. A cidade estava cheia naquele fim de semana, porque os pais dos alunos tradicionalmente acompanhavam seus filhos no primeiro dia de aula, movimentando o setor hoteleiro.

"Não importa se é Brasil, Europa, Canadá, Marte... A grande verdade do universo é que eu nasci pra me ferrar!", pensava Davi, já cabreiro com sua falta de sorte caminhando a esmo pelas ruas de Ottawa. Quando ainda estava no aeroporto, conversara com alguns brasileiros que mencionaram que ficariam num albergue, e ele agora tentava achar o lugar. Quando o encontrou, levou um susto ao ler a placa que dizia: Saintlo Ottawa Jail Hostel. "Uma prisão?", pensou Davi em voz alta, lendo outra vez para ver se não estava doido.

– Prisão-sanatório! – disse um dos amigos ao vê-lo parado ali na entrada.

– Então quer dizer que vocês saíram do Brasil só pra serem presos no Canadá? – perguntou Davi sorrindo.

– Se é pra sofrer, vamo sofrer com estilo, ué!

Aquele local tinha mais de cento e cinquenta anos. Nos anos 1930 havia sido uma prisão, mas depois de um motim, que culminou na morte de um sem-número de detentos, foi fechado e reaberto somente em 1975, agora como um albergue. Rezava a lenda que era mal-assombrado, e o turismo local aproveitava para lucrar, realizando um *tour* diário à meia-noite pela prisão.

Davi acordou no meio da noite tremendo de frio. Sentou-se na borda da cama e apertou os olhos para acostumar a vista, mas estava muito escuro. Podia enxergar as grades da cela onde estava dormindo. Eram grossas, quadradas, velhas e enferrujadas. Não tinha jeito, sua única opção agora era conviver com aquelas grades, ao menos por um tempo.

Tão logo amanheceu, seguiram todos após o café para a recepção dos calouros e a primeira aula de boas-vindas. O bairro universitário ficava a poucos metros do albergue, e, conforme avançavam pelo *campus*, Davi se encantava com tudo. Como era lindo aquele local! A universidade era centenária, e mantinha tudo original e preservado.

Poucos dias depois, Davi e mais três brasileiros encontraram uma boa casa no bairro universitário, praticamente dentro do *campus*. Eram duas amigas de Campina Grande e um carioca descendente de ingleses e italianos chamado Roderick, que seria seu companheiro de quarto. Ele estudava Engenharia Mecatrônica, e tinha feito o colegial na Westminster City School, uma escola cosmopolita onde, segundo ele, estudavam crianças e adolescentes de mais de cem países ao redor do mundo.

Roderick tinha apenas vinte e um anos, um dos maiores nerds que Davi já havia conhecido na vida. Era metódico com tudo, organizado e muito disciplinado. Apesar de jovem, era um ótimo exemplo a ser seguido, e Davi começou a se espelhar nele. Ele, que sempre fora o caçula de sua casa, bancava o "irmão mais velho" daquela turma. A casa deles era tão bacana que virou o *point* dos brasileiros, franceses e até alguns chineses que vez ou outra apareciam. Tinham uma rotina bastante regrada de estudos, atividades físicas e passeios por Ottawa, que era um lugar belíssimo.

Davi estava alegre? Sim. Estava feliz? Não. Seu coração batia a milhares de quilômetros dali, e ele sentia um misto de felicidade e saudade ao falar com sua família quase diariamente ou acompanhá-la pelas redes sociais, uma moda que já havia ganhado o mundo naquela época. Aquiles parecia que crescia de um dia para o outro, e Maria já começava a usar batom e acessórios discretos no cabelo. Às vezes, Davi postava uma foto ou outra de si, ganhando algumas curtidas aqui e ali que raramente passavam das duas dezenas.

Ele não reparou, mas entre suas notificações um nome conhecido pulou na tela.

"Marcus Motta curtiu isso."

* * *

– *... Poxa, cara, que massa! Seu esforço é realmente muito impressionante, todo mundo ficou de queixo caído de ver aonde você chegou* – dizia a voz do Marmota do outro lado da linha mimetizando uma exagerada expressão de alegria.

– Brigado, Marcus. São novos ares. É que não fiquei falando pra muita gente, tem um povo invejoso por aí, sabe? – cutucou Davi.

*– Fez bem, cara. Então, só que assim, tu tá ligado que por contrato você precisa trabalhar de Natal, certo? Você nem sabe, mas, nossa, suei aqui pra que você não fosse desligado imediatamente quando mostrei pra diretoria as fotos aí das suas férias... Te deram 30 dias pra você voltar, beleza? Tô ligando pra te deixar ciente.*

Atordoado, Davi tentou entender e argumentar, mas o Marmota estava certo quanto à cláusula do contrato que limitava a atuação geográfica de Davi.

– Marcus, tô cumprindo todas as demandas, não atraso com nada. Eu preciso continuar com minha fonte de renda, minha família depende disso. Poxa, cara, que diferença faz se eu trabalho daqui ou da China pra vocês?

*– Pois é, amigo. Questões trabalhistas, essa merda toda da lei brasileira. É um absurdo, né? Mas, pra continuar com a gente, precisa estar alocado no Brasil, maninho. Vale pra um, tem que valer pra todos. Imagina se amanhã a moça do café resolve despachar de Bariloche, a da faxina da Disney, o motorista de Aspen. Seria uma zona, não?*

Davi pensou em dizer em voz alta onde achava que Marmota poderia enfiar seu sarcasmo, mas achou que sua situação já era suficientemente ruim, e desligou. Minutos depois, um e-mail de advertência formalizou o entrave, e continha a assinatura até de seu amigo da diretoria destacando o prazo de retorno, concedido como uma gentileza.

Xeque-mate. Davi precisaria ir embora, pois a bolsa que recebia não era o suficiente para manter a si e sua família. Guardou a tristeza da frustração por alguns dias, comunicando os amigos com todo o pesar quando o rosto não mais conseguia ocultar sua dor. O sonho havia sido abortado. Todos ficaram muito tristes com aquela notícia, especialmente Roderick, que até encampou uma campanha para arrumar um trabalho de meio período para o amigo-irmão, mas não deu certo.

Em Natal, Joyce ficou desesperada.

– *Eu sinto muito, Davi* – disse ela ao telefone. – *Mas, se vai ser assim, tu tem que voltar, tem que garantir o sustento dos seus filhos. Se fosse moço solteiro, a história era outra. Falei com minha família, mas você sabe como eles são. Eles acham que... Bem, você sabe o que eles acham.*

Apesar de não esperar nada dos *parentes*, Davi não pôde evitar a mágoa. Nunca estiveram presentes nos momentos mais difíceis, não é agora que estariam. "A vida é assim", ele bem sabia. Se tem uma coisa que aprendeu com sua família, é que a vida é dura pra quem é mole. Davi estava prestes a desligar o telefone, mas foi interrompido pela esposa, que parecia decidida a prolongar o quanto pudesse aquela conversa desagradável:

– *Davi! Viu, tem mais uma coisa... Não queria falar assim, mas logo alguém vai colocar no Orkut ou sei lá onde. O seu pai não passou bem durante a noite. Morreu faz algumas horas. Estava sozinho... Não sofreu muito, eu acho.*

Davi quis chorar, mas não conseguiu. Durante um longo tempo não sentiu absolutamente nada. Então o velho Zacarias tinha batido as botas. Aquele bebum mentiroso! Senhor dos lero-leros, sósia do Rei. Há quanto tempo será que não falava com ele? Uma eternidade. Aquele "nada" começou a pesar nos ombros de Davi, pairando sobre ele como uma névoa de culpa. "Estava sozinho... Não sofreu muito, eu acho." As palavras de Joyce se repetiam em sua mente como um disco quebrado, partindo seu coração em mil cacos.

* * *

Davi agendou o retorno ao Brasil para o fim de semana seguinte. Roderick chorou ao perceber que de fato perderia o melhor amigo que fizera ali. Numa noite, Davi reuniu os companheiros e lhes contou um pouco da sua história.

– O que me deixa mais triste é deixar vocês. São os melhores irmãos que eu tive na vida – disse ele, a voz embargando a cada frase.

Todos lamentaram aquela despedida prematura, mas fizeram questão de acompanhá-lo até o aeroporto. Lá deram de presente a Davi uma bandeira do Canadá assinada por cada um deles. Era um gesto lindo, mas que doía mais do que qualquer agressão que o rapaz sofrera ao longo da vida. Embarcou segurando a bandeira junto ao peito e migrou para o sul no pássaro de ferro.

Já no aeroporto de Natal, ninguém foi recebê-lo. Tanto calor humano em meio ao frio, e agora, de volta à realidade, tanto frio em meio ao calor. Quando chegou em casa, matou um pouco da saudade da família e logo saiu. Tinha uma urgência para resolver.

A sepultura de Fininho era feia e descuidada. Davi aproximou-se, depositou ali uma rosa e conversou longamente com o pai. Tivera ali, aos pés de seu jazigo, a conversa que nunca tiveram em vida. Ao notar a inscrição no túmulo, Davi percebeu que era de uma música do Roberto Carlos. Quando lembrou qual era, chorou.

# ( 15 ) NOVA CRIATURA

"O conhecimento nunca é perdido. Mesmo que suas experiências pregressas tenham sido negativas, não ignore o poder delas de instruir e de evitar novos erros."

**Mestre Davi?**

Davi não estava ansioso, tampouco nervoso. Havia lutado muito por aquilo. Após receber seu diploma naquela noite de dezembro, retornou ao seu lugar ouvindo a voz do mestre de cerimônias solicitando ao aluno Vicente que subisse ao palco para receber a láurea como o melhor aluno do curso. Até a viagem para o Canadá, Davi disputou ponto a ponto com ele o título de primeiro da turma. Sorriu por dentro, muito feliz. Se alguém merecia estar ali recebendo aquela honraria, esse alguém era Vicente.

Enquanto todos curtiam o baile de formatura, Davi procurou um lugar calmo e quieto do lado de fora do centro de eventos. Sentou-se e, como de costume, ficou ali a vislumbrar as estrelas. O céu noturno de Natal à beira-mar... Para ele, não existia outro igual. Agradeceu a Deus, não somente por aquele momento, mas por tudo o que havia superado até chegar ali.

* * *

Abandonar o sonho do Canadá não foi nada fácil. Nos primeiros dias, Davi teve que contar e recontar a mesma história um milhão de vezes, e depois ainda encarar o semblante de decepção de quem o interpelava. Queria se enfiar num buraco cada vez que ouvia algo como "Nossa, se fosse comigo com certeza eu teria ficado". "Fácil falar", Davi pensava.

Tão logo retornara a Natal, entrou em contato com Marmota para avisar que já estava de volta. Pronto. Era isso que eles queriam, certo? Ao telefone, o chefe afirmou que não era tão simples assim, e que precisariam ter uma conversa presencial, o que o rapaz achou muito estranho. Marcaram então um encontro em um hotel de Natal e, no dia e hora acertados, Davi compareceu. Sua intuição lhe avisou que seria uma boa ideia gravar a conversa.

Colocou a velha soqueira de estimação no bolso e, ao chegar, Marcus estava no bar externo, com vista para o mar, tomando um vinho. Cumprimentaram-se, e Davi discretamente colocou seu *smartphone* para gravar.

– Poxa, cara, mal aê por aquele lance do Canadá. Aposto que ficou bem puto com os caras, mas é assim... Uns mandam, outros... – disse Marmota, dando início ao seu discursinho cínico. – Chamei você pra conversar porque preciso anunciar que vão ter umas mudanças no nosso formato de trabalho. Eu tô em contato com vários novos fabricantes, e a gente criou um site pra vender as certificações. Então agora você vai trabalhar pra mim, entendeu? Te pago o mesmo que você ganha na empresa. Ou seja, tu vai dobrar de salário. O que acha?

– O que eu acho de trabalhar escondido? Pra *você*? Mas é lógico que não – respondeu Davi.

Nesse momento, Marcus alterou seu tom de voz de cínico para ameaçador, como um psicopata.

– Ah, é? Tua outra opção é ir pra Ilhéus. Vai estar submetido a mim do mesmo jeito. E ainda te boto com dois estagiários pra aprender o que tu faz.

– E você acha que o pessoal da empresa vai aceitar isso numa boa?

– Aceitar? Não só aceitaram como adoraram. Empresa nenhuma gosta de ficar submetida a funcionário sabichão, maninho.

Nesse momento, Davi sacou seu Galaxy S3, que ele comprara em Ottawa, abriu o gravador de voz e começou a reproduzir o que gravara um minuto antes.

*– Eu tô em contato com vários novos fabricantes, e a gente criou um site pra vender as certificações. Então agora...*

– Esse aparelho aqui é top de linha, cara. Comprei barato, por aqui é uma fortuna. Impressionante a qualidade, né? Dá pra ouvir bem cada letra do que a gente fala – disse Davi, já se aprontando para se defender de alguma reação violenta do outro.

Ao ouvir a gravação, Marmota teve a péssima decisão de tentar tomar o aparelho da mão de Davi, que lhe aplicou dois socos, um no antebraço e outro bem acima da orelha. Davi guardou a soqueira no bolso novamente, tomou um último gole de vinho do copo de Marcus e, com a sensação de alma lavada, saiu como se nada tivesse acontecido. Marmota ficou caído ao chão, contorcendo-se de dor.

Davi sabia das implicações do que havia acabado de fazer, mas não se arrependia de nada. Naquela mesma semana, encaminhou o áudio à diretoria da empresa, causando a demissão de Marcus. No entanto, como era de se esperar, o playboy não saiu em silêncio, e teve êxito em convencer a diretoria de que Davi também tinha culpa no cartório. A opção oferecida ao rapaz foi ir para Ilhéus, mas ele não cairia naquela armadilha. Àquela proposta, Davi só pôde responder um sonoro "não".

Encurralado pela situação, restava a Davi afundar-se na rotina de estudos. Estudava pela manhã, fazia alguns bicos à tarde e, à noite, estava de volta aos livros. A situação financeira de sua família naquele período ia de mal a pior, mas o importante era que ainda estavam juntos, e isso consolava Davi, impedindo-o de esmorecer.

Foram meses tomando café e jantando pão com salsicha que conseguiam comprar fiado na padaria. O almoço era uma quentinha dividida para eles três. A família de Joyce criticava muito Davi por causa daquela loucura de estudar em dois horários. "Ora, devia mesmo era conseguir um emprego." Davi, contudo, estava determinado a não fazer isso.

De algum modo, Davi sabia que seu futuro estava ligado à conquista do diploma, e não iria desistir estando tão perto. Foram tempos muito difíceis, e semana sim, semana não, cortavam a água ou a luz. Contudo, apesar das inúmeras dificuldades e desafios, nada de essencial faltou à família além de alimentação decente, moradia e demais condições básicas.

* * *

Trazido de volta de seus devaneios, um filme se passava na mente de Davi ao contemplar o bonito canudo de formado que agora trazia em mãos enquanto contemplava o céu da noite de sua formatura. Para tantos colegas ali, muitos dos quais ele sequer sabia o nome, a graduação era apenas mais um *checkpoint* em suas vidas abastadas, pouco mais importante do que o carro do ano ou as férias na Disney. Para ele, era um atestado do quão longe podia chegar quando confiava em si, quando assumia as rédeas da própria existência. No jogo da vida, quem assume o controle vence.

Um novo ano se aproximava, e Davi faria dele o mais importante de toda sua vida.

Davi jogou seu capelo para cima.

* * *

Logo no início de janeiro, um professor de Davi o incentivou a se inscrever para o programa de mestrado da Federal de Natal, a UFRN. A própria tentativa por si só já era um grande desafio. Teria que arrumar um orientador e ainda escrever um projeto. Como não era oriundo daquela instituição, as cobranças certamente seriam mais severas.

Durante esse mesmo período, Davi tomou conhecimento de uma seleção para o Ministério Público, e até comprou o *Diário Oficial* e se informou melhor sobre os requisitos para se candidatar a um cargo. Ao ver a remuneração, Davi vislumbrou aquilo para sua vida, e decidiu que não trabalharia para mais ninguém. Voltaria seu foco para conquistar uma vaga no MP!

Começou a desenvolver todas as competências requeridas e procedeu com sua inscrição, mas após duas semanas recebeu a primeira das ligações que o traumatizariam nos meses seguintes. Do outro lado da linha, havia uma voz fanha de mulher sem qualquer emoção. Era muito óbvio que estava lendo:

*– Caro senhor... ah... Davi. Espero que esteja bem. Ligo para lhe informar que "in-fez-me-len-te" o senhor não foi aprovado na primeira fase do processo e não seguiremos com sua candidatura. Obrigada!*

"'Infezmelente' digo eu", pensou Davi ao desligar. No entanto, ainda que triste, prometeu a si mesmo que buscaria esse novo objetivo incansavelmente, até conseguir.

Poucos meses depois, houve mais uma seleção, e dessa vez Davi foi convocado para uma reunião. Havia passado da primeira fase! Quando o telefone tocou, na semana seguinte, Davi ouviu novamente aquela voz:

*– Caro senhor... "Deivid". Espero que esteja bem. Ligo para lhe informar que "in-fez-li"...*

– *Infelizmente*, diacho! – interrompeu Davi, impaciente, já antevendo o resultado.

*– Infelizmente o senhor não foi aprovado na segunda fase do processo e não seguiremos...* – continuou a voz, absolutamente indiferente à correção.

Apesar da dificuldade, Davi conseguiu uma vaga no mestrado, e iniciou naquele mesmo semestre. Era bem puxado, e ele nunca havia enfrentado tanta dificuldade para aprender quanto nas matérias da pós-graduação. Estudava o dia inteiro, e quase não mantinha nenhuma vida social.

Perto do fim do primeiro semestre, Davi participou de mais uma seleção do MP. Dessa vez, fez entrevista técnica e foi convocado para a entrevista com o RH. Nos dias seguintes, Davi agonizava esperando pela ligação, com mais medo da voz fanha do que da notícia que ela daria. Atendeu ao telefone logo no primeiro toque:

*– Caro senhor Davi. Espero que esteja bem...*

Davi podia sentir o coração batendo em seus ouvidos, que quase parou de angústia com a morosidade da voz fanha.

– *In-fe-liz-men-te...* – continuou ela com a ladainha de sempre. Pelo menos dessa vez havia acertado.

Na metade do segundo semestre, houve mais uma seleção, mas dessa vez para um cargo diferente, assessor técnico de inovações. Parecia lindo, mas Davi não fazia ideia do que isso queria dizer.

Inscreveu-se mesmo assim, e fase após fase avançou no processo, até chegar no RH novamente, utilizando todas as ferramentas de que dispunha para se dar bem. Foram duas semanas de espera, até que um dia, enquanto se preparava para uma aula de Redes Neurais, recebeu uma ligação:

– *Caro senhor Davi. Espero que...*

– Eu tô bem, moça, obrigado. Vai, me dispensa logo!

A voz fanha pouco se importou com a pressa do rapaz.

– *Ligo para lhe dar os "pa-ba-réns"... parabéns, o senhor foi selecionado para a última fase! Entraremos em contato para maiores informações.*

Chegado o dia da entrevista com o diretor-geral da instituição, Davi foi chamado perto das quatorze horas. A conversa durou pouco mais de trinta minutos. Por fim, uma simpática moça perguntou a ele:

– Você não desiste, né? Por que, afinal, você quer tanto entrar no Ministério Público?

– Por dois motivos: tenho certeza de que sou capaz... E para mudar de vida.

Cumprimentando e agradecendo a todos, Davi se despediu. De volta à sua rotina, seguia nas aulas do mestrado e fazendo bicos de vez em quando. Após uma semana, o telefone tocou novamente, e Davi estremeceu de nervoso de ter de lidar com aquela maldita voz.

– *Alô? Eu poderia falar com o Davi?*

Não era a voz fanha, mas a simpática moça que falou com ele no dia da entrevista.

– *Acho que vai ficar feliz de saber que, entre muitos e muitos candidatos, escolhemos você!* – disse a moça, feliz por ser portadora de boas notícias.

Davi não conseguia acreditar, e pediu a ela que repetisse, só para saborear o som daquelas palavras, que há tanto tempo sonhava em ouvir. A moça riu ao telefone:

– *Repito, sim! Você foi aprovado! Pode trazer seus...* – Ela parou, pensando ter ouvido um soluço. – *Davi, você está bem?*

Recobrando o fôlego, Davi engoliu o choro e conseguiu finalmente dizer:

– Nunca estive tão bem em toda a minha vida!

## Vivendo um sonho

Seis meses depois, a vida de Davi havia mudado por completo. Nem de longe lembrava o cara da Cohab, apesar de jamais ter se esquecido de suas origens. Durante o pouco que já havia convivido com os novos colegas de trabalho, sua mente mudara muito. Na vida pessoal, curtia uma nova fase com a família, e até se aventurava a participar do coral do órgão da igreja, retomando amizades e atividades de outrora. Como dizem, "a mente que alcança um novo nível jamais caberá no anterior novamente".

Após alguns problemas típicos de qualquer início de trabalho em um lugar novo, Davi enfim demonstrava seu potencial. Começou inovando no Setor de Atendimento Técnico, implementando um novo modelo de prestação de serviços de altíssimo nível. No primeiro ano de MP, teve seu projeto eleito como um dos cinco melhores no cenário nacional na área de inovação tecnológica. Consolidou sua trajetória dentro do órgão, e grandes projetos e contratações passaram a requerer seu aval. Muitos promotores procuravam Davi para participar de projetos em suas áreas de atuação.

Graças ao bom desempenho, Davi e demais autoridades do MP foram convidados a participar de uma solenidade em Brasília. Foi a primeira vez na vida que Davi usou um terno. Sobrevoar Brasília foi uma emoção nova para ele, que sempre quis conhecê-la. Aquela maravilha de lugar um dia não passou de um sonho na cabeça de um homem. Agora era capital nacional, construída no meio do nada em apenas cinco anos.

Brasília era a prova viva de que o ser humano não pode abrir mão dos seus sonhos jamais, e de que, com um bom planejamento, a mente nas nuvens e os dois pés firmes no chão, o céu é o limite. Davi sentia que Deus plantava nele a vontade de um dia morar ali.

Todos os conhecidos de Davi agora o tratavam como seu queridinho. Ele ainda carregava mágoas e feridas em seu coração, mas, quando tudo vai bem, é fácil camuflá-las. Um curativo bem-feito disfarça qualquer ferida aberta.

Davi e a família se mudaram, passando a morar num ótimo apartamento em um condomínio fechado. Dentro de seu novo lar caberiam facilmente duas residências da Cohab. Comprou seu primeiro carro zero quilômetro, um i30 preto lindo com direito a teto solar, que ele passava horas e horas namorando. O mestrado, a essa altura, estava em segundo plano, e Davi acabava faltando a muitas aulas. Porém, mantinha uma rotina equilibrada entre o trabalho e a família. Queria imprimir nos filhos memórias afetivas felizes. Na Maria, que já começava a desenvolver os primeiros traços da adolescência, e no Aquiles, que, graças a Deus, poucas lembranças guardaria dos tempos de perrengue.

Foi durante esse período, em pleno auge de sua carreira como gestor público, que Davi começou a sonhar ainda mais alto, pois assim pedia seu coração. Queria ir além, e andava montando um planejamento pessoal, o mais importante da sua vida. Uma vez mais, Davi se preparava para deixar a posição de mestre e se colocar como aprendiz.

## Perseguindo o ótimo

Davi sabia o que deveria fazer, e dessa vez tinha clareza sobre o percurso que estava por percorrer. Colocaria tudo o que tinha – conhecimento, sabedoria e uma boa situação financeira – em prol de seu objetivo. Avaliou o que poderia ficar e o que teria de abandonar na vida, e o mestrado foi uma das primeiras coisas das quais precisaria abrir mão. Novamente, deixou de lado a vida social, mantendo, porém, encontros semanais com os amigos e momentos pontuais com a família, a fim de preservar a sanidade da mente.

Aprendeu tudo o que precisava sobre concursos da área policial em nível federal e passou cerca de seis meses se planejando antes de começar os estudos. Por mais contraproducente que possa parecer, tal decisão lhe rendeu ótimos frutos. Deu início também a uma rotina de treinos, pois era consenso entre os que se aventuravam naquelas searas que quem deixa para se preparar para os temidos testes de aptidão física depois da primeira fase geralmente não obtém sucesso.

A rotina de acordar cedo e dormir tarde já lhe era familiar desde tempos imemoriais, e Davi manteve-se assim por um ano inteiro. Um dia de cada vez, preocupando-se meramente com o que tinha programado para cumprir durante o dia. Não desperdiçava um minuto de tempo pensando no amanhã, seguindo à risca o que dizia o Evangelho: "Portanto, não se preocupem com o amanhã, pois o amanhã trará as suas próprias preocupações. Basta a cada dia o seu próprio mal".*

Era clichê, mas Davi não titubeou em adotar o velho mantra "força, foco, fé". Nos momentos de cansaço, dúvida e incredulidade, fazia a diferença. Aproximava-se sua primeira prova de fogo, o exame de agente federal da Polícia Rodoviária Federal. Tinha em mente que esse primeiro desafio seria mais para conhecer a dinâmica dos ritos que deveria cumprir, administrar o tempo para responder às cento e vinte questões objetivas, marcar tudo no cartão de respostas e ainda fazer uma redação e passá-la a limpo.

Não era apenas questão de estudar, tinha que ter estratégia. Chegado o dia, ele foi sem peso algum. Apenas deu seu melhor, e pôde constatar que na hora H é tudo diferente da teoria. Davi viu todo tipo de gente chorando pelos mais variados motivos. Sonhos que, por falta de planejamento e seriedade, foram postos em xeque.

Ele não passou de primeira, mas gostou muito da experiência. Agora sabia o que e como deveria focar, e replicava em casa o ambiente exato das provas, com tempo cronometrado para tudo – até para ir ao banheiro!

Meses depois, saiu um edital da Polícia Federal. Davi almejava o cargo de agente, e planejou seus estudos diários em detalhes a fim de enfrentar a concorrência de trinta e cinco mil candidatos por vaga, preparando-se da melhor maneira que podia, o que incluiu um cursinho presencial noturno. O convívio com Roderick no

* Mateus 6:34.

Canadá fizera dele uma pessoa muito metódica. Copiava esse comportamento do amigo, e isso lhe dava segurança para manter-se no prumo, disciplinado e consistente.

No cursinho, evitava as amizades. Não que não gostasse de se misturar, mas visava a proteger seus objetivos de fraquezas já identificadas. Ganhamos as lutas que conseguimos evitar. Mesmo no aniversário de Aquiles, Davi chegou ao cúmulo de aparecer somente para cantar *Parabéns* e voltar imediatamente aos estudos.

Na véspera da prova, acordou cedo para o último simulado e, no dia seguinte, fez o melhor que pôde, sentindo-se satisfeito por isso. Ao fim do exame, entregou o gabarito e voltou feliz para casa. Davi chegou bem perto da nota de corte. "Na trave", diriam os narradores de partidas de futebol. Mas Davi aprendera que não se estuda *para* passar, se estuda *até* passar.

* * *

Bateu na trave também oito meses depois, em mais um concurso para a Polícia Rodoviária Federal. Mas no seguinte, para agente da PF, Davi finalmente fez gol! Quem dera a notícia havia sido seu diretor no Ministério Público. Ele comemorou, junto a todo o Setor de Informática. Uma fase vencida. Agora viriam exames médicos, testes físicos, avaliação psicológica e investigação social – essa última era o grande medo de Davi, devido ao seu histórico de violência.

Davi foi vencendo etapa por etapa, e a cada barreira ultrapassada comemorava ao ver seu nome ainda na lista dos que seguiam em frente. Até que chegou a vez do teste físico. A corrida o preocupava, pois era seu ponto fraco. Ele se garantiu muito bem nos treinos para todos os exercícios requeridos, já sabendo de antemão que perderia pontos na corrida. Cada exercício tinha a sua própria pontuação e eram todos eliminatórios. Davi sabia que não conseguiria pontuar bem na corrida, e se preparou para garantir o mínimo para não ser eliminado.

No dia do teste físico, ele estava bem. Sabia que se forçasse poderia ter uma distensão muscular. Enquanto todos corriam, Davi caminhou por alguns minutos e, quando recuperou a altivez dos músculos, voltou a correr. Atingiu a marca de dois mil quatrocentos e sessenta metros em doze minutos!

Ao fim de todo o processo, Davi conseguira o primeiro lugar. Mas da suplência. Isso significava que ele poderia *ou não* ser chamado para o curso de formação. Baixou a cabeça ao saber do resultado. Será que bateria na trave mais uma vez? Arriscar deixar o MP para uma posição incerta? Ao conversar com a esposa, ela foi totalmente contra, e ele nem sabia como contestá-la. Como poderia ele arriscar expor sua família novamente a uma situação de penúria?

(PARTE IX)

# DE ERRANTE A ALPINISTA

# ( 16 ) DECISÕES QUE MUDAM A VIDA

"O conhecimento nunca é perdido. Mesmo que as experiências sejam negativas, não ignore o poder que elas têm de instruir e evitar novos erros."

**Coragem para decidir**

Naquela manhã, Davi acordou decidido. Não daria ouvidos à opinião de ninguém. Deixaria nas mãos de Deus se seria ou não chamado para o curso de formação. Sua parte ele havia feito. Teria uma conversa com o diretor-geral para explicar a situação. Cabia a ele e aos outros mandachuvas a decisão de exonerá-lo ou mantê-lo ali.

O chefe relutou, mas Davi estava convicto. Disse que havia boas chances de ser convocado para o curso, que teria início em dez dias, e que já estava pronto para ir caso fosse chamado. O conselho convocou uma reunião, e todos foram unânimes quanto à manutenção de Davi no cargo até o último momento, especialmente por conta do legado que ele estava deixando. O rapaz mantinha todas as informações referentes à gestão dos projetos muito organizadas e atualizadas.

O comitê estratégico até entregou uma carta assinada por todos os membros ao procurador-geral, solicitando que Davi, caso fosse para o curso de formação, pudesse ficar em estado de licença não remunerada. Entretanto, o procurador-geral não pôde acatar o pedido, por conta de Davi não ser servidor de carreira. Mesmo assim, ele também assinou a carta.

Era uma sexta-feira quando saiu a lista de segunda chamada para o curso de formação, e o nome de Davi constava na listagem. Alguns candidatos supostamente perderam o prazo de confirmação de matrícula. Ele estava no trabalho quando leu seu nome no *Diário*

*Oficial*, e mal pôde conter a euforia. Tinha três dias para se apresentar ao local do curso e confirmar a matrícula.

Celebrou durante o fim de semana com tudo o que tinha direito. Acertou os detalhes para que a família ficasse bem durante sua ausência e, na segunda-feira, foi ao MP escrever sua carta de exoneração. No momento de assiná-la, ainda hesitou. Aquela instituição fora um divisor de águas em sua vida. Escrever o nome no pedaço de papel encerrava aquela fase. Seu coração estava temeroso com o que viria pela frente.

Davi se despediu de todos os amigos do MP e, ao partir, parou em frente ao imponente prédio que lhe servia de sede. Um filme passou pela sua cabeça. Lembrou-se de cada detalhe, de tudo o que havia acontecido de bom em sua vida desde que entrara ali. Com um sorriso no rosto, saudou a instituição do Ministério Público, onde havia aprendido não somente a ser um profissional de excelência, mas a ser ético, transparente e comprometido.

## Curso em formação

O carro do Uber estacionou em frente à Academia Nacional de Polícia, que ficava longe do plano-piloto cerca de vinte quilômetros, na cidade-satélite de Sobradinho. Como estava situada em uma parte alta, de lá dava para ver Brasília toda lá embaixo na parte plana. O local estava bem movimentado. Quando Davi desembarcou, permaneceu ali alguns minutos e agradeceu a Deus por tamanha graça. Contava com Ele para em alguns meses sair daquela instituição com o canudo de conclusão do curso.

Já na recepção, foi encaminhado à área dos dormitórios. Eram quatro grandes blocos com quarenta quartos em cada um. A caminhada até lá durava uns dez minutos. "Devia ter entrado com o Uber", Davi pensou, e riu sozinho. Seu quarto seria o 13 Bravo.

Adentrando o dormitório, logo deu de cara com um colega de quarto, que se apresentou como Murilo. Ele era cearense, dois metros de altura, corpulento, praticamente um urso. Explicou que tinha uma deficiência auditiva, e sem seu aparelho, idêntico a um fone de ouvido, não conseguia ouvir praticamente nada.

No quarto havia ainda um brasiliense chamado Lima, bem magrelo. Sua voz soava muito familiar para Davi, e ele demorou alguns dias até perceber que era idêntica ao do Batatinha, da Turma do Zé Colmeia. Em sua cama havia um violão, e Davi desejou que sua destreza no instrumento compensasse a voz esquisita, mas jamais insinuou nada a respeito.

No outro beliche, na parte de baixo, estava Austin, um mineiro gente boa de verdade. Tinha o mesmo porte de Davi, só era um pouco rechonchudo. Disse a Davi que a cama superior do beliche dele era a única disponível, pois o restante já estava ocupado.

Os outros dois "moradores" eram ambos oriundos do Exército: Lindolfo, de pele muito branca, também cearense; e Silva, um rapaz moreno que diziam "não valer nem 1 real" de tão fanfarrão. Brincalhão, não levava nada a sério, e fazia todos rirem sem nenhum esforço com suas piadas e anedotas de militar. Caminhando pelo alojamento, Davi conheceu várias outras pessoas do Rio Grande do Norte.

À noite, os novos companheiros combinaram de sair para beber, pois não sabiam quando seriam liberados novamente, e todos do 13 Bravo compareceram. Próximo à ANP havia um complexo comercial perto de um posto de combustível chamado Flamingo, e marcaram de se encontrar por lá.

Silva, depois de algumas cervejas goela abaixo, contava suas histórias de quando era do rancho no quartel, como as vezes em que desviava filés dos oficiais para os soldados em troca de um cascalho ou pequenos favores. Ria ao se lembrar da cara dos oficiais mascando carne de segunda como se fosse chiclete, mas desfez a cara zombeteira ao relatar o resultado daquela galhofa: cadeia!

O papo e as risadas seguiram noite adentro, até que um frio que veio do nada começou a incomodar o pessoal, especialmente os do Norte e Nordeste, menos acostumados a essas mudanças drásticas de temperatura. Adiantaram a saideira e foram embora, mas, quando chegaram de volta à ANP, descobriram do pior jeito que a entrada ficava aberta só até a meia-noite, portanto precisariam esperar até as cinco da manhã naquela friaca, que só piorava com o passar das horas. Foi a noite mais longa da vida de muitos ali.

Às cinco, correram em direção aos dormitórios para aproveitar uma única hora de sono confortável. O evento de abertura seria às seis. Murilo reclamava, dizendo que nunca mais iria ao Flamingo. Silva reclamava, dizendo que iria jogar o despertador de Davi na parede. Austin reclamava de todo o resto. Assim foi o primeiro despertar do 13 Bravo, e ali se formava uma das famílias mais unidas do curso de formação.

* * *

Desde o início, a rotina foi bem puxada. Aulas no pavilhão de salas a partir das sete da manhã, pausa de uma hora e meia para almoço e descanso, retorno às treze e trinta. De propósito, deixavam as matérias de humanas para esse horário, quando o sono atacava com mais força. Professores de voz calma, o barulhinho do ventilador, o tique-taque do relógio rompendo o silêncio. Quem dormisse ali era retirado da sala e penalizado.

As aulas tinham fim às dezoito horas e retornavam às dezenove, o que dava tempo só para comer, tomar banho e trocar de roupa. Assim foram as três semanas iniciais dos estudantes, que ficavam aquartelados na academia de segunda a sexta-feira. Tinham os fins de semana livres, e alguns aproveitavam para curtir e encher a cara. Davi gostava de ficar recluso, especialmente aos domingos, quando passeava pelo shopping e pegava um cinema. Ele se adaptava bem a rotinas e horários rígidos, o que era uma vantagem. Se sua mente se atrapalhasse, corria o risco de ficar irritado, e tinha receio de pôr tudo a perder por conta de estresse e de saudade da família.

As preocupações de Davi tinham fundamento. No segundo mês, quando tiveram início as atividades físicas, o esgotamento mental começou a aflorar entre os alunos. Houve casos pontuais de discussão e um início de troca de agressões, mesmo contra os professores.

Eles tinham a missão de levar todos à exaustão, justamente para selecionar os mais bem preparados para atuar em situações extremas. O início dessa fase foi pesado para todos. Alguns desistiram, outros foram convidados a se retirar.

Sempre que pensava em desistir, Davi focava no contracheque de um lado e dividir a quentinha com sua família do outro. Isso o motivava a se manter firme em sua missão. Era uma luta diária. Não há inimigo mais terrível que a própria mente. No entanto, mais do que cuidar de si, cada um tinha também o dever de cuidar do outro, pois suas vidas dependiam disso.

Todos, sem exceção, tiveram seus momentos de angústia e depressão. E mesmo Davi, que era a rocha que segurava os amigos, um dia ruiu.

Chegou o momento de começar o treinamento com armas e munições letais. Até então, só utilizavam simulacros e *paint ball*. Tiveram um dia exaustivo, com atividades físicas desde cedo, e o desgaste de todos era notório. O bom era que poderiam relaxar após a última atividade, conforme disseram os professores. Dali, iriam todos para a boate.

O sorrisinho sarcástico dos professores denunciava que uma pegadinha estava em curso. De fato, no início da noite, eles foram levados aos galpões de treinamento de invasão e combate em ambiente confinado, onde se recriavam ruas estreitas e casas diminutas e apertadas. A turma de Davi foi direcionada para dentro de um daqueles ambientes. Item por item, os instrutores recriaram, à sua maneira, uma danceteria dos infernos, onde as luzes eram suas lanternas piscando intermitentemente. Depois fecharam todas as saídas e as bloquearam.

Davi começou a surtar, dando início a uma crise de claustrofobia. As luzes, o calor, o sentimento de confinamento. Nesse instante, foi adicionado mais um elemento à boate: a fumaça. Um dos professores começou a borrifar gás lacrimogênio no ambiente, e um dos jatos atingiu Davi bem no rosto. Desorientado, ele tomou ainda um tapão do professor, que cresceu para cima dele aos berros:

– Num gostou do carinho, seu bosta? A senhora está incomodada? Ué, cadê o caveirão das aulas? Cadê o machão?

Após o tapa, Davi entrou em pânico. Guiou-se pela voz de seu agressor, agarrou-o e saiu arrastando-o galpão afora. Chegando à porta, começou a bater nela utilizando o corpo do professor.

– Eu não vou morrer aqui! Abre! Abre! – gritava ele desesperado, lutando com os que tentavam dominá-lo.

A porta foi finalmente aberta para conter a confusão que se avolumava. Davi praticamente jogou o professor contra a parede do outro lado do corredor e foi guiado por um dos companheiros para a área aberta à frente, a fim de se livrar dos cristais de gás aderidos à pele. Agora livre para respirar, ele foi se acalmando.

Uma gritaria tomou conta do corredor. O rapaz não podia enxergar, graças ao gás em seus olhos, mas reconhecia as vozes dos professores. Uma delas exigia a expulsão de Davi, o covarde que o havia agredido. Novamente, Davi entrou em pânico, agora com medo de ser desligado do curso. Afastado do grupo, chorava feito criança, pois aquilo era tudo o que ele tinha na vida. De novo perdia o controle de seus próprios atos, um personagem desgovernado num ambiente hostil. Fim de jogo?

Depois de um tempo, um dos professores veio conversar com ele, tentar colocar sua mente de volta ao prumo.

– Escuta bem o que eu vou te dizer, cara. Você precisa ouvir a *música* – disse ele.

Davi olhou para ele sem entender.

– Presta atenção! O que tem numa boate? *Música*! É esse o segredo do exercício – explicou o professor. – A música dá moral pra equipe. Você tem que se recobrar, ou metade desses manés não vai conseguir repetir o exercício. Você é uma das referências deles.

Minutos depois, Davi conseguiu se recompor. Iriam repetir o exercício. Tudo recomeçou, item por item. Davi fechou os olhos e, calmo e concentrado, orou com fervor. De novo o odor sufocante do gás começou a impregnar o ambiente, e seus efeitos eram devastadores. Tosse, coceira, falta de visão, sensação de sufocamento. Nesse momento, o professor puxou a música, e pediu que todos repetissem com ele a canção militar com todo o fôlego que lhes restava. De fato, aquilo teve um grande efeito sobre o grupo, e em poucos segundos estavam todos batendo palmas e pés no ritmo da canção. Mesmo com o gás, ninguém parou, ninguém pediu para sair. Eram um só corpo.

* * *

Na última semana do curso, Davi havia emagrecido por volta de quinze quilos. Foram quatro meses de muito suor e sangue, literalmente, e a sensação era de alívio por terem sobrevivido até ali. Graças a um estiramento na coxa direita, vivia à base de Salompas, anti-inflamatórios e analgésicos, e não era só ele. Quase todos traziam dores e feridas com as quais tiveram que aprender a lidar para chegar ao final do curso.

A cerimônia de entrega dos diplomas foi belíssima. Davi e o 13 Bravo estavam exultantes. Todos precisaram, em algum momento, ajudar ou ser ajudados pelos companheiros. Formava-se ali uma irmandade para a vida. Até o ministro da justiça compareceu e discursou aos novos policiais federais.

Joyce levou Maria e o pequeno Aquiles à cerimônia, e o coração de Davi se derreteu todo ao vê-los. Julgava estar dando um grande exemplo aos filhos. De que cabe a cada um definir seu propósito e empregar os esforços necessários para construir o tão sonhado futuro. Davi era um grande exemplo de que é possível mudar o rumo de uma vida inteira a partir da mudança da mente.

Terminada a cerimônia, cada um organizou suas coisas e partiu para seu canto. Ao sair, Davi refletiu sobre tudo o que havia passado naquele lugar, nas noites sem dormir, nos dias sem fim, nas feridas – muitas das quais ainda doíam. Ficaria ali parado junto à portaria por horas a fio se Aquiles não o tivesse interrompido:

– Vem logo, papai! A mamãe falou que vai comprar sorvete pra mim!

E ele só foi.

Naquela noite, Davi convidou Joyce para jantar. Queria apresentar a ela um pouco daquela cidade pela qual se apaixonara. Eles deixaram Aquiles a cargo de Maria. Iriam finalmente comemorar aquele feito, foram muitos dias de angústia à custa da sua ausência, e por vezes até mesmo de gestos de amor. Davi estava aprendendo a amar, e isso se refletiu no seu casamento; pareciam mais parceiros, mas o certo é que Joyce teve um papel especial nas conquistas de Davi, e ele sabia muito bem disso.

Após o jantar, Davi a levou para o largo do Senado. Sentaram-se ali na grama, conversaram sobre tudo que havia se passado desde o primeiro dia daquele relacionamento, de como um acabou se acostumando com o jeito do outro; lágrimas rolaram ao se lembrarem dos duros momentos que vivenciaram. Não perderam tempo atribuindo culpa, não planejaram como seria dali por diante, apenas se deram a oportunidade de, naquele momento, serem bons amantes, como há muito tempo não faziam.

## Pagando o preço

De volta à sua nova realidade, os primeiros dias foram até festivos. Um federal na família era algo inédito e todos queriam conversar com Davi, saber como ele tinha feito aquilo, qual era o macete para passar em um concurso tão facilmente. Outros simplesmente diziam que ele sempre havia sido muito sortudo. Davi tinha certeza de duas coisas: não foi fácil em momento algum, e sorte era algo que ele nunca teve, a começar pela família.

Passada a excitação da novidade, Davi sabia o que viria pela frente. Estava aprovado, mas não nomeado, e não teria nada até que o governo decidisse fazê-lo. Procurou emprego, e chegou até a fazer algumas entrevistas, mas, ao relatar sua situação, era dispensado: empresa alguma estava disposta a contratar um funcionário que poderia perder a qualquer momento.

Davi teve que entregar o apartamento em que morava com a família, e Joyce foi morar na casa da mãe com Aquiles. Davi, por sua vez, ficou hospedado na casa de sua mãe. No chão. Já não se incomodava com isso, pois sabia que era provisório. A verdade é que, logo que chegou do curso de formação, Davi percebeu a esposa mais distante que o normal, e o distanciamento foi só piorando, e em nada lembravam um casal. Contudo, nenhum dos dois tocava no assunto.

O pouco dinheiro que restava do seu pé-de-meia já estava se esvaindo e, ao final do primeiro mês desempregado, Davi resolveu trabalhar como Uber para fechar o mês. Ainda mantinha seu i30, e era uma opção interessante para ele, pois poderia parar assim que fosse chamado sem se complicar nem complicar ninguém.

– Motorista, onde posso encher minha garrafa com água mineral? – perguntou a passageira, como se estivesse numa limusine.

– Moça... me desculpe, mas não tenho água mineral, não... Adoraria oferecer, mas o que a gente ganha não permite isso – argumentou Davi.

– Aff... A Uber já foi bem melhor. É sempre assim. Antes era bala, álcool gel, cheiro de eucalipto. Hoje, se o cara for alfabetizado já quer palminha. Vou dar uma estrela, crítica construtiva – falou a passageira para si, como se Davi não pudesse escutá-la.

– Porra, dona! Vou morrer afogado aqui com tanta empatia! Da próxima vez pede um caminhão pipa, arrogante! – ele protestou.

Ao falar, Davi desviou a atenção por um instante, e foi o suficiente para causar um pequeno acidente. Uma batida de leve, mas que causou um amassado no capô do carro.

Os meses seguintes foram bem difíceis, e a situação seguiu meio caótica até dezembro, quando o número de passageiros melhorou um pouco. Davi já estava formado havia cinco meses, e nada de nomeação. "Bem-feito!", diziam algumas más línguas por trás. "É isso que dá sair de um empregão no MP pra ir brincar de marcha-soldado em Brasília!"

## Coração aprendiz

Davi chegou um pouco cedo demais para a reunião. Acabara de se tornar o coordenador de informática da instituição, e estava ali para representá-la. O diretor-geral ficou de ir, mas até aquele momento ainda não tinha chegado. O rapaz olhou para sua farda para conferir se estava tudo em ordem: calça, cinto tático, coldre, arma, coturno brilhando, camisa impecável. As iniciais "PF" em dourado reluziam à altura do peito. "Tô bonitão", pensou consigo, mas continuava nervoso.

Apresentaria um projeto para o programa de combate ao crime organizado do novo ministro, a quem muito admirava. A reunião começaria somente uma hora depois. Precisou conter a emoção ao adentrar o Salão Negro do Palácio da Justiça, onde buscou um assento. O palácio era um local imponente, cheio de obras de arte, uma mais linda que a outra. Por um instante, o jovem coordenador fechou os olhos.

* * *

No réveillon, Davi virou a noite de joelhos colados ao chão, agradecendo a Deus por tudo e pedindo que as coisas se resolvessem logo. Pediu por si, por seu emprego, por sua família. Pediu, sobretudo, que Deus o ajudasse a reconstruir seu casamento, dando sabedoria a ele e a Joyce.

No dia seguinte, primeiro de janeiro, Davi tomou coragem e chamou Joyce para conversar. Ela ficou surpresa, porque muitas vezes tentara falar, mas ele nunca quis ouvir. Sentia-se uma coadjuvante muda. Foi uma conversa ressentida, e muitas mágoas vieram à tona.

A princípio, Davi ficou devastado. Apesar de discordar dela em muitos aspectos, não podia negar que a havia subestimado enquanto companheira e enquanto pessoa. Durante todo o seu relacionamento, ela teve uma resiliência férrea. Ele ponderou sobre todas as vezes que a traíra, os sapos que a fizera engolir. Davi realizou seus sonhos, mas jamais se perguntou se o fazia às custas dos sonhos dela.

Precisavam de um tempo para superar o ressentimento que guardavam um do outro. O tempo é antídoto para tudo que envenena a alma. Apesar de tudo, Davi perdoou a si mesmo e pediu perdão à esposa, orando constantemente por ela. Já não podia dizer se continuariam juntos, mas nunca deixariam de ser amigos. Apesar de ter jurado que nunca mais dormiria em um colchonete no chão da casa de ninguém, lá estava ele na casa de dona Marta. Talvez por isso mesmo estivesse ali, para aprender uma lição: que não tinha o direito de ser ingrato.

No segundo dia do ano, Davi acordou muito cedo e correu para ler o *Diário Oficial*. Seu coração quase parou quando percebeu que a nomeação havia saído e, correndo o dedo pela lista, que organizava os nomes em ordem alfabética, viu ali o seu. Davi era agora um dos novos policiais lotados em Brasília.

– Ah, moleque! Eu sempre soube que um dia moraria nessa cidade! – exclamou ele em alto e bom som.

Teria trinta dias para se apresentar, mas bem sabia que o tempo era escasso. Sem salário, quase não restava dinheiro, mas correu para avisar os familiares de que agora, sim, ele era um policial federal. Foi uma festa só. De repente, não era mais louco, irresponsável. Era "gênio", "um modelo a ser seguido!".

O restante da semana foi de celebração e muita gratidão por aquela conquista. Entre toda a bajulação que recebeu, Davi sentia falta apenas de um abraço especificamente. De dois, na verdade, por mais que ele não admitisse. O de tio Figueira, que ele desejou intensamente que estivesse ali com ele; e o de Fininho, cujo amor Davi fizera tudo ao longo da vida para conquistar. Será que ao menos agora ele conseguiria ter orgulho do filho?

* * *

Gasolina, hospedagem, alimentação até Brasília, hotel por um mês, grana para sobreviver até o primeiro salário. Davi precisava de dinheiro para tudo isso, mas, ao fazer as contas, verificou que tinha pouco mais do que o necessário para uma coxinha. Que sina! Aproveitando a boa fase com dona Marta, resolveu pedir emprestado a ela, que deu de bom grado, orgulhosa que estava da conquista do filho amado...

Bem... na verdade, ela soltou os cachorros, como sempre.

– Tá vendo essas plantas que eu tenho no quintal, Davi? Pois é, nenhuma delas é um pé de dinheiro! Moleque, até quando você espera que eu fique te emprestando dinheiro, hein? Quarenta, cinquenta, sessenta anos? Se te cobrasse juros, eu já tava rica faz tempo. Tava morando na Grécia, Davi, em Roma. Eu tava morando na Lua! – disse ela aos gritos, exagerada como sempre.

Mas, também como sempre, ela lhe arrumou o necessário. E nenhum centavo a mais. Davi beijou a mãe na cabeça, agradecendo, e foi arrumar as coisas. Nesses dias também conversou um cadinho com Valente, seu irmão, que estava bastante mudado e, aparentemente, feliz por Davi.

* * *

Na manhã de segunda-feira, Davi se despediu de todos e pegou a estrada. Ao final do terceiro dia de viagem, chegou a Sobradinho. Olhou com saudosismo para o posto Colorado, seguido do Flamingo, lembrando-se em detalhes da última vez que estivera ali. Foi cortando a cidade por fora, indo até o SIA. De lá pegou a EPTG sentido Taguatinga.

Na estrada, Davi viu a luz do sol refletida nas construções. A estrela se escorava no horizonte, fechando a cortina de mais um dia. O local se chamava Águas Claras, e em vez de casas só havia apartamentos e prédios por todos os lados. Davi parou para jantar numa padaria chamada Pão Dourado, onde lhe indicaram um hotel ali pertinho com vagas de mensalistas. Davi ficou ali durante os seis meses seguintes, até que conseguiu um apartamento para dividir com outros três amigos.

Moraram no apartamento por dois anos. Como todo início, aquele também foi difícil. Davi dormia – ironias da vida – em um colchonete no chão, onde também ficava a TV. Cheios de dívidas, os rapazes colocaram quatro tamboretes de plástico para servirem de cadeiras, e a caixa do fogão era a mesa deles.

E assim, daquele jeito humilde, aquele foi o lar de tantos colegas que enfrentaram situações difíceis. Os quatro nunca mais se distanciaram, e, mesmo passado tanto tempo, ainda moram no mesmo condomínio. Hoje, o apartamento é somente de Davi e de sua família, que após um ano veio morar com ele, reconstruída como um vaso novo.

Davi nunca mais passou necessidade, pelo contrário. Com o tempo, ele prosperou ainda mais, e foi nomeado coordenador de tecnologia da informação. Ele se tornou uma espécie de mentor para os amigos mais próximos e amigos dos amigos. Utilizava como exemplo suas próprias experiências para ajudar outras pessoas. Havia conseguido ressignificar todos os dissabores de sua trajetória, transformando-os em ensinamentos. Passou fase por fase. Não ileso, mas, ao seu modo, venceu.

* * *

Davi sentiu uma mão bater em seu ombro.

– Podemos iniciar – uma voz falou.

Abrindo os olhos, ele pôde ver o Senhor Ministro da Justiça com um sorriso no rosto.

– Dia puxado? – perguntou ele, e as demais autoridades que já compunham a mesa riram.

Meio sem jeito, Davi se recompôs. Controlou suas emoções e apresentou o projeto, que passou pela sabatina dos representantes das outras forças armadas e demais autoridades.

– Qual é o seu nome? – perguntou o ministro, impressionado, ao fim da apresentação.

Saindo da reunião, Davi foi para a frente do palácio, seguindo para a bela fonte logo em frente. Sentou-se, tirou os sapatos e pôs os pés lá dentro, indiferente ao olhar inquisidor dos transeuntes. Sua alma estava em paz, curada. Já não carregava nem mágoa nem ódio. Aquele era seu momento, e era melhor do que ele jamais havia imaginado.

*"Tenho-vos dito isso, para que em mim tenhais paz; no mundo tereis aflições, mas tende bom ânimo; eu venci o mundo." João 16:33*